D1424447

Je kent me niet

David Klass

Je kent me niet

Fontein

© 2002 uitgeverij De Fontein, Baarn
voor deze uitgave
Oorspronkelijke titel: You don't know me
Copyright © 2001 David Klass
Published by arrangement with Farrar, Strans and Giroux, LLC, New York.

Vertaling: Jan Smit

Omslagontwerp: Hans Gordijn
Zetwerk: Scriptura, Westbroek

ISBN 90 261 1763 9
NUGI 222

Voor Giselle

1. Wie ik niet ben

Je kent me niet.

Je denkt bijvoorbeeld dat ik boven mijn huiswerk zit te maken op mijn kamer. Fout. Ik ben niet op mijn kamer. Ik maak mijn huiswerk niet. En zelfs áls ik op mijn kamer was, zou ik mijn huiswerk niet maken, dus dan had je het toch fout. En eigenlijk is het mijn kamer niet. Het is jouw kamer, want het is jouw huis. Ik woon er toevallig, op dit moment. En het is eigenlijk niet mijn huiswerk, want mijn wiskundelerares, mevrouw Kaaskop, heeft het opgegeven en gaat het straks nakijken, dus is het háár huiswerk.

Ze heet trouwens niet mevrouw Kaaskop. Ze heet mevrouw Knoflookadem. Nee, dat is niet waar. Eigenlijk heet ze mevrouw Gabriël, maar ik noem haar mevrouw Knoflookadem, behalve als ik haar mevrouw Kaaskop noem.

De draad kwijt? Zoek het maar uit.

Je kent me helemaal niet. Je weet helemaal niks van me. Je weet niet waar ik dit zit te schrijven. Je weet niet hoe ik eruitzie. Je hebt geen macht over me.

Hoe denk je dat ik eruitzie? Mager? Sproetig? Met bruine ogen en een brilletje met een draadmontuur? Dacht het niet, nee. Kijk nog maar eens. Wat beter. Net een caleidoscoop, vind je niet? Het ene moment ben ik klein, dan weer groot, het ene moment ben ik zielig, dan weer stoer. Ik verander steeds van vorm en het enige dat hetzelfde blijft zijn mijn bruine ogen. Die naar je kijken.

Ja, precies. Ik kijk naar je zoals je daar op de bank zit naast de man die niet mijn vader is, terwijl je doet alsof je een boek leest dat geen boek is en wacht tot hij je een klopje zal geven als een hond of je zal aaien als een kat. Laten we eerlijk zijn, het is geen prettig mens, de man die niet mijn vader is. Niet alleen omdat hij niet mijn vader is, maar omdat hij me slaat als jij er niet bij bent en dreigt dat hij me in elkaar zal rammen als ik het aan jou vertel.

Dat is wat hij zegt. 'Ik ram je helemaal in elkaar, John. Als je het aan iemand vertelt, zal je er spijt van krijgen.' Aardige man.

Maar ik vertel het nu aan jou. Kun je me niet horen? Hij klopt je op je hoofd zoals je bij een hond zou doen, met zijn rechterhand, toevallig dezelfde hand waarmee hij me slaat. En als hij me slaat, balt hij zijn vingers niet tot een vuist, want dan zou hij sporen achterlaten. Hij slaat me met zijn vlakke hand. WHAM. En nou zie ik hoe hij je wang streelt met diezelfde vingers. Hij grijpt me met zijn linkerhand stevig beet als hij me slaat, zodat ik niet weg kan komen. En met die linkerhand houdt hij je nu heel teder vast. Ik vertel het je, terwijl ik door het raam naar binnen kijk, maar je hebt je ogen dicht en het kan je niks schelen, omdat hij je streelt zoals je een kat zou aaien. Ik wed dat je zit te spinnen.

Je kent me helemaal niet.

Je denkt dat ik goed mijn best doe op school. Ha!

Je denkt dat ik vrienden heb. Ha!

Je denkt dat ik gelukkig ben met dit leven. Ha! Ha!

Oké, nu leg je het boek neer dat geen boek is. Het is een boek van *Reader's Digest*, een ingekorte versie van een echt boek, net zoiets als ingedikt sinaasappelsap waar je water bij moet doen. Er zit geen vruchtvlees meer in en alle vitaminen zijn eruit. Je drukt je hoofd tegen zijn schouder. Ik zie je tenen bewegen in je roze sokken op de koffietafel. Wat moet dat met die tenen? Is dat hartstocht of heb je voetschimmel? In elk geval jeukt het.

En de man die niet mijn vader is legt ook zijn boek neer, dat wel een echt boek is, want hij is niet dom of oppervlakkig, alleen maar wreed en egoïstisch. Hij kust je lang en vol op je lippen, en dan in je hals. En je kijkt zenuwachtig naar de trap omdat je denkt dat ik boven mijn huiswerk zit te maken. Je weet niet dat ik zes meter boven onze achtertuin zweef om dat vertoon van misplaatste genegenheid gade te slaan.

Nee, ik kan niet echt zweven. Ik heb geen geheime vleugels om mee te vliegen. Ik ben geen vampier. Ik hang niet aan mijn hielen aan het dak en ik hou me niet aan de regenpijp vast.

Waar ben ik dan wel?

Je kent me helemaal niet.

Ik zal je een tip geven. Ik zit in de appelboom, die geen appelboom is. De man die niet mijn vader is noemt het een appelboom, maar er heeft nog nooit iets aan gegroeid wat op een appel lijkt. Of op een peer. Het is dus ook geen perenboom. Hij heeft nog nooit twee appels voortgebracht. Of een ananas. Het is dus ook geen ananasboom. Het enige wat aan die boom wil groeien zijn dunne grijze blaadjes, dus noem ik het maar een grijzeblaadjesboom.

Daar zit ik. In de grijzeblaadjesboom. Het is volle maan vannacht, dus als ik een weerwolf of een vampier was, zou ik honger of dorst hebben naar vlees of bloed. Maar ik zit nog vol van die papperige spaghetti en die taaie gehaktballen van vanavond. Het enige effect van de maan is dat ik weer aan mevrouw Kaaskop moet denken, en aan mijn huiswerk, vijf bladzijden algebra – eigenlijk háár huiswerk, alleen zit ik ermee opgescheept, vraag me niet waarom.

Mevrouw Kaaskop geeft ons zoveel huiswerk omdat ze verdrietig en eenzaam is. Ik heb een gedicht voor haar geschreven. Het is geen echt goed gedicht, maar dat kan me niet schelen. Het eerste couplet gaat zo:

Mevrouw Kaaskop, dit wordt niets,
neem een piercing of zoiets,
zoek een vriendje dat je kust,
maar laat mij alsjeblieft met rust.

De man die niet mijn vader is doet de lamp uit. Nu is het donker in huis, behalve in mijn kamer, die eigenlijk geen kamer is en waar ik niet mijn huiswerk maak.

Nou ja, ik ben er natuurlijk wel en ik maak gewoon mijn huiswerk. Je dacht toch niet echt dat ik tussen de takken van een appelboom zat? Nergens voor nodig. Je hoeft dingen niet écht te zien om te weten dat ze gebeuren. Bovendien klim ik niet graag in bomen. Het is een koude herfstavond. De wind huilt om ons huis als een levend dier.

Ik maak de laatste som voor algebra. En leg mijn potlood neer.

Beneden hoor ik de veren van de bank kraken. De man die niet mijn vader is zegt steeds je naam, met hartstocht in zijn stem. Maar het is niet echt jouw naam, ook al is hij van jou. Het is eigenlijk de naam van zijn knappe eerste vrouw, Mona, die bij een auto-ongeluk is omgekomen, vijf jaar voordat hij jou ontmoette en besloot bij jou in te trekken en jouw zoon manieren te leren.

En nu zegt hij steeds jouw naam en denkt aan Mona.

En jij luistert naar hem en denkt aan mijn vader.

En ik ben helemaal niet in dit huis. Ik zit midden in een orkaan, met donderklappen als paukeslagen, boven en beneden me. Mijn haar staat overeind door de bliksem. De wind draait me als een tol in het rond. Dacht je echt dat ik morgen beneden zal komen voor het ontbijt en 'u' zal zeggen tegen de man die niet mijn vader is? Dacht je echt dat ik morgen naar school zal gaan om mijn huiswerk in te leveren bij mevrouw Kaaskop? Morgen ben ik niet eens meer in dit deel van de wereld. De storm kan me overal naartoe brengen.

Je hebt geen idee waar ik terecht zal komen.

Maar één ding stelt me gerust. Je hebt misschien mijn verleden bepaald en mijn heden verziekt, maar je hebt geen macht over mijn toekomst.

Je kent me helemaal niet.

2. Antischool

Dit is geen school, dit is een antischool. Als een echte school en deze wanvertoning elkaar ooit zouden tegenkomen zou dat een explosie veroorzaken die het hele universum zou vernietigen.

Hoe weet ik dat dit een antischool is?

School is leuk; dit is een ramp.

School is om te leren; hier word je alleen maar stommer.

Ze hebben hier niet eens een bibliotheek, en wie heeft ooit gehoord van een school zonder bibliotheek?

Ik zit in het derde uur op mijn antischool, de antiwiskundeles van mevrouw Kaaskop, die de opgaven uitlegt. Dit is wat ze zegt: 'De coëfficiënt van a vermenigvuldigd met de deler van c geeft de identiteit van de variabele.'

Wat ze eigenlijk bedoelt is: 'Ik wil niet mevrouw Kaaskop zijn en ik heb net zo de pest aan algebra als jullie. Ik zou liever een Hollywood-ster willen zijn, met mijn eigen stacaravan met spiegelwanden en een knappe vent die Jacques heet en die me elk uur een blad met sandwiches komt brengen.'

Mevrouw Kaaskop, u wordt nooit een Hollywood-ster.

Zelfs niet als u zestienduizend bladzijden algebrahuiswerk zou opgeven. U bent mevrouw Kaaskop. Die naam hebt u van mij gekregen om voor de hand liggende redenen, die te maken hebben met de kleur van uw huid en de ronde vorm van uw gezicht. En ik ben John, een naam die in het Engels ook 'plee' betekent, dus ik heb geen idee waarom mijn vader me zo heeft genoemd.

Naast me zit Billy Slurf, die eigenlijk Billy Beanman heet, maar die ik Slurf heb gedoopt vanwege zijn neus, die drie keer zo lang is als normaal. Een gigantische gok, zal ik maar zeggen. Billy had wel een aardvarken kunnen zijn, zo'n miereneter die voor in het woordenboek woont. Of een luiaard, een zoogdier zonder staart dat alles ondersteboven doet: eten, slapen en kruipen. Maar hij is geen aardvarken en geen luiaard. Hij is gewoon Billy Slurf, mijn vriend die geen vriend is.

Hij is geen vriend omdat we allebei verliefd zijn op hetzelfde meisje. Haar naam is Glorie Halleluja en ze is het lelijkste kind van onze hele antischool. Ze is zo lelijk dat de spiegel 's ochtends probeert om niet terug te kijken als ze ervoor staat. Haar haar is zo vettig dat de luizen erop kunnen schaatsen. Ze is ook de domste meid van onze antischool, zo dom dat ze míj misschien wel leuk vindt.

Oké, ik zal niet liegen, want de waarheid is belangrijk, in dit geval. Ze heet niet Glorie Halleluja, maar Gloria. En ze is helemaal niet lelijk. Eigenlijk is ze het mooiste meisje van onze antischool. En ze heeft een messcherp verstand (wat dat ook mag betekenen). Ik doe alleen maar alsof ze lelijk is, omdat ik van plan ben haar mee uit te vragen. Als ze nee zegt, kan ik achteraf volhouden dat ik helemaal niet met haar uit wilde omdat ze zo lelijk is.

Billy Slurf wil ook een afspraakje met haar, maar hij schaamt zich te erg voor zijn grote neus om haar te vragen.

'John,' zegt mevrouw Kaaskop, 'kun je ons het laagste priemgetal vertellen dat ook een factor is van achtenveertig?'

Nee, mevrouw Kaaskop. Ik kan u een heleboel dingen vertellen die waar zijn, maar dat dus niet. Ik kan u bijvoorbeeld precies vertellen hoe Glorie Halleluja op dit moment haar enkels over elkaar heeft gekruist, de rechter over de linker, met haar strakke witte sokken bijna tot aan haar knieën. En ik kan u vertellen dat het heel verstandig is van Billy Slurf om haar niet mee uit te vragen, omdat ze hem in zijn gezicht zou uitlachen. Dat zou ze bij mij niet doen, zelfs niet als ze nee zou zeggen, wat ze nooit zal zeggen omdat ik toch niet het lef heb om haar te vragen.

'John, gebeurt er nog wat in je bovenkamer? Draaien de raderen?'

Ik kan u ook vertellen, mevrouw Kaaskop, over die Afrikaanse stam waarover ik heb gelezen in de *National Geographic*, de Lashasa Palulu, die thuis op hun handen lopen om binnen geen voetafdrukken na te laten. Nee, nou lieg ik. Die stam bestaat helemaal niet. Maar het is geen gek idee. De man die niet mijn vader is gaf me gisteren nog een WHOP omdat ik met modderpoten door de keuken had gelopen die geen keuken is.

Het is geen keuken omdat er nooit lekker wordt gekookt. Er is daar nog nooit iets klaargemaakt dat maar in de verste verte eetbaar was. Een echte keuken moet toch zo nu en dan iets lekkers opleveren. Dat is de bedoeling van een keuken. Waarschijnlijk is het een slaapkamer of een badkamer die zich als keuken heeft vermomd. Dat is het probleem met mijn huis. Geen van de kamers is wat je denkt dat ze zijn. Mijn slaapkamer bijvoorbeeld is helemaal geen slaapkamer, omdat ik er niet kan slapen. Het zal wel een kast zijn, denk ik, want veel groter is hij niet.

'John, we kunnen niet eeuwig wachten...'

Zoals ik al zei, mevrouw Kaaskop, liep ik gisteren door de keuken die geen keuken is toen de man die niet mijn vader is me zo stevig vastgreep dat zijn vingers zich in mijn schouder boorden. 'Kijk nou wat je doet, verdomme!' schreeuwde hij.

Ik keek omlaag. Er stonden vier of vijf modderige voetstappen op het zeil, en door toeval of domme pech hadden ze ongeveer mijn maat. Als ik een Lashasa Palulu was geweest, had dat nooit kunnen gebeuren, omdat ik dan op mijn handen zou hebben gelopen. Maar omdat ik ben wie ik ben – iemand die je niet kent en nooit zult kennen – stonden die voetstappen er dus wel en kreeg ik een WHOP. Een WHAM is een klap tegen mijn armen of mijn lichaam, en dat doet gemeen pijn. Een WHOP is een stomp tegen mijn achterhoofd waardoor het je rood of geel voor de ogen wordt en je oren gaan gonzen.

'Zo,' zei de man die niet mijn vader is. 'Nou zal je je wel twee keer bedenken voordat je nog eens met modderpoten door het huis loopt.'

Als ik een Lashasa Palulu was geweest zou ik hem waarschijnlijk tegen zijn neus hebben geschopt. Het voordeel van op je handen lopen is dat je je voeten vrij hebt om mee te vechten, maar omdat ik niet geboren ben in die stam die geen stam is, kon ik niets anders doen dan janken, omdat die WHOP zo'n pijn deed.

'Ja, begin maar weer te snotteren,' zei de man die niet mijn vader is. 'Ik word ziek van je.'

Dus huilde ik maar, omdat ik hem dan ziek kon maken – mijn enige wapen – en eerlijk gezegd ook omdat ik er niets aan kon doen. Het is een ramp om te gaan janken als je dat niet wilt, tegenover iemand aan wie je de pest hebt.

Elke traan brandt dan in je ogen.

'Je zou jezelf eens moeten zien,' zei de man die niet mijn vader is. 'Kijk nou toch. Jij zal nooit een echte man worden. Hou op met dat gesnotter. Hou op, zei ik!' En weer kreeg ik een WHOP, nog harder nu.

'John?' vraagt mevrouw Kaaskop. 'Ben je er nog? Of was je vertrokken naar de melkweg? Schiet een beetje op, joh.'

Mevrouw Kaaskop, het is duidelijk dat ik geen antwoord kan geven omdat mijn oren nog gonzen door die twee WHOPS. Kies maar een ander lid van het studiopubliek. Die man met de hoed, of die vrouw met dat kunstgebit, bijvoorbeeld...

'John, hóór je me wel? Voel je je niet goed?'

Billy Slurf geeft me een por in mijn ribben. 'Zeg nou gewoon dat je het niet weet, man. Je staat voor paal.'

Maar gelukkig word ik op dat moment gered door Glorie Halleluja, die haar vinger opsteekt en op hetzelfde moment zonder aarzelen het goede antwoord geeft op de vraag van mevrouw Kaaskop. Zo bespaart ze me een leven van eeuwige schaamte.

'Dat klopt,' zegt mevrouw Kaaskop met een prijzende blik naar Glorie Halleluja.

Aan Glorie Halleluja is niet te merken dat ze weet dat ze mijn leven heeft gered. Ze kijkt me niet aan. Ze zegt niets tegen me. Maar wel strijkt ze met haar linkerhand haar blonde haar uit haar nek, wat niets anders kan zijn dan een geheim signaal aan mij.

Ik krab aan mijn rechteroor, mijn eigen geheime signaal om haar te bedanken.

Dat is het moment waarop ik besluit haar mee uit te vragen.

3. Repetitie

Ik speel geen tuba. De tuba speelt mij. Mijn tuba is eigenlijk geen tuba, omdat hij nog nooit één muzikale klank heeft voortgebracht. Het is een reusachtige kikker die doet alsof hij een tuba is. Maar hij vergeet regelmatig dat hij voor tuba speelt en produceert dan een luid gekwaak waarop meneer Steenwilly zo snel zijn hoofd naar me toedraait dat hij er bijna een whiplash aan overhoudt. Hij kijkt me aan, met zijn stokje bevend in de lucht en zijn snor trillend op zijn bovenlip, en ik weet wat hij denkt: Je vermoordt dit stuk muziek, denkt hij. Je vermoordt dit nummer. De muziekpolitie zou je moeten arresteren. Ze zouden je moeten ophangen aan een muziektent.

Meneer Steenwilly, u hebt gelijk – ik vermoord dit stuk muziek. Dat kunnen we geen van beiden ontkennen. Maar u begrijpt toch wel dat ik geen muziek kan maken met een reuzekikker die doet alsof hij een tuba is? Ik beweeg mijn vingers en blaas mijn longen uit mijn lijf. En soms kwaakt hij.

Daar kan niemand iets aan doen.

Bovendien wil ik hier helemaal niet zijn, meneer Steenwilly. U had mij er liever ook niet bij. Repeteren is niet mijn idee van een leuke middag. Muziek zit me niet in het bloed. Ik zing niet onder de douche, ik fluit niet in het donker. Ik kan geen wijs houden en ik kan niet vals zingen. Meneer Steenwilly, ik kan niet zingen en niet fluiten, laat staan dat ik op een tuba kan spelen die helemaal geen tuba is.

U kijkt weer mijn kant op omdat de tuba die geen tuba is een noot speelde die geen noot is. Volgens mij was het die brulkikker weer, die kwaakte: 'Ik heb honger. Waar zitten de insecten in deze vijver?' Ik geef toe dat er geen hongerige brulkikkers voorkomen in deze mars van John Philip Sousa, maar de crux van de zaak (wat dat ook mag betekenen) is dat het míjn schuld niet is.

Ik zal het nog eens herhalen, omdat het een belangrijke mededeling is voor de hele wereld: HET IS MIJN SCHULD NIET.

De kikker lijkt in slaap gevallen in mijn armen. Er komt nu helemaal geen geluid meer uit de tuba die geen tuba is. Ik blijf gewoon mijn wangen opblazen en mijn vingers bewegen, maar dit is een goede gelegenheid om u duidelijk te vertellen waarom ik hier eigenlijk ben, meneer Steenwilly.

De enige reden waarom ik hier zit is dat onze antischool een regel heeft dat iedereen aan één buitenschoolse activiteit moet meedoen. Ik kan niet voetballen of andere sporten, omdat ik daar te sterk, te snel en te behendig voor ben. Dan zou ik andere mensen maar in hun hemd zetten en te veel indruk maken op de meisjes. Iedereen zou de pest aan me krijgen omdat ik zo'n succes was.

Ik kan me niet aanmelden voor de leerlingenraad omdat het eigenlijk geen leerlingenraad is. Ze hebben nog nooit een leerling raad gegeven of iets nuttigs gedaan voor wie dan ook. Het is gewoon een stel leerlingen die niemand graag mag en die zich verkiesbaar stellen met totaal zinloze maar gewichtige standpunten, zodat ze straks 'leiderschapskwaliteiten' op het aanmeldingsformulier voor de universiteit kunnen invullen. Billy Slurf zit wel in de leerlingenraad. Hij en ik hebben ons verkiesbaar gesteld voor onze klas. Iedereen had medelijden met hem vanwege zijn grote neus, dus heeft hij gewonnen en ik niet. Daar was ik natuurlijk blij om, want ik had helemaal geen zin om lid te worden van die stomme leerlingenraad.

Ik kan niet op het zangkoor, want ik kan geen wijs houden, en bovendien is dat koor me veel te blij. Blij hoort niet bij mij. Zelfs als ik blij was, zou ik nog niet op het koor gaan. Blijheid is net zoiets als geld – als je het hebt, kun je het maar beter op de bank zetten en er niet mee te koop lopen.

Maar ik ben niet blij. Ik heb ook geen geld, trouwens.

Ik kan ook niet op de Franse of Spaanse club omdat ik al genoeg moeite heb met Engels.

Zo kan ik nog even doorgaan, meneer Steenwilly, maar u begrijpt het nu wel, neem ik aan. Er is maar één reden waarom ik in uw muzieklokaal zit met een reuzekikker die doet alsof hij een tuba is. Een kwestie van afstrepen. Er is niets waar ik beter in ben dan geen tuba spelen op een tuba die geen tuba is.

Zielig? Vast wel. Maar wel eerlijk.

Maar u, meneer Steenwilly, hebt keus genoeg. Ik weet alles van u. Ik heb een stukje over u gelezen in de krant. U hebt een diploma van een beroemd conservatorium. U was een briljant pianist. U hebt prijzen gewonnen. Wat doet u dan op onze antischool, om leerlingen les te geven zoals ik en Violet Hayes, die voor me zit en saxofoon probeert te spelen? Ik heb haar maar Violet Hevig genoemd omdat het lijkt alsof ze haar saxofoon in zo'n hevige houdgreep neemt voordat hij haar kan wurgen. Dat is misschien begrijpelijk, omdat het volgens mij helemaal geen saxofoon is. Het ding heeft namelijk nog nooit een geluid geproduceerd dat op een saxofoon lijkt. Volgens mij is het een vleesetende varaan die alleen maar doet alsof hij een saxofoon is.

Daar staat u dus, arme meneer Steenwilly, tikkend met uw voet en zwaaiend met uw stokje, terwijl het zweet door uw dunne haar loopt en u in gedachten die prachtige John Philip Sousa hoort. Maar uw oren horen iets heel anders: verkeersongelukken en hongerig kwakende kikkers of krijsende varanen. Ik wil maar zeggen dat u aan een kruistocht bent begonnen, zonder enige kans op succes.

U zult geen licht laten schijnen op onze antischool. De duisternis zal u verzwelgen. U kunt beter het vege lijf redden, nu het nog kan.

We zijn klaar met John Philip Sousa. We gaan over op een stuk dat is geschreven door Arthur Flemingham Steenwilly. Uw ouders moeten wel een bloedhekel aan u hebben gehad om u zo'n naam te geven.

Het stuk dat u voor ons hebt geschreven heet *De darteling van de kariboe*. Heus, meneer Steenwilly, ik wil geen kritiek hebben. Wat ik van muziek weet kun je in de dop van een pinda kwijt, en dan hou je nog ruimte over voor de pinda zelf. Maar ik heb 'darteling' in het woordenboek opgezocht en het betekent 'dansen of springen op speelse wijze'. Het betekent ook 'ravotten'. Kariboes zijn grote, zware, wolharige rendieren. Ze dartelen niet, laat staan dat ze zouden dansen, springen of ravotten.

Het zou heel interessant zijn om een kudde kariboes over de toendra te zien dartelen, maar het zal nooit gebeuren, meneer Steenwilly. U zou een stuk kunnen schrijven met als titel: *Stilstaande kariboes die verrekken van de kou*, of *De mars van de kariboes*, of misschien zelfs *Op hol geslagen kariboes*. Maar *De darteling van de kariboe* is geen goed idee als thema voor een stuk muziek.

Ik hoop dat ik u niet beledig, meneer Steenwilly, maar misschien hebt u gewoon een probleem op dit gebied. Want een paar maanden geleden liet u ons een andere oorspronkelijke compositie van u spelen, *De strijdkreet van de struisvogel*.

De struisvogel is een fascinerend dier, daar zal ik niets van zeggen, maar hij staat niet bekend als een groot strijder. Als een struisvogel door een vijand wordt bedreigd, slaat hem de schrik zo om het hart dat hij niet meer kan aanzien wat er gaat gebeuren en zijn kop in de grond steekt om zijn lot af te wachten – blind, doof en bibberend.

Het is natuurlijk mogelijk, meneer Steenwilly, dat de struisvogel een ondergrondse strijdkreet laat horen, maar de kans is toch groter dat hij zich de keel schor schreeuwt van angst. Als u dat stuk *De paniekaanval van de struisvogel* had genoemd, of *De laatste hysterische schreeuw van de struisvogel*, zou ik er geen probleem mee hebben.

Nu staat u met uw armen te zwaaien voor het laatste crescendo van *De darteling van de kariboe*. In uw gedachten dartelt de kariboe zich suf. Maar in de werkelijkheid van het muzieklokaal lijkt het meer een rampenfilm. Op de stoel voor mij zijn Violet Hevig en haar saxofoon – nu voor honderd procent een vleesetende varaan – elkaar naar de strot gevlogen. Achter me roffelt Andy Pearce woest op zijn trommels die geen trommels zijn. Het klinkt als een auto-ongeluk. Ik hoor de bumpers tegen elkaar aan knallen en het ijzer scheuren.

Ondertussen is de kikker in mijn armen wakker geworden en brengt nu een geluid voort dat nog nooit binnen de Westerse muziek is gehoord. Het klinkt als iets dat zojuist uit een kanon is afgeschoten. Is dat de reden waarom u zich zo snel omdraait dat uw sikje uw kin niet eens kan bijhouden, meneer Steenwilly? Bent u bang door een kanon te worden geraakt? Nou, u hoeft niet bang te zijn voor de kogels. Dat is het goede nieuws.

Het slechte nieuws is dat de laatste paar maten van uw compositie niet klinken als een dartelend, ravottend dier, maar als een lawine in een oorlogsgebied.

En hoewel er uit mijn richting sommige van de ergste geluiden komen die het menselijk ras ooit heeft gehoord, is dat niet míjn schuld. Die geluiden komen van de kikker die doet alsof hij mijn tuba is. Ik vroeg me al af wat hij in het muzieklokaal deed, maar ik heb een theorie die alles kan verklaren.

De reuzekikker denkt misschien dat hij in een orkest zit en dat ik een tuba ben. Soms voel ik hem terugblazen door het mondstuk, en soms beweegt hij zelfs mijn vingers over de kleppen. Daarom zeg ik ook dat ik niet de tuba bespeel, maar de tuba mij.

De repetitie is voorbij. Ga nou maar terug naar uw kantoortje, meneer Steenwilly, voor een lekkere kop thee. Blijf daar niet naar mij staan staren. Kom alstublieft niet naar me toe. Maar ik zie u al aankomen. Dus concentreer ik me op het opbergen van mijn tuba die geen tuba is. Misschien kan ik zo uw woede ontwijken. Waarom kijkt u niet kwaad naar Violet Hevig, die maar ternauwernood een volgende worsteling met haar saxofoon heeft overleefd?

U blijft voor me staan. 'John, ik wil je graag spreken in mijn kantoortje.'

'Ja, ik wil u ook wel spreken, meneer Steenwilly, maar ik heb scheikunde het volgende uur en dat is aan de andere kant van de school, dus...'

'Ik ben vijf minuten eerder opgehouden, er is dus alle tijd. Ik wil je spreken. Nu. In mijn kantoor.'

4. Red me hieruit

Ik heb hoofdstuk 4 *Red me hieruit* genoemd, omdat ik dat denk als meneer Steenwilly me het kantoortje van het muzieklokaal binnenloodst en de deur achter ons dichtdoet.

Hij glimlacht, wat ik een heel slecht teken vind. 'Ga zitten, alsjeblieft, John.'

Ik ga zitten.

'Je hebt een merkwaardige manier van tuba spelen,' zegt hij grijnzend.

Ik knik.

'Heel merkwaardig.'

Ik knik. 'Dank u.'

'Het klinkt misschien krankzinnig, maar soms zou ik zweren dat je tegen je instrument praat en het behandelt alsof het een levend wezen is.'

Met moeite glimlach ik terug. Het wordt zelfs een echte lach. Meneer Steenwilly, u bent veel te slim om les te geven op onze antischool en veel te slim voor mij in zo'n gesprek onder vier ogen in uw kantoortje. Dit lijkt me het ideale

moment voor een brandweeroefening. Of een overstro-
ming.

'Je oefent thuis niet veel, zeker?'

'Niet zo vaak als wel zou moeten, denk ik.'

'John, het zijn mijn zaken niet, maar is alles in orde thuis?'

'Ja, hoor.' Dat is wel een goed antwoord op dat soort vragen: ja, hoor. Het is een schepje waarmee je jezelf uit lastige situaties kunt graven.

'Een paar dagen geleden droeg je een T-shirt, en ik durfde te zweren dat ik rode striemen op je arm en je schouder
zag, alsof iemand je daar veel te hard had vastgegrepen. Dus
vroeg ik me af... Ik bedoel, je weet zeker dat alles in orde is
thuis?'

'Ja, hoor.'

'Want als er iets aan de hand is, en je hebt hulp nodig,
kun je altijd naar me toe komen.'

'Ja, hoor. Dank u, meneer. Maar nu moet ik naar het
scheikundepracticum...'

'John, vergeet scheikunde nou maar even.'

Ik ga weer zitten. We kijken elkaar aan.

'Je ogen staan verdrietig, John,' zegt meneer Steenwilly
ten slotte. 'Je doet me erg aan mezelf denken toen ik zo oud
was al jij, en dat is niet zo mooi.'

Voor u ook niet, meneer Steenwilly.

'Ik zal je wat vertellen over mezelf op jouw leeftijd. Mijn
vader wilde dat ik dokter zou worden. Ik zou geen goede
dokter zijn geweest, John. Ik kon niet tegen bloed. Eerlijk
gezegd was ik totaal de weg kwijt. Ik had niet veel echte
vrienden en ik leefde vooral in mijn eigen hoofd.'

Dat is heel interessant, meneer Steenwilly, maar wat moet
ík daarmee? Ik wil helemaal niets horen over uw jeugd. U
denkt dat we verwante geesten zijn, maar dat is niet zo. U
kent me helemaal niet.

'Het waren goede jaren, John. Ik kwam er wel doorheen, maar ik genoot er niet echt van. Terwijl je kindertijd juist zo'n mooie periode is. Ik bedoel niet dat jij nog een kind bent, maar zoals die oude Griekse toneelschrijver al zei: elke dag in het licht is kostbaar. Vooral als je jong bent. Dat is een bijzondere tijd.'

Meneer Steenwilly, bij de Lashasa Palulu wordt de kindertijd, zoals u die noemt, gezien als één lange stormbaan die je moet overleven. Je hebt oorlogen met andere stammen, waarin de hoofden van kinderen belangrijke trofeeën vormen. Je hebt koude winters. Je hebt snikhete zomers. Je hebt luipaarden die in het oerwoud leven en jongens en meisjes verslinden die niet hard genoeg kunnen lopen. Als de Lashasa Palulu eenmaal volwassen zijn, denken ze nooit meer aan hun jeugd en zeggen er geen woord meer over. Alsof hun jeugd een leegte was, één groot gat. Het belangrijkste is dat ze het hebben overleefd.

'John, luister je wel?'

'Ja, meneer.'

'Je keek alsof je heel ver weg was. En je hoeft niet zo stijf rechtop te zitten, want we zijn niet in het leger.'

'Nee, meneer Steenwilly. Ik luister wel.'

'John, ik geloof niet dat het gezond is voor jonge mensen om zo in hun eigen hoofd te leven. Dat is een valkuil. Geloof me, ik weet er alles van. Een goede manier om uit die valkuil te komen is een magische deur te vinden naar de vrijheid. Voor mij, John, was de muziek die magische deur. Begrijp je een beetje wat ik bedoel?'

Meneer Steenwilly, eerlijk gezegd wil ik hier weg, en snel. Ik zit wel te knikken en te luisteren, en ik zeg braaf 'ja, hoor', maar de enige magische deur die ik zoek is de deur van dit kantoortje.

'Toen ik de muziek ontdekte, John, ging er een hele wereld voor me open. Een mooie wereld, een veel warmere wereld. Mijn zelfvertrouwen groeide. Ik kreeg meer vrienden. En vriendinnen.' Was dat nou een knipoog, meneer Steenwilly, of een vuiltje in uw oog? 'Maar de reden waarom het zoveel beter ging was dat ik van het leven kon genieten. Begrijp je waar ik naartoe wil?'

Meneer Steenwilly, u zit daar onder twee grote posters van Beethoven en Brahms, en eerlijk gezegd lijkt u me nog steeds niet erg gelukkig. U hebt nog altijd droevige ogen. En die staan allebei niet vrolijk. 'Ja, hoor, meneer Steenwilly. Maar nu moet ik weg.'

'Ik wist niet dat je zo dol was op scheikunde.'

'Ik wil niet te laat komen. Dan moet ik nablijven.'

'Je hebt nog tijd genoeg. Maar voordat je gaat, John... heb je me niets te zeggen?'

Ik zoek naar een geschikt antwoord. Niets in mijn zakken. Niets in mijn mouw. De seconden tikken weg. 'Ik ben blij dat u de muziek hebt ontdekt, meneer Steenwilly. Maar ik weet niet of ik er ooit goed in zal worden, zoals u.'

'Ik zal je een tip geven. De volgende keer dat je een stuk muziek speelt, moet je het niet zien als een verzameling noten, maar als een verhaal. Vertaal het voor jezelf in woorden, als dat helpt. Of in beelden, net als een film. Of bedenk er verschillende kleuren of emoties bij. Wil je dat proberen?'

'Ja, hoor.' Ik sta al naast de stoel. Ik heb mezelf bijna uit dit gat gegraven.

'Mooi. Want we gaan binnenkort aan een nieuw stuk beginnen en daarin krijg jij een solo.'

Meneer Steenwilly, bent u gek geworden?

'Ik weet dat je het kunt.'

Volkomen gestoord, die man. De vraag is alleen: waarom moet ik daar het slachtoffer van worden?

'Nou, ik wens je een hele fijne dag vandaag. En als er thuis

ooit problemen zijn, dan weet je met wie je erover kunt praten.'

'Ja, hoor.'

5. Verliezen met een snuitlengte

We hangen rond in de Bay View Mall, en Billy Slurf, mijn vriend die geen vriend is, heeft het over eten. 'Ik heb zo'n honger dat ik wel een heel paard zou kunnen eten,' zegt hij. 'Van kop tot staart.' Dat is ook een reden waarom Glorie Halleluja nooit met hem uit zou gaan. Billy Slurf heeft het altijd over eten. Als hij een kippenpootje eet, kijkt hij al begerig naar het volgende stuk kip op zijn bord. Bij de lunch praat hij al over het avondeten. Ik heb meegemaakt dat hij een grote pepperoni-pizza naar binnen werkte, daarna een bord spaghetti met gehakt en een stuk knoflookbrood, en nog met een hongerige blik van tafel ging. Hij is een bodemloze put.

Ondanks het feit dat Billy Slurf altijd zit te eten, blijft hij zo mager als een lat. Dat druist in tegen de fundamentele natuurwetten. Als elke actie een reactie oproept, hoor je bij elke hap aan te komen. Ik heb een theorie dat al het eten dat hij naar binnen werkt in het vacuüm van zijn grote neus wordt gezogen en van daaruit naar een ander universum wordt geslingerd.

Billy Slurf heeft honger als hij, Andy Pearce en ik de roltrap omlaag nemen in de Bay View Mall. Zijn maag knort als een wolvenjong in een sneeuwholte.

Het winkelcentrum heet wel Bay View Mall, maar kijkt niet uit op de baai. Het kijkt helemaal nergens op uit. Er zijn twee warenhuizen, een stuk of tien speciaalzaken, een dierenwinkel, een bioscoop en een paar eettentjes.

De roltrap levert ons af bij de eettentjes en ik zie dat Billy Slurf al met zijn tong over zijn bovenlip likt. Zijn ogen glinsteren. We lopen langs Hot Dog Man. We lopen langs The Pizza Barn. We lopen langs de Wong Chong Panda Express, waar een kok loempia's op een warmhoudplaat op de toonbank legt.

Billy Slurf is blut. Ik zie dat hij met zijn vingers in zijn zakken graaft, maar die zijn leeg. Geen cent meer. Alleen wat pluisjes.

'Jullie denken dat ik een geintje maak, maar als je me alleen liet met een dood paard, een mes en een braadpan, zou ik het wel naar binnen krijgen,' zegt Billy Slurf met een blik op de loempia's. 'Paardenbiefstuk smaakt net zo als gewone biefstuk, denk ik. Een fles pittige saus voor over de harde stukken. De hoeven eet je gewoon als varkenspootjes, in het zuur. Dan zuig je het malse vlees eruit. Ik zou ook de ogen wel lusten. Gooi ze in de frituur als bitterballen en kraak ze tussen je tanden. Ik zou zelfs de snuit opeten.'

'Paarden hebben geen snuit,' zegt Andy Pearce. Andy is de slagwerker van ons orkest en bezit het unieke talent om elk muziekstuk te laten eindigen als een verkeersongeluk. Ik heb hem geen bijnaam gegeven omdat hij niets opvallends heeft. Hij draagt altijd dezelfde kleren, jeans en een verschoten t-shirt. Hij vat alles wat je zegt letterlijk op en alles wat hij zelf zegt heeft maar één simpele betekenis. Hij is niet dom, maar hij heeft maar één versnelling, en dat wordt weleens vervelend.

De enige reden waarom ik met hem en Billy Slurf omga is – je hebt het al geraden – omdat ik medelijden met hen heb.

'Als paarden geen snuit hebben, waar ruiken ze dan mee?' wil Billy Slurf weten.

'Met hun neus. Paarden hebben een neus,' zegt Andy Pearce. 'Varkens hebben een snuit.'

Billy denkt daar een tijdje over na, terwijl hij naar een reusachtige zak chips in de Salt Heaven staart. 'Wat weet jij nou van paardenneuzen, dakhaas?'

Andy Pearce haalt zijn schouders op. 'Als een paard een race wint, zeggen ze dat hij "met een neuslengte" heeft gewonnen. Nooit "met een snuitlengte".'

'Wanneer ben jij ooit naar de paardenrennen geweest?'

'Ik hoor het weleens op de radio of ik zie het op de televisie. En ze zeggen nooit "winnen met een snuitlengte". Ze zeggen "winnen met een neuslengte", omdat paarden een neus hebben.'

Het is onmogelijk een discussie te winnen van iemand als Andy Pearce. Hij boort je de grond in met dat soort onweerlegbare feiten.

Billy Slurf is niet meer bestand tegen al die etensgeuren. Met een laatste lange blik op de loempia's van de Wong Chong Panda Express loopt hij weer naar de roltrap en dalen we af naar de begane grond, tegenover Pete's Pets.

Er zitten drie jonge poesjes in de etalage van Pete's Pets, en drie meisjes van onze eigen leeftijd staan naar de katjes te kijken. Wij stappen van de roltrap en kijken naar de meisjes.

We kennen hen niet en zij ons ook niet. Ze komen zeker uit een andere stad en van een andere school. Daarom weten ze niet dat ze beter de bergen in kunnen vluchten als ze ons zien aankomen. Ze merken dat we naar hen staan te kijken van een afstand van vijftien meter. Ze fluisteren met elkaar en doen alsof ze alleen aandacht hebben voor de jonge poesjes.

'Drie babes op acht uur,' fluistert Billy Slurf opgewonden. De meisjes hebben zijn aandacht blijkbaar afgeleid van eten. 'Ze hebben ons stevig in de gaten.'

'Nee, ze kijken naar die katjes,' wijst Andy Pearce hem terecht.

'En waarom denk je dat ze zogenaamd zo geïnteresseerd zijn in die scharminkels van katten, zulthoofd?' wil Billy Slurf weten.

'Misschien willen ze er een kopen,' oppert Andy logisch. 'En staan ze er een uit te kiezen.'

'Ja, ze staan wel te kiezen,' zegt Billy Slurf. 'Maar geen katjes, geloof me maar.'

'Waarom kijken ze dan in de etalage van een dierenwinkel?'

'Omdat wij niet mogen weten dat ze ons staan te bekijken,' zegt Billy Slurf vermoeid. 'Duidelijk?'

'Wat?'

'Is het niet vermoeiend om zo stom te zijn?'

'Nee, valt erg mee.'

Als er bij de Lashasa Palulu een groep jonge krijgers op rooftocht gaat en er breekt ruzie uit, moet één lid van de groep de orde herstellen. Meestal is dat de zoon van het opperhoofd of een andere jonge krijger van grote intelligentie en waardigheid.

Het wordt dus tijd dat ik tussenbeide kom om Andy en Billy Slurf in hun nekvel te grijpen en orde te scheppen in de chaos. 'Ze stonden al naar die poesjes te kijken voordat wij van de roltrap kwamen, dus het is best mogelijk dat ze er een willen kopen,' zeg ik. 'Maar ze kijken ook hierheen, of ze ons wel zien zitten.'

'Ja. Nou, ik weet nog niet of ik die meiden wel zie zitten,' zegt Billy Slurf. 'Ze zullen geen missverkiezing winnen. Sterker nog, als ze zo dicht bij de etalage van die dierenwinkel blijven staan, wil iemand ze straks nog kopen.'

Op dat moment verdwijnen de drie meisjes in de dierenwinkel. 'Kom mee,' zegt Billy Slurf. 'Ze willen dat we ze achterna komen.'

We lopen achter Billy aan naar Pete's Pets en stappen naar binnen. Het is geen grote winkel. Tegen een van de muren staan aquaria met vissen, tegen de achtermuur kooien met vogels. Langs de derde muur staan terraria met reptielen en schildpadden, en in het midden kleine plastic appartementjes met glazen deuren, speelgoedmeubels en jonge hondjes en poezen.

De drie meisjes staan bij de terraria en kijken naar een ringslang. 'Moet je zien hoe slijmerig hij is,' zegt het langste meisje van de drie. 'Ik geloof dat hij net een vlieg heeft opgevreten. Is dat geen vlieg die uit zijn bek hangt?'

'Het lijkt me meer een kakkerlak,' zegt haar vriendin, die een beugeltje heeft.

'Gatver! Jasses,' zegt de derde, met een snelle blik in onze richting. Hopelijk heeft ze het over de slang.

Wij doen alsof we naar een aquarium met neon-tetra's kijken. 'We vallen in de smaak,' fluistert Billy Slurf. 'Ze vinden ons oké. Dat zit wel goed. Laten we naar ze toe gaan om het ijs te breken.'

'Ik zie geen ijs,' zegt Andy Pearce.

'We moeten op ze af stappen om een praatje te maken, eikel, voordat de kans verkeken is,' zegt Billy Slurf. Hij zou graag zelf op hen af stappen om iets te zeggen, maar hij schaamt zich voor zijn grote neus. Niemand heeft mij de tekst gegeven van een verpletterende binnenkomer, dus doe ik niets. Ik vind dat ik trouw moet blijven aan Glorie Halleluja. Ik kan niet door winkelcentra zwerven om meisjes aan te spreken die ik helemaal niet ken.

'Ik praat wel met ze,' zegt Andy Pearce. 'Dat is zo moeilijk niet.' En hij loopt op ze af.

Billy Slurf kijkt me aan met een blik van: 'God mag weten hoe dat afloopt!' Maar hij volgt Andy toch. Ik slenter achter hem aan met een afwachtende houding. Als Andy Pearce op de een of andere manier succes heeft, wil ik bij de groep horen, maar als hij op zijn bek gaat – en die kans lijkt veel groter – wil ik niets met hem te maken hebben.

Andy Pearce kent geen angst. Hij stapt gewoon op hen toe. 'Hallo,' zegt hij tegen de drie meisjes. 'Willen jullie die slang kopen?'

Het lange meisje kijkt hem aan. 'Welnee. Hij is walgelijk. Waarom denk je in vredesnaam dat we zoiets willen kopen?'

'Omdat jullie ernaar staan te kijken,' zegt hij.

Het meisje lijkt even in verwarring.

'En dit is een dierenwinkel,' vervolgt Andy Pearce. 'Alle dieren hier zijn te koop.'

Billy Slurf en ik wisselen een blik. Misschien weet Andy wat hij doet. Of misschien zullen de meisjes zijn opmerkingen onterecht voor sarcastisch of cool en charmant verslijten. Of misschien vluchten ze de bergen in.

Het meisje met de beugel komt haar vriendin te hulp. 'Wat doe jij hier eigenlijk?' vraagt ze.

'Ik praat met jullie,' antwoordt Andy Pearce met een niets ontziende logica.

Het derde meisje lacht flirterig tegen hem. 'Ben jij een slang?'

'Nee, ik ben een mens,' zegt Andy.

De drie meisjes giechelen, maar kijken elkaar ongerust aan. Ze weten niet wat ze aan Andy hebben. 'Dus jullie zijn alledrie mensen,' zegt het derde meisje. 'En wat willen jullie nu van ons, als mensen?'

Andy Pearce aarzelt even. 'Mijn vriend zei dat ik naar jullie toe moest gaan om het ijs te breken,' zegt hij ten slotte, 'maar ik zie geen ijs.'

Nu kijken de drie meisjes alsof ze iets smerigs ruiken. Maar ze weten het nog niet zeker.

'Hij kletst maar wat. Hij neemt iedereen in de maling,' zegt Billy Slurf om het gesprek nieuw leven in te blazen. Maar juist op dat moment begint zijn maag te rommelen – een hard en onsmakelijk geluid. Niet langer het tevreden knorren van een wolvenjong in de sneeuw, maar van een uitgehongerde ijsbeer in een pinguïnreservaat. Billy Slurf drukt zijn handen tegen zijn maag alsof hij een explosie wil tegenhouden en kijkt tegelijkertijd opzij alsof het geluid van een van de reptielen komt.

De drie meisjes weten niet wat ze van zijn boerende darmen moeten denken en hebben nog steeds hun twijfels over Andy Pearce.

'Was dat leuk bedoeld, over dat ijs?' vraagt het lange meisje aan Andy.

'Nee, ik ben niet leuk,' zegt Andy. Er valt een afwachtende stilte. Ze kijken naar Andy. Ze wachten tot hij weer iets zal zeggen. Ik zie dat hij geen idee heeft hoe het nu verder moet. 'Maar de beste plaats om ijs te vinden is in een ijsmachine, dat weet ik wel,' zegt hij ten slotte. 'En die verkopen ze hier niet.' Nu hij een onderwerp heeft gevonden waarbij hij zich thuisvoelt, gaat hij onstuitbaar verder. 'De beste plaats om ijsmachines te vinden is in een hotel. Mensen nemen graag ijs mee naar hun kamer. Dat halen ze in ijsemmers.'

De drie meisjes begrijpen eindelijk dat Andy niet leuk of geestig of sarcastisch is. Hij is gewoon zichzelf en ze kunnen beter naar de bergen vluchten. Je ziet het aan hun gezichten. 'We moeten weg,' zegt het lange meisje.

'Ja,' zegt haar vriendin met het beugeltje. 'We moeten met de bus mee. Dag.'

'Als je het ijs vindt, zak er dan niet doorheen,' zegt de derde tegen Andy en haastig lopen ze de winkel uit. Zodra ze buiten zijn horen we hen lachen.

Dus staan we weer alleen, starend naar de ringslang. Ik geloof dat het een kever is die uit de bek van de slang steekt. We horen de meisjes nog steeds lachen als ze wegrennen. Billy Slurf wijst met een vinger naar Andy. 'Jij komt van Pluto. Wat kletste je nou?'

'Ik vertelde ze over ijsmachines,' antwoordt Andy Pearce.

'Ja, dat deed je heel knap,' zegt Billy. 'Je hebt de hersens van een ijsmachine.'

'Laat hem met rust,' zeg ik. 'In elk geval is hij met ze gaan praten. Dat is meer dan jij en ik hadden gedaan.'

Billy Slurf hoort niet graag de waarheid. 'Ik zou best iets hebben gezegd.'

'Welnee,' zeg ik. 'En ik ook niet. Wij zijn allebei grote lafaards als het erop aankomt. Dus laat hem met rust.'

'Ik ben geen lafaard,' protesteert Billy Slurf. Blijkbaar heb ik hem in zijn trots gekrenkt. 'Ik zal je morgenochtend wel laten zien dat ik geen lafaard ben. Maar nu wil ik hier weg.'

De meisjes zijn verdwenen. De kust is veilig. We stappen de dierenwinkel uit. Billy Slurf en ik nemen de roltrap. Andy Pearce komt achter ons aan.

'Wat is er dan morgen?' vraag ik.

Billy kijkt me lang en doordringend aan. Ik lees een waarschuwing in zijn ogen. Mijn vriend die geen vriend is wil me duidelijk maken dat hij iets gaat doen dat mij niet zal bevallen. 'De kaartjes voor de vakantiedisco worden verkocht.'

'Ja, en?'

'Ik ga Gloria vragen,' verklaart Billy Slurf.

'Naar de disco? Dat durf je niet.'

'Nee. Maar ik wil haar ook niet meteen voor de disco vragen, eikel. Eerst nodig ik haar uit voor de basketbalwedstrijd op vrijdagavond tegen Fremont Valley High. En ze zegt zeker ja, want ze is een basketbalfan.'

'Waarom denk je dat?' vraag ik nonchalant. Ik maak me nu toch zorgen. Want Billy Slurf heeft een plan. Een sluw plan. Een stappenplan.

'Haar broer was een van de besten van de school en hij speelt nu voor de universiteit,' zegt Billy. 'En ik heb Gloria tegen Valerie Voss horen zeggen dat ze vrijdag naar de wedstrijd wil. Dus ik zit altijd goed.'

Het duurt even voordat ik weer iets zeg tegen mijn vriend die geen vriend is. We kijken elkaar zwijgend aan. Gloria kan onmogelijk met hem naar de vakantiedisco, want ze gaat al met mij, denk ik.

'Ik wil haar morgen vragen, het eerste uur,' zegt hij. 'Jij ziet haar pas het derde uur, bij wiskunde. Tegen die tijd zijn wij een paar. Nou jij weer.'

Een paar? Een paar wát? Een paar waarvan? 'Hé, ik zag Gloria het eerst,' zeg ik tegen hem. 'Ik heb haar jou nog aangewezen.'

'Rot op,' zegt Billy Slurf als we van de roltrap komen. 'Alles is toegestaan in de liefde en de oorlog. En nou ga ik een loempia halen bij Wong Chong, want ik sterf van de honger.'

'Dat kan niet,' zegt Andy Pearce, die ons weer heeft ingehaald, 'want je hebt geen geld.'

'Er zijn ook andere manieren om aan een loempia te komen,' zegt Billy tegen hem. We lopen naar de eettentjes. Billy laat zijn stem dalen. 'Luister goed,' zegt hij tegen Andy. 'Jij gaat naar die Chinees toe en vraagt hem wat een tjaptjoi speciaal kost.'

'Ik hoef helemaal geen tjaptjoi speciaal,' zegt Andy Pearce.

'Een andere keer misschien wel,' zegt Billy.

'Dat is waar.'

'En vraag hem dan wat een foe yong hai-kindermenu kost. En daarna vraag je weer wat anders. Nu.'

Bij de Lashasa Palulu ben je niet medeplichtig alleen omdat je weet dat er iets gebeurt dat niet deugt. Je moet actief deelnemen om schuldig te zijn. Dus kan ik van een veilige afstand, onschuldig maar nieuwsgierig, volgen wat ze doen.

Andy Pearce loopt naar de kok van de Wong Chong Panda Express toe en vraagt hem hoeveel een tjaptjoi speciaal kost. Terwijl hij met de kok in gesprek is, schuift Billy naar de andere kant van de toonbank, waar de warmhoudplaat met de loempia's staat.

'Tjaptjoi speciaal, vier dollar,' zegt de kok.

'En wat kost een foe yong hai-kindermenu?' vraagt Andy.

'Vier dollar. Wil je een foe yong hai-kindermenu?'

'Nee,' zegt Andy. 'En kip sinaasappel? Wat kost dat?'

'Kip sinaasappel? Hebben we niet.'

'Noemen jullie het kip sinaasappel vanwege de kleur of de smaak?' informeert Andy.

'Geen kip sinaasappel. Wil je kip Generaal Tso?'

Terwijl dit verhelderende gesprek plaatsvindt, grijpt Billy zijn kans, steekt een lange arm om het glas van de toonbank heen en pakt een loempia van de warmhoudplaat.

Helaas voor Billy Slurf is de warmhoudplaat niet warm, maar bloedheet. Dus brandt hij zijn vingers aan de loempia. 'Au!' zegt Billy.

Hij zegt het niet hard, maar hard genoeg. De kok van Wong Chong draait zich bliksemsnel om en roept: *Stop! Houd de dief! Hij steelt mijn loempia's!*

Op heterdaad betrapt kan Billy Slurf nog maar twee dingen doen. Hij kan de hete loempia op de toonbank laten vallen en de benen nemen. Als hij dat doet, zal de kok van Wong Chong hem niet achterna komen, denk ik. Of hij kan zijn portemonnee pakken alsof hij steeds al van plan was voor de loempia te betalen. Hij heeft natuurlijk geen geld, maar het is geen misdaad om te vergeten dat je geen geld bij je hebt.

Maar Billy Slurf doet iets anders. Met de hete loempia als het stokje van een estafetteloper in zijn rechterhand, draait hij zich om en gaat ervandoor.

De kok van Wong Chong springt onverwacht lenig over de toonbank en rent achter hem aan. *'Stop! Houd de dief!'* roept hij steeds.

Billy Slurf is niet erg snel, maar de kok van Wong Chong is ook geen olympische atleet. Ze rennen allebei in slow motion door het winkelcentrum. Ze springen over tafels. Ze gooien stoelen om. Ze lopen bijna een oude vrouw tegen de grond die begint te gillen en aan het brandalarm rukt.

Billy Slurf is op weg naar de dienstlift. De deuren van de lift gaan al dicht. Als hij het haalt, is hij veilig. Als hij het niet haalt, heeft de kok hem te pakken. Hij pompt met zijn armen. Hij stort zich naar voren. Ik denk dat het hem gaat lukken, maar net op het moment dat hij bij de lift komt gaan de deuren dicht. Hij beukt er met zijn vuisten tegenaan.

De kok van Wong Chong grijpt hem bij zijn arm. Billy verzet zich en schopt hem tegen zijn schenen, maar de kok doet de hele dag niets anders dan eenden aan stukken hakken en varkensvlees snijden, dus hij heeft een ijzeren greep.

Ik sta er vijf meter vandaan. Ik zou Billy Slurf kunnen helpen, al zei hij vijf minuten geleden nog 'rot op' tegen me. Maar hoe? Ik zou het niet weten. En juist op dat moment komt er een grote, dikke, kale bewaker van het winkelcentrum naar ons toe. 'Wat is er aan de hand?'

'Hij heeft een loempia gestolen!' roept de kok van Wong Chong.

'Helemaal niet,' roept Billy terug. *'Niets van waar.'*

De bewaker kijkt naar de loempia die Billy nog steeds in zijn hand geklemd houdt. 'Heb je ervoor betaald?'

'Niet precies,' zegt Billy.

'Hoe kom je er dan aan?'

Billy kan geen kant meer op. 'Dat weet ik niet,' zegt hij. 'Ik had hem gewoon. Ik bedoel, ik heb hem in mijn hand, maar ik wil hem helemaal niet.' Hij steekt de bewaker de loempia toe. 'Hier, neem hem maar.'

De bewaker kijkt omlaag naar de loempia. Aan zijn buik en de uitdrukking op zijn gezicht te zien zou hij best een hapje lusten, maar hij is natuurlijk in functie. 'Wil je een aanklacht indienen?' vraagt hij aan de kok van Wong Chong.

'Ja. Hij heeft me geschopt. Ik dien een aanklacht in.'

Op dat moment komt de oude vrouw er ook bij. 'Deze jongen heeft me omver gelopen,' zegt ze. 'Ik heb alles gezien. Hij is gewoon een kleine crimineel. Ik dien ook een aanklacht in.'

De bewaker pakt een stel handboeien. Billy Slurf begint te huilen. De bewaker duwt Billy tegen de gesloten deur van de dienstlift en doet hem de handboeien om.

Arme Billy Slurf. Hoewel hij met zijn rug naar me toe staat, zie ik dat hij plotseling heel erg bang is. Zijn knikkende knieën slaan tegen de deuren van de lift. Als hij één stap sneller was geweest zou hij het hebben gehaald en ongestraft zijn weggekomen.

Maar hij redde het niet. Hij heeft verloren. Met een snuitlengte.

6. Maaltijdvoorstelling

Ik zit aan onze tafel die geen tafel is en probeer het eten naar binnen te krijgen dat geen eten is. Het moet kalkoen voorstellen. Ik negeer het spektakel op de achtergrond. Het 'spektakel' is mijn naam voor het amusement dat de man die niet mijn vader is elke dinsdagavond voor ons uitkiest ter lering en vermaak (wat dat ook mag betekenen). Hij zit rechts van me en zaagt met zijn mes in een kalkoenpoot die geen kalkoenpoot is, zonder zijn ogen van de televisie af te houden.

Het eten op zijn bord, en helaas ook op het mijne, kan onmogelijk kalkoen worden genoemd, omdat het in geen enkel opzicht beantwoordt aan de belangrijkste eisen van kalkoen. Het smaakt niet als kalkoen; het ziet er niet uit als kalkoen; het ruikt niet als kalkoen; en het is niet mals als kalkoen. Het smaakt niet eens naar kip of enige andere vogelsoort. Of naar rundvlees, varkensvlees of lamsvlees. Het smaakt ook niet naar een vegetarische maaltijd die met kruiden en handige hulpmiddeltjes de indruk moet wekken van kalkoen. Ik weiger te geloven dat wat ik hier eet ooit een leven heeft geleid zoals wij dat kennen, in welke vorm dan ook, dierlijk of plantaardig. Zelfs niet als virus of bacterie. Hier op onze tafel die geen tafel is ligt niets anders dan een witgrijze kleimassa die zich uitgeeft voor kalkoen.

Onze eettafel is geen echte eettafel omdat echte tafels vlak zijn, terwijl die van ons naar één kant overhelt als het dek van een langzaam zinkend schip. Om de twee weken pakt de man die niet mijn vader is zijn grote gereedschapskist en ondersteunt de ene poot of zaagt een stukje van de andere, en legt dan een knikker op de tafel om te bewijzen dat hij eindelijk vlak is. 'Kijk,' zegt hij dan. 'Probleem opgelost. Ha!' Maar omdat het geen echte tafel is, maar een schip dat langzaam naar de vloer van onze eetkamer zinkt, staat hij al gauw weer scheef.

Er klinkt een gebrul uit de richting van de tv. Het spektakel zwelt aan.

De tv heeft een koninklijke plaats gekregen in ons huis sinds de man die niet mijn vader is zes maanden geleden bij ons is ingetrokken. Vroeger hadden we een kleine tv op een kistje in een hoek van de woonkamer. Toen de man die niet mijn vader is bij ons kwam wonen, was zijn enige bijdrage aan de inrichting een splinternieuwe breedbeeldtelevisie met zijn eigen eikenhouten tv-tafel, als een koning op een donkere houten troon.

Ik zit naast de man die niet mijn vader is en probeer wat te eten van de kalkoen die geen kalkoen is, terwijl ik mijn oren sluit voor het nieuws dat Tiger Jones zojuist de neus van Vinny de Fox heeft gebroken.

'Ja, hij is gebroken,' meldt de commentator met duidelijke voldoening. 'Ik hoorde het bot breken. Zijn verzorgers hebben er hun handen vol aan. Gelukkig heeft hij Doc Whittaker bij zich, een van de beste verzorgers van de oostkust. En die zal hij nodig hebben, want het bloed stroomt

Vinny de Fox nu uit zijn ogen en zijn neus!'

Omdat je me helemaal niet kent, hoewel je al een aardig beeld hebt van de belachelijke wereld waarin ik leef, zal ik je een verrassend geheim over mezelf vertellen. Ondanks al mijn gebreken en menselijke zwakheden ben ik niet bang om bloed te zien. Ik kan er goed tegen, zolang het niet mijn eigen bloed is. Ik maak me niet druk over beelden van grof geweld, zolang dat geweld maar niet mijn kant uit komt. Maar zelfs dan moet me toch één ding van het hart: niemand zou onder het eten gedwongen moeten worden om toe te kijken hoe een ander mens zijn neus wordt gebroken.

De bel gaat voor het einde van de vijfde ronde. Die arme Vinny de Fox wankelt terug naar zijn hoek, waar hij door Doc Whittaker een beetje wordt opgelapt en gefatsoeneerd. De camera laat een close-up zien van Vinnies neus en ogen.

Ik probeer niet te kijken, maar er zijn maar weinig plekken om mijn blik te laten rusten in onze eetkamer die geen eetkamer is. Het is geen eetkamer omdat er nooit lekker gegeten wordt. Neem me niet kwalijk als het grof klinkt, maar volgens mij is het een kotskamertje dat zich als eetkamer heeft vermomd. Dat zeg ik omdat ik zo vaak misselijk word onder het eten. Ik voel me nu ook weer misselijk, terwijl ik probeer niet naar het scherm te kijken. Maar wat heb ik voor keus?

Ik zou naar die witte kleimassa op mijn bord kunnen kijken die doet alsof het een kalkoen is. Dat helpt niet echt tegen de misselijkheid, omdat die witte massa volgens mij niets anders is dan een krachtig braakmiddel.

Ik zou ook naar de man kunnen kijken die niet mijn vader is. Hij is bijna klaar met zijn kalkoenpoot, hoewel hij er maar weinig van naar binnen heeft gekregen. Een deel is van zijn vork op de tafel gevallen, waar het nu in vettige slierten rond zijn bord ligt, als de eerste natte sneeuw van de winter. Grotere stukken, bang om opgevreten te worden, klampen zich wanhopig aan zijn snor vast of hebben zich tussen zijn onregelmatige tanden verschanst als bergbeklimmers die beschutting zoeken in een ijsgrot.

De man die niet mijn vader is voelt dat ik naar hem kijk. 'John, ga rechtop zitten!' blaft hij. Maar eigenlijk bedoelt hij: 'Hoe durf je me aan te staren? Ben je soms vergeten wie hier de baas is? Dan zal ik met mijn rechterhand wel even je geheugen opfrissen zodra je moeder niet in de buurt is.'

'Oké, sorry,' zeg ik, met een kleine verschuiving van mijn bovenste rugwervels om hem tevreden te stellen. Maar wat ik eigenlijk wil zeggen is: 'Ik zeg niet "tot uw orders" tegen jou, zoals je graag zou willen. Je mag dan wel groter en ouder en gemener zijn dan ik, je mag dan mijn kwelgeest zijn, de man die zo'n slechte vervanger is van mijn vader die me naar een plee heeft genoemd, maar ik weiger toch om "u" tegen je te zeggen, alsof je mijn commandant bent.

Oké, ik zal je niet aanstaren, want ik word misselijk van de manier waarop je een kalkoen eet die geen kalkoen is.'

Dus wend ik mijn blik af van de man die niet mijn vader is en staar naar onze hond, Sprocket. Hij is een van de grote uitzonderingen in mijn leven, want Sprocket is inderdaad een hond. Hij ruikt als een hond, hij gedraagt zich als een hond en hij is zo trouw als een hond. De eerste keer dat ik werd geslagen door de man die niet mijn vader is, begon Sprocket tegen hem te grommen. De man die niet mijn vader is gaf hem een trap tegen zijn kop. Hoewel ik het niet zeker weet, omdat ik het grootste deel van de dag op school zit, denk ik dat de man die niet mijn vader is Sprocket nog vaker slaat dan mij. Dat zeg ik vooral omdat Sprocket steeds meer bij hem uit de buurt blijft.

Sprocket ligt nu in de deuropening, met zijn ogen dicht, en luistert naar ons terwijl we zitten te kauwen. Als we een echte kalkoen aten, zou Sprocket natuurlijk onder de tafel liggen, kwijlend en kwispelstaartend, maar hij is niet geïnteresseerd in de witte kleimassa die doet alsof het een kalkoen is.

Vanavond kan ik niet lang naar Sprocket kijken. Zijn hondensnuit doet me denken aan mijn vriend Billy Slurf, die nog geen uur geleden uit het winkelcentrum is afgevoerd door twee bewakers en een echte politieman met een badge en een pistool. Op dit moment, terwijl ik hier mijn kalkoen eet die geen kalkoen is, wordt Billy Slurf waarschijnlijk verhoord door de beste rechercheurs van het hele district.

Dat kan ook een reden zijn waarom ik misselijk ben.

Billy Slurf slaat misschien door.

Hij kan namen noemen.

Mijn naam, bijvoorbeeld.

Billy Slurf kent me niet, evenmin als jij, maar hij weet wel mijn naam en mijn adres.

Zoals gezegd ben je bij de Lashasa Palulu pas schuldig als je actief aan een misdaad meedoet. Maar helaas val ik niet onder de wetten van die stam die geen stam is.

Ik durf niet te beweren dat ik een expert ben op het gebied van de loempia-diefstalwetten in dit deel van de wereld. Misschien ben ik al strafbaar omdat ik alleen maar in de Bay View Mall ben geweest in het gezelschap van Billy Slurf. Misschien is Andy Pearce ook al opgepakt als medeplichtige omdat hij de aandacht van de kok van Wong Chong heeft afgeleid, en ben ik de volgende dominosteen die zal vallen. Het is zelfs al bij me opgekomen dat Billy Slurf kan proberen om alle schuld, of een deel ervan, op mij af te schuiven.

Dus verwacht ik dat er ieder moment op onze deur zal worden geklopt. Ik luister of ik de geluiden hoor van sirenes in de nacht. Als ik opeens het flikkerende kerstmotief van de zwaailichten van een politiewagen op onze gordijnen zou zien, zou me dat niets verbazen.

Om al die redenen heb ik geen zin om naar Sprocket te kijken, en naar zijn hondensnuit, die in vorm en omvang zoveel op Billy's neus lijkt dat ik me afvraag of Billy's voorouders de afschuwelijke zonde hebben begaan om het genetische materiaal van een hond in hun stamboom op te nemen.

Er blijft dus maar één mogelijkheid over, terwijl ik de laatste resten naar binnen werk van de kalkoen die geen kalkoen is, en zorgvuldig mijn hoofd afwend van de televisie waar Vinnie de Fox aan pulp wordt geslagen, of hoe je dat noemt.

Ik kijk naar jou.

Je kent me helemaal niet, maar ik ken jou des te beter. Ik ken alle rimpels en lijnen van je oververmoeide gezicht. Ik ken de manier waarop je je eten in kleine hapjes snijdt voordat je eraan begint, alsof je aan het einde van je krachten bent en daarom eerst het zware werk achter de rug wil hebben.

Ik zie de vage blik in je ogen. Jij vraagt je niet af waar je naar moet kijken tijdens de rest van deze maaltijd die geen maaltijd is. Je bent je nauwelijks bewust van het spektakel. Je walgt niet van de tafelmanieren van de man die niet mijn vader is, omdat je hem niet helder ziet. Je kijkt naar hem door een waas van vermoeidheid en heimwee waardoor hij lijkt op de man met wie je trouwde toen je twintig was en nog vol hoop.

Ik heb je gezien op die trouwfoto, naast de man die mij naar een plee heeft genoemd.

Je had zelfs meer dan hoop, op die foto die nu ergens is weggeborgen. Zelfs meer dan jeugd en schoonheid. Je stráálde helemaal. En je ogen glinsterden.

Ik kende je toen nog niet, maar nu wel. En ik zie duidelijk wat er aan de voet van die lange heuvel ligt waarlangs je naar beneden tuimelt. Je hebt de witte vlag uitgestoken. Je hebt je onvoorwaardelijk aan de vijand overgegeven.

De enige vraag die overblijft is of die overgave terecht en begrijpelijk was, zodat je mijn medeleven verdient, of dat het een laffe en verachtelijke beslissing was.

Jij denkt dat ik niet begrijp wat het is als de man van wie je houdt er zomaar vandoor gaat? Ha! Dat begrijp ik heel goed. Ik weet het omdat ik jou al die nachten heb horen snikken. Ik weet het omdat ik zelf een gat in mijn hart heb voor de man die me naar een plee heeft genoemd en me nooit heeft uitgelegd waarom.

Jij denkt dat ik niet begrijp wat het is om dubbele diensten te draaien achter een lopende band in een fabriek? Ha! Dat weet ik best, omdat ik jou zo goed ken. Ik zie het aan de manier waarop je doodmoe onderuit zit gezakt, zo slap dat je vingers zelfs moeite hebben het bestek vast te houden. Ik hoor het aan je ademhaling als je thuiskomt van je werk en loopt te zuchten met kleine zuchtjes, alsof zelfs je longen doodmoe zijn. Ik zie het in je verlangen om te worden gestreeld en geaaid door de man die niet mijn vader is. Heel zielig, maar wel begrijpelijk.

Ja, ik begrijp het. Ik kan zelfs met je meevoelen, tot op zekere hoogte. Maar ik zal je een harde waarheid vertellen, waar je niet omheen kunt: een onvoorwaardelijke overgave is niet mogelijk zonder dat je eerst hebt overlegd met alle andere officieren in je leger.

Ik ben geen meubelstuk in dit huis. Ik ben niet zomaar een steen in de muur of een balk in het dak of de welkomstmat die zo versleten is dat er net zo goed *val dood* op zou kunnen staan als *welkom*.

Ik ben ook niet de deurbel of de koperen klopper in de

vorm van een leeuwenkop, hoewel die allebei geluid kunnen maken. Ik ben ook niet de hond die ineengerold in de deuropening van de eetkamer ligt, hoewel hij een levend wezen is. Ik ben zelfs niet de televisie, hoewel die wieltjes heeft en ons door het huis kan achtervolgen – het enige altaar waar de man die niet mijn vader is zijn offers brengt.

Ik ben meer dan dat. Ik ben een persoon, een persoon die jij duidelijk niet kent en nooit zult kennen. Ik heb hier een volledige stem. Ik heb mijn rechten. Het is dan wel jouw huis en ik woon dan wel in een van jouw kamers, maar ik heb rechten en je moet naar me luisteren!

Het spektakel zwelt weer aan tot een gebrul. De man die niet mijn vader is leunt naar voren met zijn ellebogen op de tafel en laat een luide boer.

Vinny de Fox wordt uitgeteld. De scheidsrechter zwaait met zijn arm als teken dat het gevecht voorbij is. Vinny geeft geen zichtbare tekenen van leven meer. Doc Whittaker klimt in de ring en buigt zich over Vinny, maar hij kan niets doen. Hij is wel goed in verwondingen, maar ik ben bang dat Vinny de Fox een doodgraver nodig heeft.

En wij zijn aan het einde van onze avondmaaltijd die geen maaltijd is.

Ik sta op van de tafel en breng mijn bord naar de keuken. En het bord van de man die niet mijn vader is. En jouw bord. Ik breng alle borden en bestek en glazen naar onze keuken die geen keuken is om alles om te spoelen, af te wassen en af te drogen.

Jij verpakt de overgebleven kalkoen in plasticfolie voor een toekomstige maaltijd die geen maaltijd zal zijn. We staan samen in de keuken. De man die niet mijn vader is gelooft niet in een eerlijke verdeling van taken tussen iedereen die heeft meegegeten. Hij zit nog steeds aan onze tafel die geen tafel is en wacht tot ze Vinny van de mat heb-

47

ben geschraapt, zodat het volgende gevecht kan beginnen.

Heb je niet één woord gehoord van wat ik zei, o mijn vermoeide en uitgeputte moeder? Ik sta hier, vlak naast je. Ik zie je zo duidelijk – waarom zie je míj dan niet? Ben je zo doof of zo verslagen?

Of komt het gewoon, zoals ik al die tijd al dacht, omdat je me helemaal niet kent?

7. Foltereiland

Vreemd hoe een hele dag, of zelfs een hele week, om één enkel moment kan draaien.

Ik zit op mijn antischool bij antiwiskunde, met een velletje papier in mijn hand. Nee, het is niet mijn algebrahuiswerk. En ook geen proefwerk dat ik heb gemaakt en bij mevrouw Kaaskop wil inleveren. Het velletje papier in mijn hand heeft helemaal niets met wiskunde te maken, of met welk vak dan ook. Het is eigenlijk geen velletje papier.

Het is mijn noodlot, vermomd als papier.

Mijn rechterhand is nat van het zweet. Ik wist niet dat mijn handen zo konden zweten. Ik heb het papiertje – mijn noodlot – keurig twee keer dubbelgevouwen en houd het nu in mijn zwetende hand, wachtend op mijn kans.

Ik zit naast Glorie Halleluja en ik wacht tot het even rustig is. Mevrouw Kaaskop staat voor de klas en houdt een verhaal over gehele getallen. Ik hoor geen woord van wat ze zegt. Als ze ophield over gehele getallen en opeens de cancan ging dansen of een nummertje ging rappen, zou het me niet eens opvallen.

Ze zou me een beurt kunnen geven en me kunnen vragen wat ze wilde, zonder dat ik het antwoord zou weten. Als ze me zou vragen hoe ik heet, of welke kleur gras heeft, of hoeveel oren ik aan mijn hoofd heb, zou ik het haar niet kunnen zeggen.

Maar gelukkig krijg ik geen beurt. Ze geeft les. Ze heeft een krijtje in haar rechterhand en zwaait ermee als met een dolk terwijl ze algebra-onzin uitkraamt met een snelheid van honderd kilometer per minuut.

Ik hoor het niet. De geluidsgolven splitsen zich voordat ze mij bereiken en sluiten zich pas weer achter mij. Algebra heeft niet de macht om door mijn koortsige isolement heen te breken.

Ik sta namelijk op het punt om Glorie Halleluja mee uit te vragen.

Ik bevind me op een eiland, ook al zit ik gewoon aan mijn tafeltje, tussen mijn klasgenoten – behalve Billy Slurf, die vandaag opvallend afwezig is.

Ik zit op Foltereiland.

Er groeien geen bomen op Foltereiland. Er zijn geen hutten, geen heuvels, geen stranden. Alleen maar twijfel.

Gloria zal me uitlachen. Die gedachte is mijn enige, treiterende gezelschap hier op Foltereiland. Ik weet alleen nog niet hoe en wanneer ze me zal uitlachen.

Misschien neemt ze me serieus. Dan kan ze heel eerlijk antwoorden: 'O, John, besta jij ook? Leef jij ook hier op aarde, net als ik? Ik wist niet dat wij in hetzelfde heelal bestonden.'

Of misschien is ze sarcastisch: 'John, ik zou graag met je mee uitgaan, maar die avond moet ik toevallig de kattenbak verschonen.'

Ze kan mijn briefje lezen, haar sierlijke hand voor haar mooie mond slaan, rood aanlopen van ingehouden spanning en opeens exploderen in een onbedaarlijke lachbui, als-of de Mount St. Helens plotseling tot uitbarsting komt mid-den in de antiwiskundeles.

Of erger nog, ze kan haar vrolijkheid verbergen onder dikke lagen medelijden: 'John, wat lief en dapper van je om mij te vragen. Ik weet zeker dat er genoeg meisjes vrijdag-avond dolgraag met je mee zouden gaan. Ik twijfel er niet aan dat je zult opgroeien tot een lange, knappe, rijke en succesvolle man en dat ik me op de tiende reünie van onze school de haren uit het hoofd zal trekken omdat ik ooit nee tegen je heb gezegd.'

In werkelijkheid bedoelt ze natuurlijk: 'Dat zou allemaal kunnen, in de toekomst. Maar op dit moment ben je ge-woon een hopeloos geval, met een naam als een plee, ter-wijl ik Glorie Halleluja ben. Hoe haal je het in je hoofd dat ik ooit met jou gezien zou willen worden op een feestje?'

Je ziet dus wel dat Foltereiland niet bepaald een prettig vakantieoord is. Ik heb het hier niet naar mijn zin. Ik neem het eerste het beste vliegtuig terug naar huis en kom hier nooit meer terug.

Ik heb een plannetje om hier weg te komen. Een gewaagd plan. Misschien dat het lukt.

Maar er is één probleem. Mevrouw Kaaskop moet mee-werken met mijn plan om me wat ruimte te geven. Ze moet zich helemaal omdraaien, met haar rug naar ons toe, om een stel formules op het bord te schrijven. De hele klas, behal-ve ik, zal zich dan over hun antiwiskundeschriften buigen om de formules over te nemen. Zo ontstaat een dubbele leegte, een gat in plaats en tijd, waarvan ik gebruik kan ma-ken om van Foltereiland te ontsnappen.

Op dat moment zal ik me naar voren buigen om Glorie Halleluja zachtjes op haar schouder te tikken. Of misschien geef ik haar een zetje tegen haar elleboog. Of misschien blaas ik een koude luchtstroom over haar wang, als een koele herfstbries of zoiets. Ze zal haar mooie gezichtje naar me toe draaien en onze blikken zullen elkaar ontmoeten. Ik zal mijn rechterhand naar haar uitstrekken in een universeel gebaar van vriendschap, terwijl ik haar het briefje geef. Ze zal het behendig uit mijn hand nemen, waarbij onze vingers elkaar even raken, in een magisch moment.

Ze zal het briefje openvouwen op haar schoot, als een geheime schatkaart, en het lezen met één blik van haar stralende blauwe ogen. Dan zal ze me aankijken en weet ik het antwoord – gunstig of ongunstig, blij of boos, instemmend of afwijzend. En eindelijk ben ik dan van Foltereiland af.

Waarschijnlijk vraag je je af wat er op het papiertje staat dat ik in mijn rechterhand heb.

Ik geef eerlijk toe dat ik vannacht geen oog heb dichtgedaan. Ik heb wakker gelegen in mijn slaapkamer die geen slaapkamer is, starend naar het plafond, terwijl ik nadacht over mijn tactiek en strategie, zoals een groot generaal doet voor een veldslag. Er bestaan bijna geen manieren om een meisje mee uit te vragen die ik niet heb overwogen en weer verworpen.

Toen ik vanochtend op school kwam, wist ik het nog steeds niet. Ik had echt geen flauw idee. Maar opeens zoemde er een gerucht onze klas binnen, als een grote bromvlieg, van het ene tafeltje naar het andere. Billy Slurf had de vorige avond in de Bay View Mall problemen gehad met de politie. Hij was opgepakt wegens kruimeldiefstal, of winkeldiefstal in de derde graad, of minderjarige criminaliteit – nou ja, een licht vergrijp, en pas zijn eerste keer. Maar onze school heeft een vaste regel. Iedereen die door de politie wordt opgepakt en ergens van beschuldigd, wordt een week geschorst.

Dat gaat automatisch.

Daarom was Billy vandaag niet op school. Daarom zal hij

morgen niet komen. En vrijdag ook niet.

Volgens hetzelfde gerucht hadden zijn ouders hem een maand lang huisarrest gegeven. Dus zouden we hem voorlopig niet meer in de Bay View Mall zien. Of bij het basketbal.

Opeens wist ik de oplossing.

Daar, in de klas, scheurde ik een velletje van mijn gele schrijfblok. Mijn zwarte balpen trilde een beetje in mijn rechterhand toen ik de alles beslissende vraag opschreef: 'Gloria, ga je vrijdag met me mee naar het basketbal?' Onder die belangrijke vraag tekende ik twee hokjes – een opvallend groot hokje met JA en een klein hokje met NEE.

Dat was het gele papiertje dat ik twee keer had opgevouwen en dat ik nu in mijn klamme hand houd terwijl ik op Foltereiland zit te wachten tot mevrouw Kaaskop zich omdraait naar het bord en me de kans geeft die ik nodig heb.

Ik kan Glorie Halleluja niet tussen de lessen door aanspreken omdat ze dan altijd met haar vriendinnen loopt te kletsen. Ik kan niet wachten tot later in de week, omdat ze dan misschien al heeft afgesproken om samen met een vriendin naar de wedstrijd te gaan. Nee, het is duidelijk dat het vandaag nog moet gebeuren, en dat ik haar vóór het einde van de les dat briefje moet geven, anders zal ik de rest van mijn leven een lafaard zijn.

We hebben nog maar tien minuten tot het einde van deze antiwiskundeles. Mevrouw Kaaskop lijkt niet van plan om haar ideeën over algebra voor het nageslacht te noteren. Misschien is dat gele krijtje in haar hand gewoon een attribuut. Het is best mogelijk dat ze gisteravond haar hand heeft geblesseerd bij armpje-drukken en daarom niet meer kan schrijven. Het is best mogelijk dat ze haar leerlingen helemaal vergeten is en denkt dat ze een rol speelt in een Hollywoodfilm.

Mevrouw Kaaskop, het spijt me erg, maar dit is niet *Gejaagd door de wind* en u bent niet Vivien Leigh. Dit is zelfs niet *Gejaagd door een licht briesje*. Dit is antiwiskunde en u bent onze lerares. En hoewel ik geen woord versta van wat u zegt omdat ik ben aangespoeld op Foltereiland, wil ik u er wel aan herinneren dat de rest van de klas uw lessen over algebra dringend in hun schriftjes moet noteren. Daar hebben ze een voorbeeld bij nodig, dus schrijf iets op het bord!

Nog maar zeven minuten tot het einde van antiwiskunde. Ik probeer mevrouw Kaaskop naar het bord toe te draaien met behulp van telekinese. Maar de atomen van haar lichamen zijn verrassend goed bestand tegen mijn telepathische krachten.

Nog maar zes minuten. Nog vijf.

In vredesnaam, mevrouw Kaaskop! Schrijf iets op het bord! Dat doen toch alle wiskundeleraren? Het geeft niet wat – stellingen, vereenvoudigde vergelijkingen, rechthoeken, hoekmetingen, voor mijn part die gemene kop van Algebra zelf, met zijn vlijmscherpe tanden. MAAR SCHRIJF IETS!

Opeens stopt mevrouw Kaaskop met haar uitleg. Natuurlijk kan ik haar niet horen, omdat er geen enkel geluid door de onzichtbare muur rond Foltereiland doordringt, maar ik zie dat ze haar lippen niet meer beweegt. Haar rechterhand, die met het krijtje, gaat omhoog.

Dan beginnen haar heupen te draaien.

Het gebeurt allemaal in slow motion. Omdat het een zaak van leven of dood is, lijkt alles opeens veel trager te gaan.

Door de beweging van haar heupen draaien de schouders en het bovenlichaam van mevrouw Kaaskop nu ook mee.

Haar nek volgt haar schouders, zoals de dag volgt op de nacht.

Ten slotte wordt ook haar bleke ronde gezicht in de richting van het bord getrokken.

Ze begint te schrijven. Ik heb geen idee wát – zelfs als het hiërogliefen waren zou het me nog niet opvallen. Zelfs als het een schatkaart was met de plaats van een kist met goud, zou het me niets kunnen schelen.

Ik zit nu klaar. Mijn hart bonst tegen mijn ribben, heel langzaam, als een hamer die een toonladder slaat tegen een metalen klavier. Bing. Beng. Bom. Bam. Mijn ademhaling gaat zo snel dat ik geen lucht meer krijg, als dat ergens op slaat. Blijkbaar ben ik van Foltereiland af, want ik hoor nu elk geluidje in de klas. Ik kan bijna in een cirkel van driehonderdzestig graden zien. Het lijkt wel of een van mijn ogen zich over mijn gezicht heeft verplaatst en nu als bij een platvis boven op mijn hoofd zit.

Ik ben me bewust van al mijn klasgenoten bij antiwiskunde. In een hoek van het lokaal zie ik Karen Zapolin – die ik nogal wreed Karen Zeppelin heb genoemd omdat ze dik is en uitsluitend hete lucht in haar bovenkamer heeft – druk formules opschrijven in haar schrift. En ik zie dat Norman Koch – die rechts van Glorie Halleluja zit en die ik Norman Kuch noem omdat hij al sinds groep vijf een lelijk hoestje heeft waaraan de Bestrijding Besmettelijke Ziekten veel meer aandacht zou moeten besteden – ook al zit te pennen.

Kortom, de hele antiwiskundeklas is nu druk bezig. We hebben nog vier minuten over. Mevrouw Kaaskop kladdert in een ongelooflijk hoog tempo het hele bord vol in een poging om nog vóór de bel de laatste druppel antiwiskundekennis uit de bloemkool van haar brein te persen. En iedereen doet zijn best haar bij te houden. Overal om me heen krassen pennen zo driftig over de blaadjes dat de inkt nauwelijks de tijd heeft om uit te vloeien en zich aan het papier te hechten.

Die snelschrijfwedstrijd tussen mevrouw Kaaskop en de klas schept precies de dubbele leegte in ruimte en tijd die ik nodig heb om mijn missie te volbrengen!

Het moment is gekomen! De grote klepel in de klok van het noodlot heeft mijn uur geslagen! *Ka-bang! Ka-bang!*

Mijn hart ontsnapt aan de kooi van mijn ribben, zwemt moedig mijn aorta in en slaat af naar mijn hartslagader als een zalm die terugzwemt naar zijn oude paaigronden, steekt de bloedbaan naar mijn hersens over, smijt het mannetje achter de knoppen – een beruchte lafaard – uit zijn stoel en haalt zelf de hendels over.

Mijn rechterhand komt omhoog en beweegt zich opzij, heel langzaam, als een onderzeeboot onder de oppervlakte van mijn tafeltje, om de radar van mevrouw Kaaskop te ontwijken.

Mijn rechterwijsvinger maakt contact met de heilige warmte van de linkerpols van Glorie Halleluja.

Ze kijkt omlaag om te zien wat haar onder het blad van haar tafeltje heeft aangeraakt. Dan ziet ze mijn hand, met het kostbare gele briefje.

Gloria begrijpt het meteen.

De overdracht van het geheime briefje voltrekt zich binnen een nanoseconde. Mevrouw Kaaskop en de rest van de antiwiskundeklas hebben geen idee dat er zoiets belangrijks is gebeurd.

Ik schakel de snelheid en de richting van mijn rechterhand weer om en hij keert veilig in de haven terug.

Ondertussen daalt mijn oog – dat zich over mijn hoofd had verplaatst – weer af vanaf mijn kruin en vindt een plekje achter mijn rechteroor, waar het een uitstekend uitzicht heeft op Glorie Halleluja.

Ze heeft mijn briefje op haar schoot gelegd, met haar rechterelleboog ervoor, zodat niemand het vanaf die kant kan zien. Het tafeltje geeft voldoende beschutting aan de andere kant.

Handig heeft ze een veilig plekje gevormd waarin ze nu mijn briefje openvouwt. Ze leest het.

De tijd staat plotseling stil. Letterlijk. De snelle seconde-wijzer van de klok aan de muur van het lokaal is tot stilstand gekomen op de zeven.

Ik kijk naar Glorie Halleluja, speurend naar de kleinste reactie die me een aanwijzing kan geven.

Ze hoeft niets te zeggen. Ze hoeft de hokjes JA of NEE op het briefje niet in te vullen. Als ze maar met haar ogen knippert is dat voor mij voldoende. Als ze een rimpel in haar neus trekt zal de betekenis daarvan mij niet ontgaan. Op dit spannende moment ben ik zo geconcentreerd op haar dat ik zeker weet dat ik elke reactie van Glorie Halleluja onmiddellijk zal begrijpen, wat het ook is.

Daar durf ik mijn leven onder te verwedden.

Maar wat ze doet is dit. Ze vouwt mijn briefje weer op. Zonder naar me te kijken, met haar ogen te knipperen of zelfs maar een rimpel in haar neus te trekken brengt ze het briefje naar haar lippen. Eén krankzinnig moment denk ik dat ze het wil kussen. Maar dan openen haar mooie lippen zich als twee rozenblaadjes in de voorjaarszon.

Haar parelwitte tanden gaan van elkaar.

En ze eet mijn briefje op.

Gelukkig kauwt ze niet. Ze slikt het in één keer in, als een vitamine-C tablet. Ik zie mijn briefje door haar elegante hals omlaag glijden.

Ze kijkt me nog steeds niet aan.

De bel gaat. De dubbele leegte van ruimte en tijd wordt onherroepelijk vernietigd. Iedereen staat haastig op en pakt zijn boeken. Glorie Halleluja's vriendinnen drommen om haar heen en ze verdwijnt de klas uit zonder maar één blik achterom.

Mijn diepste geheim ligt nu letterlijk opgesloten in haar binnenste.

8. Een fantasie over mijn vader, als het mag

Dit is mijn probleem in een notendop. Beleefde verzoeken om een afspraakje op vrijdagavond kunnen worden geaccepteerd of afgewezen. Je kunt erom lachen of huilen. Maar zelfs met mijn beperkte ervaring weet ik vrij zeker dat ze zelden worden opgegeten. Het kost me heel wat moeite om me te verplaatsen in de gedachtegang die Glorie Halleluja ertoe kan hebben gebracht om mijn briefje op te eten.

Die hele dag op de antischool probeer ik te bedenken wat er door haar heen ging toen ze slikte. Twee keer bij het wisselen van de lessen kom ik haar op de gang tegen, maar steeds wordt ze omringd door vriendinnen. Ik krijg de kans niet om haar onder vier ogen om uitleg te vragen. En zelf zegt ze ook geen woord tegen mij. Het klinkt misschien paranoïde, maar ik heb sterk de indruk dat Glorie Halleluja haar hoofd omdraait als we elkaar tegenkomen.

Ik zal dus zelf de reden voor die vreemde briefjesconsumptie moeten verzinnen. Ik heb een lijstje opgesteld van mogelijke verklaringen. Het is nu al na middernacht, en hoewel het geen lange lijst is, denk ik toch dat ik alle redelijke veronderstellingen, conclusies en redeneringen heb verwerkt die als verklaring kunnen dienen voor zo'n reactie op een vraag om een afspraakje.

Ik ben de enige die nog wakker is in mijn hele huis. Ik heb in bed aan mijn lijst gewerkt, sinds precies elf minuten over elf, toen de man die niet mijn vader is de deur van de grote slaapkamer verderop in de gang – de kamer die niet langer de kamer van mijn ouders is en dat nooit meer zal zijn – achter zich dichttrok.

Een fantasie over mijn vader, als het mag. Het is vreemd, maar ik geloof dat ik de man die me naar een plee heeft genoemd nooit zo heb gemist als vanavond. Als hij hier nu was, in plaats van die onbeschofte pummel met zijn dikke buik, die nu naast mijn moeder ligt te snurken, zou hij me binnen vijf seconden kunnen uitleggen waarom Glorie Halleluja dat briefje heeft opgegeten. Daar ben ik van overtuigd.

Dit is mijn fantasie. De man die me naar een plee heeft genoemd is weer terug. Hij heeft zelfs een heel goede verklaring waarom hij bijna tien jaar geleden zomaar is verdwenen. 'Ze hebben me omhoog gestraald naar een vliegende schotel, jongen. Ik kon er niets aan doen. Ik had jou en mam een ansichtkaart willen sturen, of een keertje willen bellen, maar ze sleepten me de hele melkweg door. Het heeft me negen jaar gekost om te ontsnappen en terug te komen, maar nu ben ik weer thuis en ga ik nooit meer weg.'

In mijn fantasie is de man die me naar een plee heeft genoemd een lange, knappe kerel, maar vreemd genoeg lijkt hij precies op mij. Hij heeft een ontspannen, gulle lach en beweegt zich met het zelfvertrouwen en de soepelheid van een echte atleet. Als ik naar hem kijk, voel ik me blij. Ik ben

60

immers zijn zoon, dus volgens de wetten van de erfelijkheid zal ik bijna net zo opgroeien als hij.

We zijn in het park. Het is zondagochtend en we gooien een football heen en weer. Mijn vader heeft me juist het mannelijke geheim geleerd hoe je met effect kunt gooien. 'Kijk, jongen,' zegt hij, 'je bent nu lid van de broederschap van mannen die met effect kunnen gooien. Als ze teams moeten kiezen op school, zul je altijd als eerste of tweede worden gekozen.'

'Bedankt, pa,' zeg ik. 'Ik heb altijd geweten dat er een geheim bestond dat iemand me alleen maar hoefde uit te leggen, zodat ik zelf ook zou kunnen gooien als de beste.'

'Zo is het, kerel. Van nu af aan zul je bekend staan als de Man met de Sterke Arm. En als je nog eens iets wilt weten waar ik je mee kan helpen, zeg het dan. Ik ben nu weer thuis. De wereld is vol van geheime kennis, jongen, die de mensen al eeuwenlang verborgen houden. Het is mijn taak als jouw vader om je in die geheimen in te wijden.'

'Nou, pa,' zeg ik, 'er is inderdaad nog iets wat ik je wilde vragen. Het gaat over meisjes.'

Mijn vader grinnikt. 'Dat is wat lastiger dan een bal met effect gooien, jongen. Maar laat eens horen.'

'Vandaag op school heb ik een briefje aan een meisje gegeven. Ze is heel knap, pa. Met dat briefje wilde ik haar om een afspraakje vragen.'

'Heel goed, kerel. Precies je vader op die leeftijd.'

'En... nou, pa, ze heeft dat briefje opgegeten.'

'Opgegeten?'

'Ja, pa. In één keer ingeslikt. En ik heb geen idee waarom.'

'Beste jongen,' zegt mijn vader, terwijl hij vriendschappelijk een arm om mijn schouders legt, 'ik ben heel blij dat je dat vraagt. Want zonder de juiste begeleiding zou je misschien denken dat vrouwen zich heel vreemd en mysterieus gedragen en dat je hen daarom nooit zult begrijpen. Maar ik kan het je in vijf minuten uitleggen, zodat het meteen duidelijk is. Ik zal je een verhaal vertellen. Weet je wat er gebeurde op de dag dat ik me op een knie liet zakken en je moeder ten huwelijk vroeg?'

'Zei ze ja?'

'Niet meteen, jongen. Eerst moest ik haar een ring geven. En weet je wat ze deed toen ik haar die ring gaf?'

'Nee, pa.'

'Ze at hem op. Ze stak hem in haar mond en slikte hem door als een kersenpit. Ik geef toe dat ik stomverbaasd zou zijn geweest – dat het hele aanzoek misschien verkeerd was afgelopen – als ik niet had geweten wat dat betekende. Maar je grootvader wist het gelukkig, en hij had me het geheim al verklapt, dus ik was erop voorbereid. En nu, jongen, zal ik het ook aan jou vertellen.'

Helaas eindigt daar deze fantasie over mijn vader. In een fantasie kan hij me immers geen dingen vertellen die ik zelf niet weet. Als ik die fantasie zou kunnen afmaken, hoefde ik niet de halve nacht op te blijven om een lijstje te bedenken met mogelijke verklaringen voor Gloria's gedrag. En geen van die verklaringen spreken me erg aan.

Ik kom tot de volgende mogelijkheden.

De eerste en meest verontrustende verklaring is dat Glorie Halleluja misschien helemaal geen meisje is. Goed, ze ziet eruit als een meisje, ze gedraagt zich als een meisje, ze loopt als een meisje en ze ruikt zelfs naar het parfum van een meisje, maar ik heb in mijn korte leven wel geleerd dat de dingen niet altijd zijn wat ze lijken. Als mijn tuba een reuzekikker kan zijn die zich voordoet als een muziekinstrument, is het best mogelijk dat het meisje van mijn dromen in werkelijkheid geen meisje is, maar een hongerige geit.

Dat lijkt niet helemaal onlogisch. Ga maar na. Als je een hongerige geit een briefje geeft, zal hij niet knikken of glimlachen of het hokje JA of NEE aankruisen en het weer teruggeven. De geit zal het briefje niet als een middel van communicatie zien, maar als een lunch.

Anders gezegd: een briefje is voor een geit wat een hot dog is voor een mens.

Ik heb moeite met die theorie omdat het zo tegen mijn eigen waarnemingen indruist. Glorie Halleluja is het meest meisjesachtige meisje dat ik ooit heb gezien. Ze is het summum van charmante, vrouwelijke meisjesachtigheid. En absoluut het minst geitachtige meisje dat ik ken, al heb ik daar niet zo'n beeld bij. Als ze inderdaad een geit is die zich als meisje voordoet, heeft ze zich perfect vermomd.

Mijn tweede hypothese is tegelijk de gunstigste. Misschien wilde Glorie Halleluja mijn briefje niet opeten maar bracht ze het naar haar lippen om het te kussen in een teder gebaar.

Het is niet uitgesloten dat ze juist op het moment van dat heel begrijpelijke en liefdevolle gebaar opeens een nies of een boertje wilde onderdrukken en daardoor snel moest inademen door haar mond. Mijn briefje werd meegenomen door de luchtstroom en haar longen in gezogen, zoals vogels op vliegvelden soms in de straalmotoren van vliegtuigen terechtkomen.

Dat zou ook verklaren waarom ze de rest van de dag geen woord tegen me zei en zelfs haar hoofd leek om te draaien als we elkaar op de gang tegenkwamen. Misschien schaamde ze zich net zo voor het onvrijwillig opeten van mijn briefje als ik me daarover verbaasde. Het zou best het eerste briefje kunnen zijn dat ze ooit heeft opgegeten, zodat ze er zelf ook geen verklaring voor heeft.

Het enige probleem met die theorie is dat ik Glorie

Halleluja heel scherp observeerde op het moment dat ze het briefje naar binnen werkte, en ik geen spoor van een onderdrukte nies of boer kon ontdekken – zelfs niet het begin ervan. Volgens mij was haar ademhaling heel normaal.

Zelf onderdruk ik nu een geeuw met mijn rechterhand. Het is al bijna één uur in de nacht. Ik zit rechtop in bed in mijn kleine slaapkamer die geen slaapkamer is en werk mijn korte lijstje af bij het licht van een kleine zaklantaarn.

De reden dat ik een kleine zaklantaarn gebruik is de man die niet mijn vader is. Als hij me zo laat nog wakker zou treffen, was het leed niet te overzien. 'Wat is dit?' zou hij brullen, terwijl hij mijn deur wijdopen trapte. 'Wat krijgen we nou?' zou hij vragen, terwijl hij de dekens van me af rukte. 'Weer zo'n smerig blaadje? Lig je weer met jezelf te spelen? Wat ben je ook een walgelijke kleine viezerik.'

De man die niet mijn vader is gelooft niet erg in persoonlijke privacy. Niet de mijne, tenminste. Hij heeft me al een paar keer 's avonds laat verrast. Met het geringste excuus begint hij mijn kamer te doorzoeken. Het enige verdachte voorwerp dat hij ooit heeft gevonden was een nummer van *National Geographic*, met een artikel over een stam langs de Amazone die – ongetwijfeld omdat ze in een snikhete jungle leven – niet erg veel kleren dragen.

Ik zeg er duidelijk bij dat het totaal niet pornografisch was. Het was een informatieve reportage in een fatsoenlijk blad, en de begeleidende foto's waren bedoeld als antropologisch materiaal. Ik lag het 's nachts in bed te lezen omdat ik niet kon slapen. En ik keek toevallig naar een foto van een tienermeisje met blote borsten omdat ik net een bladzij had omgeslagen op het moment dat de man die niet mijn vader is mijn kamer binnenstormde.

De man die niet mijn vader is nam het blad mee naar beneden om het aan mijn moeder te laten zien. 'Kijk eens waar die kleine viezerik zich mee amuseert!' brulde hij zo hard dat hij tot in Hong Kong te horen moet zijn geweest. 'Hij probeerde het onder zijn bed te verstoppen toen ik binnen-kwam.'

Ik stond in de deuropening van mijn kamer, bijna ver-lamd van woede en schaamte, en luisterde naar haar ant-woord.

'Ach, hij is een opgroeiende jongen, Stan. Maak je niet druk. Laten we maar gaan slapen. Ben je zelf niet jong ge-weest?'

'Niet op die manier, goddank. De kleine viespeuk!'

Gelukkig hoor ik vanavond de man die niet mijn vader is luid snurken in de grote slaapkamer aan het einde van de gang. Ik zou het de kamer van mijn ouders noemen, maar sinds hij daar slaapt – en hij in geen enkel opzicht een ou-der van me is en nooit zal zijn – zal ik me beperken tot de omvang en de ligging van de kamer.

Hij snurkt met korte, luide explosies, als een man die met een kettingzaag boomstammen in precies gelijke houtblok-ken zaagt voor de open haard. Hij draagt een boxershort in bed en zijn grote harige buik hangt over het elastiek van zijn broekje als een kangoeroejong dat uit de buidel van zijn moeder probeert te klimmen.

Mijn moeder slaapt naast hem. Niet te geloven dat ie-mand nog kan slapen met die herrie naast zich. Maar mijn moeder heeft vandaag weer een dubbele dienst gedraaid op de fabriek en ze zou nog door het begin van de derde we-reldoorlog heen slapen.

Als ik echt wanhopig zou zijn, en masochistisch (wat dat ook mag betekenen), zou ik de man die niet mijn vader is kunnen vragen om Gloria's gedrag te verklaren. Ik weet nu al wat hij zou zeggen: 'Heeft ze het opgegeten? Ha!' En hij zou erom lachen. 'Net goed, kleine griezel die je bent.'

'Maar waaróm heeft ze het dan opgegeten?'

'Omdat ze niks van je moet hebben,' zou de man die niet mijn vader is zeggen. 'Ze vindt je zo'n engerd dat ze je briefje in de plee wil deponeren.' Hij kan heel vulgair zijn, de man die mijn moeder heeft gekozen uit zo'n twee miljard andere kandidaten op deze wereld.

Maar toch ben ik bang dat hij er niet zo ver naast zou zitten met zijn analyse. Mijn derde en laatste verklaring voor de reactie van Glorie Halleluja is wel heel deprimerend. Het is mogelijk dat Gloria mijn grenzeloze gevoelens van affectie en aanbidding niet deelt.

In mijn enthousiasme en onervarenheid heb ik misschien de aanwijzingen verkeerd begrepen. In plaats van GAS GEVEN stond er misschien STOP! GEVAARLIJKE AFGROND op de bordjes. Het is heel goed mogelijk dat ze me niet ziet zitten, of dat ze me walgelijk vindt op manieren waar ik maar liever niet over nadenk.

En als ik die redenering volg tot aan de grimmige conclusie, vond Glorie Halleluja mijn voorstel om samen uit te gaan misschien zo kwetsend en afschrikwekkend, zo buiten alle grenzen van normaal sociaal gedrag, gezien onze uiteenlopende populariteit op onze antischool, dat ze het briefje meteen wilde vernietigen.

Het was niet voldoende voor haar om mijn voorstel af te wijzen door nee te schudden of het hokje NEE aan te kruisen of zelfs het briefje in kleine snippers te scheuren – nee, ze moest het totaal en definitief vernietigen.

En door het op te eten heeft ze het efficiënt verwijderd uit ruimte en tijd. Ze had net zo goed kunnen zeggen: 'Je hebt het recht niet om me in de positie te brengen dat ik erover na moet denken of ik met jou uit wil. Dus zal ik je verzoek in het niets laten verdwijnen.'

Die derde en laatste theorie is heel onplezierig, maar helaas niet onwaarschijnlijk. Het enige wat er niet aan klopt is dat ik me niet kan voorstellen dat Glorie Halleluja zo'n hekel aan me zou hebben of dat een meisje met zo'n engelengezichtje zo wreed zou kunnen zijn.

Ze moet toch weten wat ik voor haar voel. We wisselen al maanden telepathische berichten uit. We hebben elkaar geheime signalen gestuurd – een hand door je haar, even krabben aan je oor.

Ze zal toch wel begrijpen dat het niet eenvoudig voor me was om haar dat briefje te geven en dat ik eigenlijk best aardig ben en een goed hart heb, dat voor niemand anders klopt dan voor haar?

Maar er is nog een andere verklaring waar ik bij stil moet staan.

Het is mogelijk dat Glorie Halleluja – net als u, meneer Steenwilly, en net als iedereen in mijn leven dat eigenlijk geen leven is – me niet kent.

Dat ze me helemaal niet kent.

9. De gelukkigste dag van mijn leven

De gelukkigste dag van mijn leven begint heel ongelukkig. Ik word te laat wakker uit een slaap die geen slaap is. Het kan geen slaap zijn geweest, anders was ik niet zo moe. Sterker nog, ik ben vermoeider dan om drie uur vannacht, toen ik eindelijk mijn lijstje en mijn zaklantaarn opborg en mijn ogen dichtdeed.

Ik begrijp niet hoe je moe kan worden van slaap. Ik vermoed weleens dat mijn hersens denken dat ze slapen terwijl ik in werkelijkheid naar een ander universum ben getransporteerd waar ik word gedwongen de hele nacht rondjes te rennen of met een leger aliens over zwaar terrein te marcheren.

Bovendien ben ik bang als ik wakker word. Die angst wordt nog groter als ik uit bed kom en me aankleed. Ik kan nauwelijks mijn knagende angst verbergen als ik aan onze tafel zit die geen tafel is en een kom met slappe cornflakes eet.

Ik ben bang omdat ik zeker weet dat Glorie Halleluja vandaag op een of andere manier op mijn briefje zal reageren en ik vrees het ergste.

Gisteravond, toen ik nog mijn lijstje maakte om haar gedrag te verklaren, vertelde zij waarschijnlijk haar vriendinnen al over mijn briefje. Misschien was er wel een grote bijeenkomst van de geheime zusterclub van knappe-meiden-van-veertien, waarbij Glorie Halleluja het woord deed: 'Zusters,' sprak ze, 'jullie zullen niet geloven wat mij vanochtend is overkomen bij antiwiskunde. Ik kreeg een briefje dat zo stom en zielig was dat ik het moest opeten! Ik zal jullie vertellen wat erin stond, en jullie zullen nooit geloven wie de brutaliteit had om het me te sturen.'

Ik ben bang als ik naar school loop. Steeds als ik een lid van de geheime zusterclub van knappe-meiden-van-veertien tegenkom, kijk ik de andere kant op.

Ik loop langs het huis van Billy Slurf, maar hij is nergens te bekennen. Behalve dat hij is geschorst en huisarrest heeft gekregen, zou het me niets verbazen als meneer en mevrouw Slurf hem ook nog in de kelder hebben vastgeketend. Ze hadden zulke hoge verwachtingen van de jonge Slurf. Ze dachten dat hij als beste van onze antischool examen zou doen, om aan Harvard te gaan studeren, president van Amerika te worden en een medicijn tegen ouderdom te ontdekken.

Ze zullen niet blij zijn geweest met zijn loempiadiefstal. Ik vrees dat de woede van de teleurgestelde Slurfouders in volle hevigheid is neergedaald op mijn vriend die geen vriend is. Ik zoek zijn gezicht achter een van de ramen, maar alle gordijnen zijn dicht, alsof iedereen in dat huis zich heel diep schaamt.

Ik ben twee minuten te vroeg op school. Mijn kastje is op de tweede verdieping, in een verre hoek. Ik draai aan het combinatieslot – drie klikken links, vier klikken rechts en vijf klikken links – maar het klinkt niet erg hoopvol en het kastje blijft dicht. Dat verbaast me niet. Mijn kastje werkt niet zoals anders kastjes werken. Het is niet onder de indruk van de juiste combinatie. Mijn kastje is lastig en gemeen.

Ik probeer de combinatie niet nog een keer. 'Ga open!' fluister ik eerst. 'Ik ben nu niet in de stemming. Als je me tegenwerkt, zul je er spijt van krijgen.'

Mijn kastje geeft geen antwoord, omdat het niet kan praten, maar het denkt: Je doet je best maar, eikel. Mijn grootvader was een kluis in Fort Knox en ik ga niet zomaar open voor types zoals jij.

Ik geef mijn kastje zo'n harde trap dat ik er een deuk in schop. Misschien heb ik ook een paar tenen gebroken. Ik hink in de rondte van pijn. Dan laat ik mijn geblesseerde voet weer zakken en verdwijnt alle pijn omdat ik Glorie Halleluja in al haar glorie naar me toe zie komen. Ze kijkt tamelijk vrolijk, maar een beetje verbaasd over wat ze net heeft gezien. 'Gaat het?' vraagt ze.

'O. Ja,' zeg ik, opeens duizelig als ik de volle kracht van haar helderblauwe ogen op me gericht voel. Het spijt me als dat erg dramatisch klinkt, maar het is net alsof ik op een heuvel sta en de zon zie opkomen. 'Best,' hijg ik. 'Alles oké.'

'Je stond tegen je kastje te schoppen.'

'Oefenen voor voetbal.'

'Ik wist niet dat je voetbalde,' zegt ze.

'Ik doe alle mogelijke sporten,' zeg ik tegen haar. En omdat ik nog steeds duizelig ben van haar blauwe ogen – de zonsopkomst vanaf de heuvel – gooi ik het er meteen maar uit: 'Waarom heb je mijn briefje opgegeten?'

Ze glimlacht. De lichten van het universum knipperen aan en uit. Materie en antimaterie komen bijna samen. Ze glimlacht tegen me. *Tegen mij!* 'Ik had honger,' zegt ze.

Dus ze is toch een geit. Ach, wat geeft het ook. Geit of meisje, ik ben stapel op haar. Haar geheim is veilig bij me.

Ik neem wel snippers papier en blikjes voor haar mee. Ik zal een bel om haar nek binden en haar naar groene grazige weiden brengen.

'Een grapje, gek,' zegt ze. 'Wat moest ik er anders mee doen? Ik bedoel, je gaf het me aan het einde van het uur. Mevrouw Gabriel kon zich elk moment omdraaien en ons betrappen. Ik kon niet het risico nemen dat ze het zou vinden.'

Ik glimlach terug tegen haar en knik als ik haar antwoord hoor. Natuurlijk, denk ik, dat klinkt heel logisch. Het bewijs opeten. Als Billy Slurf die loempia had opgegeten had hij alles kunnen ontkennen. Dan zou hij nu een vrij man zijn geweest.

'En ik was een beetje verbaasd,' zegt ze. 'Ik wist niet eens dat je me leuk vond.'

'Nou...' begin ik, maar verder weet ik niets.

'Ik bedoel, ik dacht van wel, maar je had nooit iets gezegd.'

'Maar...' wil ik protesteren, voordat ik weer vastloop.

'Ik dacht dat je gisteren na wiskunde wel iets tegen me zou zeggen, maar steeds als ik je tegenkwam, leek het of je je schaamde en rende je weer weg.'

'Nee...' probeer ik haar uit te leggen, maar hoe kan ik nu zo'n ingewikkeld geval van wederzijdse misverstanden uit de weg ruimen?

Glorie Halleluja kijkt me aan. 'Je bent zeker een beetje verlegen,' zegt ze. 'Is dat het?'

Ik knik.

'Het is helemaal niet erg om verlegen te zijn,' zegt ze. 'Ik heb een paard, Luke. Nou, eigenlijk is hij voor de helft van mij. Is dat niet raar, om een half paard te hebben? Hoe dan ook, Luke is erg schuw. Als hij je niet kent, zal hij geen appel uit je hand eten, zelfs niet als hij honger heeft. Maar als hij je

71

eenmaal kent, is hij het vriendelijkste paard van de hele wereld.'

Ik probeer het allemaal te volgen, maar ik voel me nog steeds duizelig en ze praat zo snel. Ik begrijp dat ik word vergeleken met een half paard. Dat lijkt niet zo geweldig, maar in dit geval is het dik in orde. Ik wil best de voorkant of zelfs de achterkant van een paard zijn als Glorie Halleluja me dan het vriendelijkste paard van de hele wereld vindt. Ik zou ook best een appel uit haar hand willen eten. Of een ananas uit de holte van haar elleboog. Ik geloof dat ik zelfs een guave, met schil en al, van tussen haar voeten zou willen eten.

De bel gaat. We moeten binnen drie minuten in de klas zijn.

'Oeps, ik kan beter snel mijn boeken pakken,' zegt Glorie Halleluja en ze wil weglopen.

Tot mijn verbazing hoor ik mezelf zeggen: 'Wacht even, Gloria.'

Ze draait zich om en wacht.

Mijn hart gaat *ka-bang! Ka-bang!* 'Wil je nou met me naar die wedstrijd of niet?'

Weer voel ik de warmte van haar vriendelijke lach. Ik wil niet vreselijk poëtisch doen, maar ik voel me als een huiverende poolreiziger die een hemelse lichtstraal ziet die de verraderlijke ijsschots doormidden snijdt, zodat hij veilig naar huis terug kan.

'Natuurlijk, John,' zegt ze.

Het is voor het eerst dat ze mijn naam zegt. Tot dat moment wist ik niet of ze zelfs maar wíst hoe ik heette. Blijkbaar wel. Want haar lippen hebben die naam zojuist uitgesproken, met meer muziek dan iemand ooit heeft gedaan.

'Ik ben gek op basketbal. En ik vind het leuk als we elkaar beter leren kennen. Wil je me thuis ophalen?'

'Ja,' zeg ik.

'Weet je waar ik woon? Beechwood Lane, helemaal aan het eind.'

'Natuurlijk,' zeg ik, en ik denk: natuurlijk weet ik waar je woont. Ik weet álles van je, Glorie Halleluja! Ik ken al je witte, gele en roze sokken en ik weet hoe hoog je ze optrekt over je fijngevormde enkels, die je tijdens antiwiskunde steeds weer anders over elkaar heen kruist onder je stoel. Ik heb de kleine blonde haartjes achter je oor geteld, en ik zou het patroon van de sproetjes op je linkerelleboog kunnen uittekenen.

'En wil je nog ergens wat gaan eten na de wedstrijd? Bij de Center Street Diner of zo?'

'Absoluut,' zeg ik en ik hoor mezelf ratelen: 'Eten. De Center Street Diner. Afgesproken.'

'Geweldig. Ik zie je bij wiskunde,' zegt ze. 'Dag, John.'

Ze loopt de gang uit. Ik draai me om naar mijn kastje. Drie klikken links, vier rechts en vijf links. Het deurtje zwaait open.

Mijn kastje weet nu dat het te maken heeft met iemand die niet met zich laat spotten. Het heeft mijn hele gesprek met Glorie Halleluja gehoord en het heeft gezien dat ik meetel. Als het me één strobreed in de weg legt, kan ik het deurtje uit de scharnieren laten lichten om het bij een ijzergieterij te laten omsmelten tot een stuk tuingereedschap of een wc-rolhouder.

Mijn kastje legt bijna zelf de juiste boeken in mijn handen. Het heeft geen mond en kan niet praten, maar het denkt: 'Ik wist niet wie ik voor me had. Je bewoog je incognito door deze school. Ik zag je voor een eikel aan. Maar nu zie ik wie je werkelijk bent, en ik vind het een grote eer om zo'n geleerde en zo'n gentleman te mogen dienen.'

Ik sluit mijn kastje af en loop de gang door. Het klinkt merkwaardig, maar de gang zelf ziet er opeens heel anders uit. Het duurt een paar seconden voordat ik begrijp waarom. Voor het eerst in mijn leven kan ik de bovenkant van de kastjes zien. Ik moet een kop groter zijn geworden of anders zweef ik boven de grond. Of de kastjes zelf zijn gekrompen.

Mijn hele antischool en alle mensen die ik tegenkom lijken kleiner te zijn geworden in verhouding tot mezelf. De deuren lijken lager, net als de fonteintjes. Ik loop langs een paar jongens in footballjacks, die luid staan te praten in een groepje. Ze hebben de gewoonte om de hele breedte van de gang in beslag te nemen met hun vierkante schouders, zodat ik normaal met moeite langs hen heen moet kruipen of tussen hen door moet zigzaggen als een angstig insect over een keukenvloer, terwijl ik mompel: 'Sorry, neem me niet kwalijk.' Vandaag lijken ze helemaal niet zo groot in hun domme witte jacks. Ik snij dwars door hun groepje heen, net als John Wayne door een cowboykroeg, en maak ruimte met mijn schouders.

Als het eerste uur overgaat in het tweede, en het tweede in het derde, valt me iets op dat nog vreemder lijkt. De schooldag verloopt in normale tijd. De mysterieuze, toornige God van de schoolklok – die me normaal treitert door elk uur van de antischooldag in een eeuwigheid te veranderen, zodat vijf minuten antiwiskunde wel vijf uur kunnen duren – is verdwenen. Alle verschillende wijzers van de verschillende klokken draaien keurig hun rondjes. Leraren geven les in normale tijd. Leerlingen leren. De verwarming verwarmt.

Ook zie ik nu allerlei aantrekkelijke punten van onze antischool die me altijd waren ontgaan. Een van de ramen van de eerste verdieping kijkt uit op een hoekje van een grasveld waar in het midden een esdoorn staat met heel schilderachtige takken, die de hemel lijken te omhelzen. Aan de muur van ons scheikundepracticum, naast de voorraadkast, ontdek ik een kleine foto van Robert Wilhelm Bunsen, die ik nooit eerder heb gezien. In dit belangrijke voorbeeld van portretkunst houdt doctor Bunsen met duidelijke trots een van zijn branders omhoog. Het is verbazend, zoals je zult beamen, dat wij bijna overal worden omringd door schoonheid en grote kunstwerken, zonder er oog voor te hebben.

Die brave mevrouw Kaaskop staat ons al op te wachten in het antiwiskundelokaal, klaar om haar gebruikelijke hoeveelheid anti-algebraonzin te spuien. Ze kijkt me verbaasd aan, omdat ik altijd als allerlaatste de klas binnenkom, net als ze met de les wil beginnen. Vandaag ben ik twee minuten en zevenentwintig seconden te vroeg.

Ik beantwoord haar perplexe blik met een nonchalant, bijna onbevreesd knikje: ja, ik ben te vroeg, mevrouw Kaaskop, en geheel uit vrije wil. Sterker nog, ik weiger de blinddoek. Zet me maar tegen de muur en vuur uw gevaarlijkste vragen op me af. Ik kom hier binnen met een lach op mijn gezicht en als ik moet sterven, dan met diezelfde dappere lach. Want ik zal het gezicht van mijn geliefde zien voordat ik mijn laatste adem uitblaas.

Ik ga aan mijn tafeltje zitten. Mevrouw Kaaskop staart me verbijsterd na. Ze ziet dat er iets veranderd is. Ze beseft dat ik mijn angst voor algebra verloren ben. Vandaag heb ik belangrijkere zaken aan mijn hoofd dan welk concept uit de hele geschiedenis van de wiskunde ook. Ik wacht tot Glorie Halleluja – míjn Glorie Halleluja – zal binnenkomen.

Geloof me, als Archimedes zich ooit had kunnen verheugen op de grootse entree van zo'n mooi meisje als Gloria, zou hij nooit zoveel tijd hebben besteed aan de berekening van de waarde van pi. Dan had hij liever een gedicht voor haar geschreven. Als Euclides ooit zo'n prachtig visioen had gezien als er nu het wiskundelokaal binnenkomt, zou hij alle geometrie van lijnen en vlakken zijn vergeten en alleen nog aandacht hebben gehad voor de zoete eenvoud van de vrouwelijke rondingen. Als Pythagoras ooit was aangekeken met ogen zo blauw als waarmee Gloria nu naar mij kijkt, zou hij de hypotenusa van de gelijkbenige driehoek aan de wilgen hebben gehangen en naar de heuvels zijn vertrokken om een boeket wilde bloemen te plukken.

Ja, zo is het! Gloria komt het antiwiskundelokaal binnen, kijkt me recht aan en lacht heel even. Ze loopt voor de ramen langs, zodat de zon een hemelse stralenkrans om haar heen werpt. De mooie lijnen van haar lange benen en volmaakte dijen worden door de middagzon in goud geschilderd, als door een adorerend kunstenaar. Haar stevige borstjes drukken tegen haar T-shirt alsof ze me willen begroeten door de dunne katoen heen. Met elke stap draaien haar heupen en lijkt ze haar hoofd een beetje schuin te houden, zodat haar gouden haar glinstert in het licht.

De Lashasa Palulu hebben geen woord voor God. Als ze het over hemelse zaken hebben, wijzen ze gewoon naar de zon. Binnen moeten ze dat met hun voeten doen, omdat ze op hun handen lopen. Als je nog nooit een groep Lashasa Palulu binnenshuis hebt zien bidden, met hun tenen naar de lucht gericht, heb je echt iets gemist. Als Glorie Halleluja de klas binnenkomt en naar me lacht, kom ik in de verleiding om op mijn handen te springen en met mijn voeten naar de hemel te wijzen in een dankgebed, maar ik weet me te beheersen.

Even later zitten we naast elkaar en delen het heerlijke geheim van ons afspraakje voor vrijdagavond. Ik weet dat ze eraan denkt, hoewel ze – ongetwijfeld met grote wilskracht – nergens door laat blijken dat er iets bijzonders tussen ons is gebeurd. Ze lijkt aandachtig naar mevrouw Kaaskop te luisteren, maar natuurlijk denkt ze eraan hoe ons leven er in de toekomst uit zal zien. Ons leven samen.

Ik doe zelf ook alsof ik naar mevrouw Kaaskop luister. Ik heb allang de techniek geperfectioneerd om niet op te vallen door op te vallen. Vooral bij antiwiskunde is dat heel handig. Ik zal het uitleggen.

Eén ding staat als een paal boven water: niemand wil bij wiskunde ooit een beurt. Iedereen in onze klas probeert manmoedig zich te verbergen op zijn stoel. Sommige mensen maken gebruik van camouflage – kleren dragen in dezelfde kleur als de muur. Anderen proberen mevrouw Kaaskop op het verkeerde been te zetten met het bekende pokerface of de bekende wazige blik, alsof ze willen zeggen: 'Vraag mij maar niets, mevrouw Kaaskop, want ik ben hersendood.'

Weer anderen bedienen zich van de hoger ontwikkelde maar net zo onnozele tactiek om gretig mee te werken, te glimlachen en alles op te schrijven, alsof ze haar duidelijk willen maken: 'U hoeft mij geen beurt te geven, mevrouw Kaaskop, want ik volg alles wat u zegt.'

Ik heb elementen uit al deze methoden gecombineerd tot de enige doelmatige techniek om niet op te vallen door op te vallen. Deze geavanceerde strategie om geen beurt te krijgen maakt gebruik van genoeg hoofdbewegingen, gezichts-uitdrukkingen en schriftelijke aantekeningen om mevrouw Kaaskop de indruk te geven dat ik me niet voor haar wil verschuilen, gecombineerd met iets van een pokerface en een wazige blik, zodat ze niet zal denken dat ik haar probeer te manipuleren door té enthousiast te lijken.

Dus zit ik achter mijn tafeltje en kijk hoe ze lesgeeft, terwijl ik in werkelijkheid aan mijn afspraakje met Glorie Halleluja denk. Natuurlijk hoor ik geen woord van het algebraïsche gebazel dat mevrouw Kaaskop over ons uitstort, maar dat is aan mijn gezicht niet te zien.

Ik weet mijn techniek met meesterlijke precisie toe te passen. Na elke tweede zin van mevrouw Kaaskop knik ik even. Steeds als ze een vergelijking op het bord heeft geschreven beweeg ik mijn potlood alsof ik een paar belangrijke principes noteer, en twee keer in de drie minuten kijk ik haar even aan en knik instemmend, met iets van begrip in mijn wazige blik.

Mijn aanpak werkt perfect. Ik ben onzichtbaar. Als ze zich van het bord omdraait en snel de klas door kijkt om te zien wie ze met haar volgende vraag dodelijk kan treffen, is er niets in mijn houding dat de neuronen in haar brein op mij opmerkzaam zou kunnen maken. Haar verzengende blik glijdt over me heen naar Karen Zeppelin, die de kleuren van haar kleren zo goed aan de muur heeft aangepast dat ik haar nauwelijks van het stucwerk kan onderscheiden. Haar blik glijdt verder naar Norman Kuch, die zich probeert te redden met een zielig hoestje uit zijn bronchiale repertoire, alsof hij wil zeggen: 'Geef mij maar geen beurt, u ziet toch dat ik bijna sterf aan tuberculose?'

'Norman,' zegt mevrouw Kaaskop, 'vertel jij me eens de uitkomst van dit heel eenvoudige probleem.' En ze tikt met haar krijtje op het bord, om haar woorden te benadrukken. 'De radiateur van een auto bevat 20 liter van een 40 procent antivriesoplossing. Hoeveel liter moet worden afgetapt en vervangen door zuivere antivries om een mengsel te bereiken van 50 procent antivries?'

Norman knijpt zijn ogen tot spleetjes en trekt een gezicht alsof er antivries in zijn oogbollen zit. Hij kijkt hulpzoekend om zich heen, maar wij hebben gezien hoe hij de dodelijke vraag kreeg toegespeeld en ontwijken zijn blik alsof hij melaats is. Dan kijkt hij mevrouw Kaaskop smekend aan, met grote zielige ogen als van een hert dat gevangen is in de koplampen van een zware truck. 'Alstublieft,' smeken die ogen, 'ik heb toch al zo'n ellendig leven als Norman Kuch. U hoeft me toch niet nog erger te vernederen met deze algebravraag uit de hel? Ik heb nog minder kans om het goede antwoord te bedenken dan om gewichtloos het raam uit te zweven. Ik smeek u nederig, mevrouw Kaaskop, van mens tot mens, in overeenstemming met het handvest van de Verenigde Naties en de Conventie van Genève, om uw vraag weer in te trekken.'

Mevrouw Kaaskop glimlacht terug, maar de boodschap van die glimlach luidt: 'Norman, je bent verloren. Omdat ik nooit een filmster zal worden met mijn eigen stacaravan en elk uur een blad met sandwiches uit handen van een knappe man die Jacques heet, heb ik het hele menselijke ras de oorlog verklaard. En het machtigste wapen in mijn arsenaal is de vraag naar de mengverhouding, die niemand weet op te lossen. Jij bent door mijn dodelijke blik gekozen uit alle leerlingen in deze antiwiskundeles om te worden vernietigd en voor eeuwig als eikel bekend te staan omdat je het antwoord niet weet. Vluchten kan niet meer. Alle hoop is zinloos.' Maar wat mevrouw Kaaskop in werkelijkheid zegt is: 'Norman, we wachten op je antwoord.'

Norman beseft dat hij in de val zit. Er bestaan dieren die door de natuur zijn uitgerust met wapens en verdedigingsmechanismen. De vliegende eekhoorn bijvoorbeeld heeft scherpe tanden en klauwen, een stekelige vacht en vliezen waarmee hij door de lucht kan zweven.

Maar er zijn ook lagere levensvormen die maar één mogelijkheid hebben als ze door een vijand worden aangevallen. Er bestaan bijvoorbeeld wormen die zich tot een strakke bal oprollen en inktvissen die een zwarte wolk van inkt verspreiden om hun aanvallers af te weren. Norman Kuch is zo'n organisme met maar één verdediging. De natuur heeft hem uitgerust met één defensief wapen in de strijd van de evolutie: een weerzinwekkende rochelende hoest.

Normans kaak komt in beweging en hij opent zijn mond tot een gat dat op de een of andere manier groter lijkt dan zijn hele hoofd. Het volgende moment probeert hij zich uit de nesten te hoesten met een rochelende explosie zoals ik nog nooit van mijn leven heb gehoord. Onder mijn voeten voel ik de vloer van ons klaslokaal trillen.

Maar mevrouw Kaaskop is niet onder de indruk. Zelfs het trompetgeschal waarmee de muren van Jericho werden neergehaald zou haar volgens mij niet hebben verhinderd om een antwoord te eisen op haar antivriesvraag. 'Norman, ik wacht nog steeds en mijn geduld raakt op. Ik tel tot drie.'

Dan gebeurt er iets heel vreemds. Iets heel merkwaardigs. In mijn pogingen om oogcontact met het slachtoffer te vermijden heb ik mijn hoofd half weggedraaid. Eerst keek ik naar de bevallige gestalte van Glorie Halleluja, maar om haar niet het gevoel te geven dat ik zit te staren, laat ik mijn blik langs haar mooie gezichtje glijden tot ik – bij gebrek aan beter – mijn ogen maar laat rusten op de algebraïsche onzin die mevrouw Kaaskop op het bord heeft gekalkt.

Ik denk totaal niet aan antivries of mengverhoudingen. Ik denk aan vrijdagavond en hoe het zal zijn om Gloria thuis op te halen en haar zachte hand in de mijne te nemen als we een druk kruispunt oversteken. Opeens merk ik dat ik niet alleen naar de vergelijkingen op het bord zit te kíjken, maar er zelfs een paar begríjp. En dan, tot mijn grote afschuw, zie ik mijn rechterarm de lucht in gaan.

Ik probeer hem weer terug te halen. Met uiterste wilskracht weet ik hem een paar seconden te vertragen, maar dan rukt hij zich los en klimt op eigen gelegenheid nog verder omhoog. *'Down!'* sis ik tegen mijn arm. *'Liggen!'* Maar hij bevindt zich al in een gevaarlijke, opvallende hoek en ondanks al mijn inspanningen wijst mijn vinger even later recht naar het plafond.

Mevrouw Kaaskop ziet mijn arm omhoog gaan, maar besteedt er geen aandacht aan omdat ze weet dat ik onmogelijk een bijdrage kan leveren aan deze antiwiskundeles. 'Norman,' zegt ze, 'mijn geduld raakt op.' Maar wat ze eigenlijk zegt is: 'Over vijf seconden noteer ik een dikke vette nul voor een wiskundebeurt, zonder dat je er iets aan kunt doen.'

Terwijl ze Norman blijft kwellen, gunt mevrouw Kaaskop mij een paar kostbare momenten om me te herstellen, maar ik heb gewoon geen controle meer over mijn opstandige rechterarm. Wanhopig probeer ik het op een akkoordje te gooien. 'Als je nu snel zakt, zal ik mooie shirts kopen met prachtige lange mouwen. Als je nu snel omlaag komt, zal ik altijd op mijn linkerzij slapen, zodat je nooit meer last hebt van mijn gewicht.'

Mijn rechterarm laat zich niet omkopen. Sterker nog, hij begint te zwaaien. Zelfs mevrouw Kaaskop kan dat niet langer negeren. 'Ja, John,' zegt ze, 'ga maar naar de wc.'

Ik probeer op te staan om de klas uit te lopen, maar tot mijn afgrijzen hebben mijn knieën zich bij de opstand aangesloten. Ze zwaaien niet onder het tafeltje vandaan om mij omhoog te drukken. In plaats daarvan gaan mijn lippen van elkaar en hoor ik mijn stem zeggen: 'Dank u, mevrouw Gabriel, maar ik hoef niet naar de wc.'

'Wat wil je dan?' vraagt ze geïrriteerd.

'Ik wil een wiskundige bijdrage leveren.'

Achter in de klas wordt gelachen.

'Probeer je leuk te wezen?' vraagt mevrouw Kaaskop.

Ik voer een verloren strijd om mijn lippen en mijn stembanden te onderdrukken, maar mijn hele lichaam is nu openlijk in opstand gekomen. 'Nee,' hoor ik mezelf zeggen, 'maar Norman kan onmogelijk antwoord geven op die vraag.'

'O nee? En waarom dan wel niet?'

'Omdat u volgens mij een rekenfout hebt gemaakt in een van de voorbeelden op het bord.' Het is opeens muisstil in de klas. 'Met name in voorbeeld twee, in de derde regel van de oplossing. De twee kanten van de vergelijking leveren niet dezelfde uitkomst op. Ongetwijfeld is dat de reden van Normans aarzeling.'

Norman maakt een nietszeggend, grommend geluid van diep uit zijn keel. Wat hij bedoelt is: 'Als je gelijk hebt en je me uit deze antivrieseperikelen weet te redden, zal ik je de rest van je leven volgen, op mijn knieën, en op passende afstanden mijn hoofd tegen de straat slaan. Maar als je je vergist, maak dan je testament maar.'

Mevrouw Kaaskop wordt zo bleek dat het lijkt of al het bloed in haar lichaam naar haar grote teen is gezakt. 'Ik geloof niet dat ik een fout heb gemaakt,' zegt ze, terwijl ze haar ogen tot spleetjes knijpt. 'Maar ik zal het controleren voor je.' Ze draait zich om naar het bord. Seconden tikken weg. Het is doodstil in de klas, afgezien van Normans zware, angstige ademhaling. Ten slotte draait ze zich half naar ons om, heel langzaam, en zegt: 'Ja, John, je hebt gelijk. Het klopt niet wat daar staat. Dank je wel dat je me erop gewezen hebt.'

Terwijl ze de fout herstelt, hoor ik iets dat ik nooit eerder heb gehoord. Het klinkt als een bries die door de hoeken van de klas waait. Het duurt even voordat ik begrijp wat het is. Applaus. Mijn klasgenoten klappen voor me.

Mevrouw Kaaskop corrigeert haar vergissing. Ze draait zich weer naar ons toe, als een vuurspuwende draak. 'Zo, ik heb het voorbeeld verbeterd. En waarom hoor ik nog steeds geen antwoord op het antivriesprobleem, Norman?'

Maar op het moment dat het woord 'probleem' aan haar

lippen ontsnapt gaat de bel en is de les afgelopen. 'Ik zou
het u graag vertellen,' zegt Norman, 'maar ik moet naar het
volgende uur. Ik wil niet te laat komen. Sorry. Volgende keer
misschien.' En met die woorden pakt Norman zijn boeken
en rent de klas uit met de snelheid van het licht.

We volgen hem naar buiten. Ik loop zelf achter Glorie
Halleluja aan, die bewonderend naar me lacht. Het applaus
klinkt nog na in mijn oren als ik teruglach.

10. De beste dag van mijn leven wordt nog beter

Ik zit in het muzieklokaal met mijn tuba die geen tuba is. Mijn geluk kon natuurlijk niet eeuwig duren. Ik ben bang dat ik nu zwaar in de problemen zit.

Niet alleen omdat de reuzekikker die zich als mijn tuba voordoet vandaag in een opvallend lethargische bui is (wat dat ook mag betekenen). Hij slaapt of hij is dood. Niet alleen omdat we straks een nieuw stuk moeten spelen, dat mij waarschijnlijk nooit zal lukken, omdat de oude stukken ook al te moeilijk waren.

Nee, ik ben bang dat ik ernstige problemen heb omdat meneer Steenwilly steeds mijn kant op kijkt.

Meneer Steenwilly, u kunt die doordringende blik van u toch wel op iets of iemand anders richten? U kunt uw snor toch wel laten trillen naar een ander lid van dit orkest? Nu u op dat domme podium staat om de groep te dirigeren, lijkt het me beter dat u uw aandacht richt op Violet Hevig, die de vleesetende varaan die zich als haar saxofoon voordoet inmiddels in een houdgreep heeft genomen die in worstelaarskringen volgens mij bekend staat als de Mongoolse klem.

Meneer Steenwilly, waarom begint u niet met dirigeren? Waarom zwaait u niet met uw armen om muziek te scheppen uit het niets? Waarom staat u te glimlachen en schraapt u uw keel en kijkt u weer naar mij?

'Het is tijd,' verklaart meneer Steenwilly, alsof het een uitspraak is van bijbelse proporties, 'voor een nieuw stuk van Arthur Flemingham Steenwilly.' Hij haalt een stapel blaadjes uit een leren map, aarzelt even en vervolgt dan bijna fluisterend: 'Ik mag dat zelf niet zeggen, natuurlijk, beste vrienden en leerlingen, maar volgens mij is dit mijn beste werk en zal ik hierom nog jaren in de herinnering voortleven. Ik ben nog het meest trots op de tubasolo, waarmee John zal kunnen schitteren en stralen als een regenboog in april.'

Er wordt hoorbaar gelachen door de wat minder beleefde leden van onze muzikale familie. Helaas ben ik het met deze sceptici volledig eens.

Meneer Steenwilly, het spijt me verschrikkelijk, maar ik denk niet dat er vandaag regenbogen in ons lokaal zullen schitteren, uit april of welke maand dan ook. Misschien een natte sneeuwbui uit november, maar veel verder zal ik niet komen. Schiet nou maar op, bel de muziekpolitie en laat me afvoeren naar het muziekschavot. 'Schuldig!' zal de muziekrechter roepen. 'Schuldig aan de moord op iedere noot uit het meesterwerk van Steenwilly. Hij verdient de strop.'

Maar de muziekpolitie komt me niet halen in hun busje. In plaats daarvan beweeg ik mijn vingers op een geïmproviseerde, belachelijke manier, alsof ik me voorbereid op een nieuw olympisch record in origami. De reuzekikker in mijn armen slaapt nog vredig en geeft geen enkel teken van leven. Ik denk dat hij naar de bodem is gezonken van de vijver waar hij leeft, en in een soort winterslaap is geraakt.

Meneer Steenwilly begint de verschillende partituren uit te delen aan de secties van het orkest. Als hij mij de blaadjes geeft, knipoogt hij even. 'Stel me niet teleur, John,' zegt hij met trillende snor.

Ik durf niet naar de partituur te kijken. Maar ik besef ook wel dat het zinloos is om te proberen een muziekstuk te spelen zonder een blik op de noten te werpen. Dus trek ik met bevende handen meneer Steenwilly's meesterwerk naar me toe en lees het door. Op het eerste gezicht lijkt het geschreven in Chinese karakters. Meneer Steenwilly, u hebt me het verkeerde manuscript gegeven! Dit lijkt me een verhandeling over de rijstverbouw, geschreven door de achtste-eeuwse Shao Lin-monnik Ling Han.

Ik draai het papier ondersteboven en zie dat ik me vergis. Het is niet geschreven door een Shao Lin-monnik. Het is wel degelijk een compositie. Vaag herken ik een paar duistere muzieksymbolen en wat noten die over de pagina lijken te springen als vlooien op een hond, alsof ze verstoppertje spelen tussen de notenbalken.

Meneer Steenwilly, de noten van mijn solo willen niet stil blijven zitten. Zo kan ik ze niet lezen! En als ik ze niet kan lezen, kan ik ze onmogelijk spelen, dat zal iedereen begrijpen. Dus, meneer Steenwilly, lijkt het me beter dat u de repetitie voor vandaag maar afzegt en naar uw kantoortje gaat om een dutje te doen.

Meneer Steenwilly, u luistert niet naar wat ik zeg! U klimt op het podium. U steekt uw stokje in de lucht. Uw ogen glinsteren als van een man die denkt dat zijn geniale werk elk moment aan de wereld kan worden onthuld. U hebt een droom. Ooit was er Mozart, en Beethoven, en Brahms, en nu zal er Steenwilly zijn! Uw snor trilt van verwachting.

Uw arm gaat omlaag en de muziek begint. Violet Hevig probeert de ouverture te spelen, maar de vleesetende varaan die zich als haar saxofoon voordoet heeft heel andere ideeën. Hij bevrijdt zich met zijn klauwen uit haar Mongoolse houdgreep, opent zijn bek met vlijmscherpe tanden en geeft een gil die geen enkel reptiel sinds het Jura-tijdperk ooit heeft voortgebracht.

Het gejammer van de reuzehagedis die zich als saxofoon heeft vermomd werpt meneer Steenwilly bijna van zijn podium. Zijn bril staat scheef, zijn haar zit door de war en zijn gezicht loopt rood aan. Hij kijkt haar aan alsof hij wil zeggen: 'Wat jij met de ouverture van mijn meesterwerk hebt uitgespookt is niet alleen een belediging voor de muziek en de kunst, maar voor alle nobele gevoelens van het menselijke hart. Ik zal de muziekpolitie vragen om je levend te roosteren boven hete kolen.'

Violet Hevig zegt niets terug tegen meneer Steenwilly, omdat ze zijn blik niet eens heeft gezien. Ze is druk bezig haar lippen om de hoektanden van de vleesetende varaan te klemmen. De varaan geeft meneer Steenwilly ook geen antwoord, tenminste niet in woorden, maar wel met een woest *kie-waahh* dat volgens mij verwant is aan de jachtkreet van roofvogels als ze een pterodactylus hebben neergehaald en zich opmaken om toe te slaan.

Ik heb weinig medelijden met Violet Hevig omdat mijn eigen noodlottige moment met rasse schreden nadert. De tubasolo is niet ver meer en zwemt door de compositie naar me toe als een hongerige reuze-octopus.

Er is niets in het heelal dat me nu nog kan redden. Onze school heeft dikke muren, dus de kans is klein dat een ruimteschip me omhoog kan stralen uit dit muzieklokaal in de kelder. Ook mag ik niet hopen dat er binnen de volgende zeventien seconden brand zal uitbreken. Helaas liggen we ook niet in een aardbevingszone. Ik ben ten dode opge-schreven.

Ik herinner me het advies van meneer Steenwilly om een muziekstuk als een soort verhaal te zien. Maar welk verhaal dan? En hoe kan dat helpen? Ik grijp me aan strohalmen vast als ik naar de titel zoek om te kijken hoe meneer Steenwilly dit stuk heeft genoemd. Dat had ik nog niet ge-daan, uit angst dat hij op de oude voet was voortgegaan en weer zo'n krankzinnige titel had bedacht als *De darteling van de kariboe* of *De strijdkreet van de struisvogel*. Ik durfde niet te raden uit welk dier hij nu weer zijn inspiratie had geput.

Dan zie ik de titel. En opeens voel ik me als verlamd. Ik ben er altijd van overtuigd geweest dat meneer Steenwilly, net als iedereen in mijn ellendige bestaan, mij helemaal niet kende. Maar misschien kent hij me toch een beetje. Of mis-schien is hij telepathisch en zijn mijn onzichtbare gedachte-golven opgepikt door de satellietantenne van zijn trillende snor. Wat de verklaring ook is, de titel van Arthur Flemingham Steenwilly's meesterwerk luidt *Het liefdeslied van de brulkikker*.

Zodra ik dat lees, voel ik dat de reuzekikker die zich als mijn tuba voordoet langzaam wakker wordt en zich uitrekt. Ik heb nog een paar seconden tot het begin van mijn tuba-solo. Wanhopig probeer ik een verhaal te verzinnen bij *Het liefdeslied van de brulkikker*.

'Er was eens een eenzame brulkikker,' zeg ik tegen mijn tuba, 'die op de bodem van een vijver leefde. Niemand wist wie hij was. Op een dag kwam er een beeldschone prinses naar de vijver, ze ging op een steen zitten en begon te hui-len. Haar tranen waren als parels. De brulkikker zwom naar haar toe en vroeg haar waarom ze huilde.

"Ik ben eigenlijk geen prinses," zei ze, "ook al loop ik als een prinses, praat ik als een prinses en ruik ik als een prinses.

Ik ben eigenlijk een mooie kikkerbabe die door een jaloerse heks in een prinses is veranderd. Het is helemaal niet leuk om een prinses te zijn, dat begrijp je wel. Ik zou veel liever weer een kikkerbabe zijn. Maar de betovering kan alleen worden verbroken als ik word gekust door een knappe kikker."

De brulkikker sprong op een lelieblad, vandaar op haar schouder, en kuste haar op haar rechteroor. Meteen veranderde de prinses in de mooiste kikkerbabe uit de geschiedenis van alle vijvers. Ze had een glinsterende, slijmerige huid, een lange felrode tong, en prachtige voor- en achterpoten. Toen de brulkikker haar zag, opende hij zijn bek en begon spontaan een lied voor haar te kwaken...'

Het moment voor mijn tubasolo is aangebroken. Tot mijn verbazing komt de reuzekikker die zich als mijn tuba voordoet opeens tot leven. Misschien dat zijn kikkersappen zijn gaan stromen door mijn verhaal. Hij opent zijn bek en produceert het diepste, warmste, meest sexy geluid dat er ooit in de avondschemer over een vijver geklonken heeft. Het geluid drijft als een mist door ons muzieklokaal.

Ik ben het niet zelf die mijn tuba bespeelt. Ik hou hem alleen maar vast. Ik zie dat meneer Steenwilly enthousiast mijn kant op kijkt. Zijn snor lijkt te draaien als een helikopterrotor. Straks stijgt hij nog op. Hou u vast, meneer Steenwilly. Beide benen stevig op de grond. Deze orkaan, of wat het ook is, gaat wel weer liggen.

Mijn tubasolo is al halverwege. Maar opeens beginnen de noten nog heviger en sneller over het muziekpapier te springen. Niet langer als vlooien op een hond, maar als elektronen in een onweersbui met bliksem. Ik moet mijn verhaal wat pittiger maken, om die krankzinnige noten bij te houden die Arthur Flemingham Steenwilly heeft geschreven.

'Toen ze het liefdeslied van de brulkikker hoorde,' zeg ik tegen mijn tuba, 'sprong de kikkerbabe ook op een lelieblad en begon op vier poten de cancan te dansen, terwijl ze langzaam haar prinsessenjurk uittrok. Algauw danste ze spiernaakt, zoals alleen een kikkerbabe dat kan. De brulkikker zag haar dansen, tegen het licht van de gouden zon, en zijn liefdeslied veranderde opeens in een rocknummer dat alle dieren in de vijver uit hun slaap wekte, zelfs de oude bever die onder aan de dam lag te snurken!'

De reuzekikker die zich als mijn tuba voordoet heeft geen nadere aansporing nodig. Hij begint aan de kikkerversie van de twist en draait met zijn heupen als een jonge Elvis. Ik grijp me met twee handen en één knie aan mijn tuba vast. Er komen geluiden uit die ik nog nooit eerder heb gehoord. 'Rustig, jongen,' zeg ik. 'Kalm aan. Straks scheuren je stembanden nog.' Ik neem mijn tuba in mijn armen. Het rocknummer eindigt met een finale en een paar laatste liefdevolle kikkerklanken, diep vanuit zijn keel.

Dan is het stil.

Het stuk is afgelopen. Ik verwacht een applaus, voor de tweede keer die dag, maar niemand klapt. Een paar leden van onze muzikale familie staren me met open mond aan.

Is dat een traan in uw oog, meneer Steenwilly? En nog een traan? Schraapt u nu uw keel? 'Bedankt, iedereen,' zegt meneer Steenwilly. 'Dat was het voor vandaag. Maar...' – opeens kijkt hij recht naar mij – 'mag ik zeggen dat het heel ontroerend is om te horen hoe een talentvolle jonge musicus zijn eigen stijl gevonden heeft? Ontroerend en indrukwekkend. En...' – nu breekt zijn stem – 'hier wil ik het bij laten. Ik dank jullie wel.'

Ik berg mijn tuba in zijn koffer. Andy Pearce komt naar me toe. 'Hé, John, dat was een knappe solo.'

'Dank je,' zeg ik bescheiden. 'Ik weet zelf niet hoe het me is gelukt.'

'Door het te spelen,' zegt Andy met zijn onnavolgbare logica (wat dat ook mag betekenen). En dan vraagt hij: 'Heb je het al gehoord van Billy?'

'Alleen dat hij huisarrest had.'

'Er is ook goed nieuws. Zijn ouders hebben met de hand over hun hart gestreken. Hij mag vrijdag naar de wedstrijd tegen Fremont. Geschikt van ze, vind je niet? Je weet wat voor een basketbalfan hij is.'

'Ja,' zeg ik, terwijl ik het deksel van mijn koffer dichtsla. 'Dat weet ik.'

'Waarom ga je niet met ons mee naar de wedstrijd?' oppert hij.

'Dat kan niet,' zeg ik. 'Maar ik ga wel kijken. Dus dan zie ik jullie daar.'

Andy Pearce vertrekt en een paar andere leden van het orkest komen naar me toe om me geluk te wensen. Natuurlijk ben ik de vleesgeworden bescheidenheid (wat dat ook mag betekenen).

Ik leg mijn tuba op de plank. En ik wil vertrekken.

Maar opeens, heel onverwachts, valt er een schaduw over me heen. Het is Violet Hevig die me de pas afsnijdt. Ik wil niet onaardig klinken, maar ze is een forse meid. Lang. Met zware botten en brede schouders. 'John,' zegt ze. Het klinkt absoluut niet melodieus zoals Violet Hevig mijn naam uitspreekt. Ze zegt het alsof we op een sportveld staan en ze me voor haar rugbyteam heeft uitgekozen.

'Violet,' antwoord ik op dezelfde toon.

'Te gekke solo, John,' zegt ze.

'Dank je,' zeg ik, en ik probeer om haar heen te lopen.

Op de een of andere manier blijft ze recht voor me staan. 'Ik bedoel, écht te gek, John. Dat was onwijs goed.'

Violet Hevig, waarom kijk je zo naar mij? Waarom zijn je ogen opeens zo groot en helder? Je bent een leuke meid, niet onaantrekkelijk, en zeker wel opgewassen tegen die

91

vleesetende varaan die zelf ook niet mis is. Maar je weet toch wel dat Glorie Halleluja de liefde van mijn leven is? 'Dank je,' zeg ik nog eens. 'Ik heb scheikundepracticum.'

Deze keer lukt het me om langs haar heen te komen, maar opeens voel ik iets. Een heel vreemd gevoel. Violet Hevig, heb je me zojuist een vriendschappelijk klopje op mijn schouder gegeven? Verbeeld ik het me nou, of glijdt je hand, na dat onschuldige klopje, helemaal langs mijn nek, van mijn rechter naar mijn linker schouderblad? Is het mogelijk, Violet Hevig, dat je niet alleen met je hand langs mijn nek strijkt maar heel even je tamelijk lange nagels ook over mijn tamelijk zachte huid laat krassen?

Lieve hemel, Violet Hevig, wat haal je je in je hoofd?

'Tot gauw, John,' zegt ze als ik haastig de aftocht blaas.

'Oké. Bedankt. Ik moet weg. Zie je.'

11. Het slagveld

Vanaf het moment dat ik op vrijdag van school thuiskom om me op mijn afspraakje voor te bereiden, weet ik dat er iets niet klopt. Mijn hond Sprocket heeft zich in de kelder verscholen. Hij ligt te janken en hij komt niet naar me toe om me te begroeten. De man die niet mijn vader is heeft hem geslagen, denk ik.

Hij is trouwens nergens te bekennen, de man die niet mijn vader is. Er staat een open fles Wild Turkey op de ta-fel in de eetkamer, met een glas dat nog een paar druppels stinkende whisky bevat. De man die niet mijn vader is drinkt niet vaak, maar áls hij drinkt, wordt hij nog gemener dan normaal.

Het is een ongelooflijke bende in de eetkamer. Tijd-schriften en halve kranten liggen over de vloer gesmeten. Er is een lamp omgegooid en het peertje is kapot. Een stoel is omver geschopt. Ik weet niet precies wat er is gebeurd als ik deze ravage zie, maar ik ben blij dat ik de man die niet mijn vader is nergens kan vinden.

Zijn truck, die hij altijd voor het huis parkeert, is ook verdwenen. Het is niet helemaal duidelijk wat de man die niet mijn vader is met die truck doet om het beetje geld te verdienen waar hij soms mee thuiskomt. 'Transport,' is alles wat hij erover zegt. Ik weet niet wat ik me daarbij moet voorstellen, maar ik ben blij dat hij vanmiddag vertrokken is. Ik hoop dat hij lang bezig blijft met zijn transport.

Het is vreemd dat mijn moeder er niet is. Op vrijdag is ze meestal vroeg klaar op de fabriek en komt ze eerder thuis dan ik. Maar ik kan haar niet vinden.

Ik breng Sprocket wat eten, maar hij zit weggedoken onder de werkbank in de kelder en wil niet tevoorschijn komen. Ik vind hem erg zielig, maar ik heb geen tijd om hem te troosten. Dit is mijn grote avond.

Ik laat een bak eten voor hem achter en loop weer de trap op. Het hele huis is verlaten en stil, afgezien van het zachte janken dat ik zo nu en dan uit de kelder hoor. Mijn huis is niet langer een huis – het heeft de verlaten, onheilspellende sfeer van een slagveld na de strijd.

Ik probeer aan prettiger dingen te denken.

Dit wordt een heel belangrijke avond in mijn leven dat geen leven is.

Ik neem een lange, hete douche. Ik was mijn hele lichaam twee keer, alle plekjes. Het is niet zo waarschijnlijk dat Glorie Halleluja bepaalde harige delen van mijn lijf van dichtbij zal besnuffelen, maar helemáál uitgesloten is het natuurlijk niet. De man die niet mijn vader is gebruikt een aftershave die Sailor's Musk heet. Ik leen een paar druppels. Hij zal ze niet missen.

Met het muskusluchtje van een matroos probeer ik de juiste kleren te vinden. Dat is niet zo moeilijk, omdat ik de kleinste garderobe ter wereld heb. Ik trek mijn enige grijze corduroybroek aan, met mijn enige goede groene sweater, die ik twee jaar geleden met de Kerst van mijn moeder heb gekregen, en mijn lichtbruine jack met de flanellen voering. Beter dan nu kan ik er niet uitzien, frisser dan nu kan ik niet ruiken.

Ik kijk in de spiegel. Ik ben gewoon mezelf niet meer, en dat is wel gunstig. Ik heb me handig vermomd als de jongen die ik graag zou willen zijn in Gloria's ogen.

De telefoon gaat. Ik heb geen zin om op te nemen. Het kan onmogelijk goed nieuws zijn. Het antwoordapparaat neemt op. Na de piep hoor ik de bekende stem van Billy Slurf, mijn vriend die geen vriend is. 'Ik weet dat je thuis bent, John,' zegt hij. 'Wees niet zo laf en neem de telefoon op.'

Ik aarzel een paar seconden en doe dan wat hij zegt. 'Ik ben geen lafaard,' zeg ik in de telefoon.

'Nee,' zegt hij, 'maar wel een rat en een kleine dief. Volgens de geruchten heb jij vanavond een afspraakje. Je hebt mijn idee gestolen om met Gloria te gaan.'

'Ik zag Gloria het eerst en ik viel het eerst op haar,' protesteer ik. 'En was jij het niet die "rot op" tegen me zei in het winkelcentrum?'

'Het was míjn idee om haar mee te vragen naar die basketbalwedstrijd,' antwoordt hij.

'Niemand heeft het alleenrecht om meisjes mee uit te vragen,' zeg ik tegen hem. 'Als je me te snel af wilde zijn, had je het niet moeten rondbazuinen. Het is allemaal je eigen schuld.'

Er komt een vreemd geluid over de telefoon. Het klinkt als het knarsen van de versnelling van een jeep op een van de steilere hellingen van de Mount Everest, maar ik geloof toch dat het Billy Slurf is die woedend zit te knarsetanden. 'Wat voor een vriend pikt een meisje in als zijn maat huisarrest heeft en niks terug kan doen?' vraagt hij met overslaande stem. 'Dat is verraad! Dat is een mes in mijn rug!'

Zijn toon bevalt me niet. En ik wens ook niet van verraad te worden beschuldigd door een gearresteerde loempiadief die er geen kwaad in zag om er met het meisje van mijn dromen vandoor te gaan terwijl ik toch het eerst op haar gevallen was. 'Zei jij niet dat alles toegestaan was in liefde en in oorlog?' wijs ik hem terecht. 'Dat waren je letterlijke woorden.'

'Zijn we dan nu in oorlog?' vraagt hij. 'Is dat wat je wilt? Mij best. Dan verklaar ik je hierbij de oorlog. Laat de vijandelijkheden maar beginnen. *Ik maak je helemaal kapot, smeerlap!*

Ik ben niet bang voor Billy Slurf, maar ik hou wel de telefoon wat verder van mijn oor om geen gehoorbeschadiging op te lopen. 'Rustig maar, Billy,' zeg ik tegen hem. 'Waarom maak je geen lekkere snack klaar? Een loempia of zo.'

Nog meer tandengeknars. 'Wou je soms leuk zijn? Ik zal je laten zien wat leuk is! Je kunt je lol nog op. We zullen wel eens zien wie er het laatst lacht.'

'Ik zou graag nog even met je praten, Billy, maar zoals je weet heb ik vanavond een belangrijke afspraak, dus ik heb het druk. Ik wil het je niet inpeperen, maar ik geloof niet dat je iets geleerd hebt van je straf. In plaats van onschuldige mensen te bedreigen zou ik me maar wat beter gaan gedragen als ik jou was. Tot ziens.'

'Tot ziens, ja, en eerder dan je lief is,' gromt Billy Slurf onheilspellend. 'Ik mag het huis weer uit. Ik kom vanavond ook naar de wedstrijd tegen Fremont. Zo makkelijk kom je er niet vanaf. We zullen wel zien wie het laatst lacht.'

Ik hang op. Ik ben niet onder de indruk. Nog nooit heeft een vriend die geen vriend is me de oorlog verklaard, maar ik heb genoeg veldslagen hier onder mijn eigen dak overleefd.

Hij is een geduchte vijand, de man die niet mijn vader is. Billy Slurf maakt me niet bang. Kinderen uit gelukkige gezinnen kunnen beter niet de oorlog verklaren aan kinderen die op een slagveld leven.

Ik ben klaar voor mijn afspraakje. Er is maar één klein probleem, maar wel een ernstig klein probleem. Ik heb al het geld dat ik in de wereld bezit bijeengeschraapt, zelfs de stuivers en dubbeltjes die ik al bijna een jaar in een jampot verzamel, de twee briefjes van vijf dollar die ik vorige zomer heb verdiend met grasmaaien en een paar dollarbiljetten die ik voor de wereld verborgen houd door ze als bladwijzer te gebruiken in het saaiste boek in mijn kast: een geschiedenis van de cartografie (wat dat ook mag betekenen). Het is in totaal bijna achttien dollar.

Maar stel dat mijn afspraakje met Gloria twintig dollar gaat kosten? Of zelfs vijfentwintig? Ik ben nog nooit uit geweest met een meisje zoals Gloria. Eerlijk gezegd ben ik helemáál nog nooit met een meisje uit geweest. Ik weet dus niet precies wat ik kan verwachten. Maar een meisje dat in Beechwood Lane woont, vlak bij de golfbaan, en een half paard bezit, zal wel gewend zijn aan wat luxe.

Ze stelde zelf voor om na de wedstrijd nog iets te gaan eten bij de Center Street Diner. Gloria heeft een gezonde eetlust, als je zag hoe gulzig ze mijn briefje verslond. Misschien heeft ze vandaag wel de lunch overgeslagen om vanavond extra veel te kunnen eten. Misschien neemt ze, slank als ze is, wel een salade voor haar hamburger. Het is zelfs niet uitgesloten dat ze haar afspraakjes altijd besluit met een lekkere appelpunt.

De conclusie is onvermijdelijk. Ik heb meer geld nodig, als reserve. Dat had ik al eerder bedacht, daarom had ik wat van mijn moeder willen lenen, maar die is nog steeds niet thuis van de fabriek.

Ik kijk op mijn horloge. Als ik nog op tijd wil zijn om Gloria af te halen en een goede plaats bij het basketbal te vinden, moet ik nu weg. Ik kan niet op mijn moeder wachten.

Dus blijven er maar twee mogelijkheden over, die me geen van beide erg bevallen.

Als de Lashasa Palulu worden bedreigd, bijvoorbeeld door een invasie van grote rode mieren, houden ze krijgsraad en spreken ze over die lastige keuze. Moeten ze het dorp maar uitleveren aan de vijandige insecten? Moeten ze grote schoenen aantrekken om te proberen hun kleine zespotige tegenstanders dood te trappen? Moeten ze een offer brengen aan de goden, een feestje bouwen met veel drank, en maar hopen dat alles goed zal aflopen?

Als alle mogelijkheden naar voren zijn gebracht en besproken, wordt er gestemd en een besluit genomen. Na die stemming is het streng verboden om ooit nog de andere mogelijkheden te noemen die wel zijn besproken maar niet gekozen. Daar staat de doodstraf op.

De crux van dit verhaal (wat dat ook mag betekenen) is besluitvaardigheid in een crisis.

Dit zijn mijn twee mogelijkheden. Ik kan met Gloria naar de wedstrijd gaan terwijl ik de hele avond weet dat ik misschien te weinig geld bij me heb en dus verschrikkelijk kan afgaan. Of ik kan wat geld lenen, voor alle zekerheid, en het later teruggeven.

Het enige andere geld in huis behoort toe aan de man die niet mijn vader is. Hij bewaart het in een geheime bergplaats waarvan hij denkt dat ik die niet ken.

Ik sta helemaal klaar voor mijn belangrijke avond. De adrenaline pompt door mijn aderen. In mijn grijze corduroybroek voel ik me werelds en sterk. Ik ben nergens bang voor.

Ik loop de gang door. Ik ga de slaapkamer binnen van

mijn moeder en de man die niet mijn vader is. Ik loop recht naar zijn toilettafel en open de bovenste sokkenla. Voorzichtig schuif ik minstens vijfentwintig paar sokken opzij. Dit is niet het moment om me af te vragen waarom iemand met maar twee voeten zoveel paar sokken nodig heeft.

Onder in de sokkenla ligt een opgerolde, gebreide wintersok. Hij is zwaar en voelt knisperig aan. Ik maak hem open... en zie meer geld dan ik ooit van mijn leven bij elkaar heb gezien. De man die niet mijn vader is bezit een indrukwekkend kapitaal. En het is duidelijk dat hij geen vertrouwen heeft in banken. Of misschien wil hij wel zijn eigen bank beginnen. Er zitten een heleboel briefjes van twintig in. En van vijftig. En zelfs een paar knisperige biljetten van honderd dollar.

Ik pak maar één briefje van twintig. Ik wil de sok weer terugleggen... maar voel dat er nog iets onder ligt. Het is klein en hard en hoort duidelijk niet in een sokkenla thuis.

Het zit in een blauwe handdoek gewikkeld. Ik weet dat het mijn zaken niet zijn, maar ik heb een goede reden voor mijn nieuwsgierigheid. Wat het ook is, het moet nog kostbaarder zijn dan geld, anders zou de man die niet mijn vader is het niet helemaal onder in zijn sokkenla hebben verborgen, nog onder zijn geheime geldvoorraad.

Dus wil ik weten wat er nog kostbaarder is dan geld.

Voorzichtig til ik de blauwe handdoek uit de la. Hij is onverwacht zwaar. Ik vouw hem open en zie de glinstering van metaal. Ik merk dat ik huiver.

Het is een vuurwapen. Om precies te zijn, een pistool.

12. De Bonanza Ranch

Wie is die jongeman die zo zelfbewust door Beechwood Lane loopt en steeds op zijn horloge kijkt als hij langs een lantaarnpaal komt? Ik herken hem niet. Hij draagt een grijze corduroybroek en een groene sweater – mijn broek en mijn mooiste kersttrui – en met zijn handen in de zakken van zijn lichtbruine jack geeft hij een heel goede imitatie van mezelf.

Maar ík kan het niet zijn. Ik zou nooit de moed hebben gehad om Highland Avenue over te steken en dat laatste eind door Beechwood Lane te lopen, naar Gloria's huis. Ja hoor, daar staat het huis, nog geen honderd meter verderop, een laag huis van één verdieping, splinternieuw en stralend wit, in een grote tuin met hoge esdoorns en ceders, als de dure ranch van een rijke veeboer.

Dit kan ík niet zijn, die knappe jongen die nu even blijft staan, diep ademhaalt en dapper doorloopt naar het huis. Hij lijkt op mij. Hij loopt als ik. Hij fluit zelfs een stom liedje dat ik ken. Maar het moet iemand anders zijn. Ik zou dat nooit durven.

Het is al erg genoeg dat niemand weet wie ik ben. Nu weet ik het zélf niet eens meer. Iemand die op mij lijkt, maar beter gekleed is en dapperder dan ik – hoewel hij net zo vals fluit – probeert mijn afspraakje te stelen!

Die andere jongen (niet ik dus) blijft staan voor de Bonanza Ranch. Het is natuurlijk geen echte ranch en hij heeft niets te maken met een oude televisieserie. Maar in dit optimistische hoofdstuk zal ik het de Bonanza Ranch noemen. Het is met gemak het grootste huis waar ik ooit ben geweest. Zo groot, en met zoveel grond eromheen dat het op mij, omdat ik niet veel gewend ben, op een ranch lijkt. En in die ranch is de grootste schat te vinden die ik ken. Dit is het huis waar Glorie Halleluja elke morgen wakker wordt, en fris en monter de satijnen lakens van zich afgooit om zich te douchen en aan te kleden voor school.

Die andere jongen (niet ik dus) blijft nog even in de schaduw staan. Heeft hij iets gehoord? Misschien heeft hij het sterke gevoel dat iemand hem in de gaten houdt en elke stap volgt die hij zet.

Een vreemde, onheilspellende vogelroep verscheurt opeens de stilte van de kleine stad. Het lijkt wel de strijdkreet van een wilde Javaanse papegaai. Maar omdat er geen wilde Javaanse papegaaien voorkomen in mijn stad die geen stad is, kijkt die andere jongen (niet ik dus) zenuwachtig om zich heen.

Ligt de Slurf soms op de loer? Als die onheilspellende vogelroep inderdaad van Billy Slurf afkomstig is, heeft hij zich goed verborgen. Er is niemand te bekennen tussen de donkere schaduwen van de nacht.

Die andere jongen (niet ik dus) loopt weer verder. Hij struikelt over een stoeprand, zwaait wild met zijn armen en valt op het keurig gemaaide grasveld. Haastig staat hij op en controleert of hij geen grasvlekken op de knieën van zijn grijze corduroybroek heeft. Snel kijkt hij naar het huis om te zien of iemand zijn gestuntel heeft opgemerkt.

Ik ben het dus zelf.

Ik herstel mijn evenwicht en loop naar de voordeur toe.

De deur heeft een klopper in de vorm van een leeuwenkop. Naast de deurpost zit een verlichte deurbel. Moet ik nou kloppen of aanbellen?

Ik neem nog een paar laatste seconden om daarover na te denken. En ik controleer mijn gulp. Die zit dicht, tot aan de bovenverdieping, zo gezegd. Ik houd mijn hand voor mijn gezicht en ruik mijn adem. Niet honderd procent citroentjesfris, maar ik zal ook niet de rozen laten verdorren van tien passen afstand.

Weer hoor ik die vreemde vogelroep achter me, zo hard dat ik bijna van het stoepje val. Dit is geen wilde Javaanse papegaai. Dit is de bloeddorstige kreet van de Noord-Amerikaanse Schapendodende Grote Grijze Uil. Volgens vogelkenners moet dit woeste lid van de uilenfamilie al meer dan een eeuw zijn uitgestorven, maar blijkbaar bestaat er nog één exemplaar, dat vijf meter bij me vandaan op een tak zit, klaar om toe te slaan.

Ik heb geen tijd meer te verliezen.

Ik druk op de bel.

Voetstappen naderen. De grote houten deur zwaait naar binnen open en ik sta tegenover een knappe blonde vrouw in een blauwe jurk, die tegen me glimlacht met stralend witte tanden. Nee, geen filmster. Dit moet mevrouw Halleluja zijn, begrijp ik, de moeder van Glorie Halleluja, en ooit zal Gloria er ook zo uitzien, en dat is echt niet verkeerd.

Niemand heeft ooit zo charmant tegen me geglimlacht. Nog nooit heb ik iets geroken als het dure parfum dat ze gebruikt. Ik weet niet hoe ik moet reageren, dus doe ik helemaal niets. Ik vertrek geen spier. Ik zeg haar niet wie ik ben.

Ik knipper niet met mijn ogen, ik begin niet te beven en ik open zelfs niet mijn mond om adem te halen. Ik staar haar aan als een idioot.

'Jij moet John zijn,' zegt ze. 'Ik ben Mary Kay Porter.' Ze steekt haar rechterhand uit en drukt de mijne. Eén hartslag maar. Het is geen stevige handdruk. Haar hand is eigenlijk geen hand, maar een wolkje – een zacht en warm, door de zon verdampt stukje van de hemel. 'Kom binnen,' zegt ze.

Ik volg mevrouw Halleluja als de grote houten deur van de Bonanza Ranch weer achter ons dichtvalt. Als er werkelijk een Noord-Amerikaanse Schapendodende Grote Grijze Uil op de loer ligt, zijn we nu goed beschermd. Dit is een gebied van luxe, rust en veiligheid.

Ik hoor hemelse muziek, die van alle kanten lijkt te komen. Het weelderige tapijt onder mijn voeten is vele centimeters dik, zodat ik er bij elke stap in wegzak als in een soort drijfzand van katoen. Het huis ruikt zelfs aromatisch (wat dat ook mag betekenen). Uit de keuken komt een geur van versgebakken lekkernijen die me het water in de mond doet lopen.

Ik merk dat ik ben blijven staan. Ik sta in de hal van de Bonanza Ranch, letterlijk verlamd door al die prettige indrukken. Mijn centrale zenuwstelsel feliciteert mijn hersens, maar laat ook een waarschuwing horen: 'Luister goed, dakhaas, je bent eindelijk in het paradijs terechtgekomen. Sla hier je tent maar op. Begin een nieuw leven. Ga nooit meer terug naar dat huis dat geen huis is en dat leven dat geen leven is. Want anders blijf ík hier, ik waarschuw je, en zullen al je zenuwen, synapsen en zintuigen vanaf je neus tot aan je tenen hier achterblijven.'

Mijn hersens zijn nooit eerder bedreigd door een opstand van mijn eigen centrale zenuwstelsel. Het heeft zichzelf gewoon uitgeschakeld. Ik sta daar doodstil in de hal, zonder een vin te verroeren, terwijl de zoete geur mijn neus binnendringt en ik een engelenkoor hoor zingen. Het enige bewijs dat ik nog leef is dat ik zo nu en dan met mijn ogen knipper.

Mevrouw Halleluja is ook blijven staan en kijkt verbaasd om. 'John? Voel je je wel goed?'

'Ja,' fluister ik met moeite. 'Die muziek... is heel erg mooi.'

Ze glimlacht. 'Sommige mensen vinden de harmonieën en dissonanten een beetje vreemd. Maar ik hou van dat avontuurlijke muzikale impressionisme. Jij niet?'

Mevrouw Halleluja, ik zou muzikaal impressionisme nog niet herkennen als het vanaf die kroonluchter omlaag kwam vliegen en me in mijn oog zou spuwen.

'Ja,' zeg ik.

'Luister je thuis veel naar Debussy?'

Mevrouw Halleluja, ik wil niet grof zijn, maar je hoort alleen harmonieën en dissonanten bij mij thuis als de hond blaft en tegelijkertijd de wc wordt doorgetrokken. 'Natuurlijk. Als er tijd voor is.'

'Ja, je moet tijd maken voor de mooie dingen in het leven.' Mevrouw Halleluja sluit haar ogen, legt haar hoofd naar achteren en laat de muziek een paar seconden over zich heen spoelen als een zomerregen. Ze ziet er droevig uit, maar heel mooi. Zachtjes zegt ze tegen me: 'Dit is zijn *Prelude bij de namiddag van een Faun*. Geïnspireerd op een gedicht van Mallarmé.'

Mevrouw Halleluja, u bent echt geweldig. Ik neem aan dat u alles weet wat er te weten is over muziek en Franse dichters. En Mallarmé, wie hij ook was, mag dan over fauns hebben geschreven, u hebt iets veel mooiers op deze wereld gezet dan een faun. Er is maar weinig anders dat ik tegen een vrouw als u kan zeggen dan: Gefeliciteerd, goed gedaan, en neem het me alstublieft niet kwalijk dat ik dit hele gesprek tegen u sta te liegen. Want als ik u de waarheid zou vertellen – dat ik helemaal niets van muziek weet, of van kunst of poëzie, en dat de muziekpolitie allang een opsporingsbevel tegen me heeft uitgevaardigd – dan zou ik uw lieftallige dochter niet mogen meenemen naar het basketbal.

We lopen weer door. Er lijkt geen eind te komen aan die gang. Aan de muur hangen schilderijen in houten lijsten.

'Gloria vertelde me dat je zelf ook heel muzikaal bent,' zegt mevrouw Halleluja. 'Je zit toch in het schoolorkest? Wat speel je?'

Ik wil antwoorden, maar de twee lettergrepen van het woord blijven haken aan mijn tong. Het is voor het eerst dat ik besef dat mijn muziekinstrument niet echt flitsend klinkt. Ik had liever willen zeggen: 'Ik speel harp, mevrouw,' of 'Ik tingel wat op de piano.' Maar het enige antwoord dat ik kan geven is: 'Tuba.'

'Tuba?' herhaalt ze. 'Wat... dapper van je. Al dat koper en die pijpen. Ik begrijp nooit hoe mensen daar nog geluid uit krijgen.' Op de een of andere manier geeft ze me het gevoel dat ik de loodgieter van de muziekwereld ben. Dan glimlacht ze tegen me. 'Gloria kan elk moment beneden komen. Ga maar even naar de studeerkamer, dan kun je Gloria's vader gedag zeggen.'

Ze loodst me naar een deur en roept: 'Fredrick, hier is John. Hij neemt Gloria mee naar het basketbal.' Ze geeft me een duwtje naar binnen en fluistert: 'Ik ben gemberkoekjes aan het bakken. Ze zijn zo klaar. Ik zal ze straks brengen.'

Met nog een laatste duwtje van mevrouw Halleluja sta ik in de studeerkamer. Langs de wanden zie ik boekenkasten vol met boeken. Sommige hebben een leren band en de ka-

105

mer ruikt naar oud hout en leer. Een houtvuur brandt gezellig in de haard.

Een stevig gebouwde man met brede schouders en een krachtig, knap gezicht staat op achter een bureau als ik de kamer binnenkom. Hij heeft een vierkante kin en een indrukwekkend voorhoofd – zo'n gezicht dat in Mount Rushmore lijkt uitgehouwen, tussen de hoofden van die Amerikaanse presidenten. 'Zo,' zegt hij, terwijl hij verrassend snel om het bureau heen stapt en naar me toe komt. 'Dus jij bent de jongeman over wie ik zoveel heb gehoord.'

Hij grijpt mijn hand in een sterke, warme bankschroef. Mijn vingers worden tegen elkaar geknepen alsof hij er sinaasappelsap uit wil persen. Hij pompt mijn rechterarm zo hard op en neer dat ik bang ben dat hij uit de kom zal schieten, maar twee of drie taaie pezen houden hem nog op zijn plaats. 'Hallo, jongen. John heet je toch? Hoe gaat het, John?'

'Goed, dank u, meneer.' U hebt net mijn hele skelet verbouwd, ben ik bang, maar verder is het leuk om kennis te maken.

'Voor mij hoef je geen meneer te zeggen, hoor. Fred is ook goed, wat maakt het uit? Kom maar bij de haard zitten, dan kunnen we even praten. Mijn kleine kuiken – mijn Gloria, bedoel ik – zei dat je een bolleboos in wiskunde bent.'

Meneer Porter, Fred, maakt niet uit... ik wil best bij de haard gaan zitten in die roodbruine leunstoel tegenover u, en ik zal proberen om niet in brand te vliegen, maar laten we één ding duidelijk afspreken: ik ben geen bolleboos in wiskunde. Of waar dan ook in. Wat is in vredesnaam een bolleboos? 'Nee, meneer. Ik heb beste moeite met wiskunde.'

'Nog bescheiden ook? Dat mag ik wel. Gloria vertelde me dat je de lerares op een fout had betrapt. En je doet ook aan sport, begrijp ik? Voetbal?'

Ik knik niet ja, meneer Porter. Dan zou ik een leugen bevestigen. Ik beweeg mijn hoofd alleen van voren naar achteren omdat ik bang ben dat mijn haar begint te schroeien.

'Ik weet niet veel van voetbal, eerlijk gezegd. Ik deed zelf aan football. Ik was running back. En weet je hoe ze me noemden, John?'

'Nee, meneer.'

'De Bulldozer. En weet je ook waarom?'

'Nee, meneer.'

'Omdat ik iedereen tegen de grond liep. Vertrapte. Verpletterde. Nou ja, dat hoorde bij het spelletje.'

U hoeft zich tegenover mij niet te verontschuldigen, meneer. Ik zeg niets. Waarschijnlijk had u alle recht van de wereld om de footballvelden van Amerika te plaveien met de verpletterde lijken van uw tegenstanders.

'Maar genoeg over football, John. Laten we het ergens anders over hebben. Over serieuze zaken. Doe je aan atletiek?'

'Nee, meneer.'

'Ik ook niet, John. Maar ik wil je wat zeggen.' Waarom buigt u zich opeens naar voren, meneer? Ik kan u heel goed horen. Waarom legt u nu uw tamelijk grote hand op mijn tamelijk smalle schouder? 'Dit is geen hardloopwedstrijd, John. Begrijp je me?'

Ik probeer het te volgen, meneer Bulldozer, met alle grijze cellen waarover ik beschik, en dat is niet veel, maar ik ben het spoor al bijster. 'Eh... niet helemaal. Een hardloopwedstrijd?'

Waarom laat u uw stem dalen tot een gefluister? Zie ik uw kin nu trillen, wilt u me een kopstoot geven, of is dat mijn verbeelding?

'Ik draai er niet omheen, John. Jij en Gloria zijn jong en niets menselijks is jullie vreemd. Verdomme, zo oud ben ik nou ook weer niet. Die ouwe Bulldozer had een knap heet

motortje toen hij jong was. Maar het is geen hardloopwedstrijd, John.'

'Nee, meneer. Ik bedoel, ja meneer, dat is het niet.' Ik heb
nog steeds geen idee waar het over gaat, maar ik weet zeker
dat u helemaal gelijk hebt.

'Er is nog tijd genoeg, John. En er zijn nog heel wat boch-
ten in het parcours.'

'Ja, meneer.'

'Ik zal eerlijk tegen je zijn. Als ik dacht dat iemand mis-
bruik zou willen maken van mijn kleine kuiken... dan zou
ik... nou...'

Meneer Porter, uw gezicht lijkt niet meer op die uitgehouwen koppen in Mount Rushmore, maar op een poli-
tiefoto van de FBI, zo'n foto van een gevaarlijke crimineel.
En u grijpt mijn schouder nu zo stevig vast dat ik vrees dat
uw vingerafdrukken de rest van mijn leven in mijn huid
zichtbaar zullen blijven staan.

'Pa?' Glorie Halleluja is in de deuropening verschenen.
Ze draagt een heel strakke zwarte broek en een blauw zijden topje dat haar jonge en bijzonder aantrekkelijke rondingen nog accentueert. Als haar vader, de menselijke bulldozer, er niet bij was geweest en me in zijn verpletterende
greep had gehouden, zou ik zeggen dat ze er heel sexy uitziet. Het lijkt me nu verstandiger om het anders te formu-
leren. Mijn afspraakje voor vanavond ziet er stralend uit.

'Ach, daar ben je... mijn kleine kuiken.' Opeens breekt er
weer een glimlach door op het gezicht van meneer Halleluja
en laat hij me ontsnappen aan zijn dodelijke greep.

'Noem me toch niet zo,' zegt Gloria.

'Wat een schatje, hè?' zegt meneer Halleluja tegen me,
met een knipoog. 'John en ik hebben even kennisgemaakt.'

Ik doe een stap bij meneer Halleluja vandaan en kijk op
mijn horloge. 'We moeten maar eens gaan. Anders missen

we het begin van de wedstrijd nog.'

Glorie Halleluja loopt naar me toe, strengelt haar vingers in de mijne en kijkt haar vader aan met een blik die mij totaal ontgaat. Tot mijn verbazing doet ze nog een stap naar me toe en kust me op de wang. 'John,' zegt ze. 'Je ziet er goed uit. Mmmm, en je ruikt nog lekker ook.'

Het gezicht van meneer Halleluja krijgt een overdreven rode kleur – de kleur van een vulkaan die probeert een uitbarsting te voorkomen door grote hoeveelheden gloeiend-hete lava in te slikken. 'John,' gromt hij, 'vergeet niet waar we het over hadden...'

Ik zou graag verder met u praten, meneer Halleluja, maar zoals u ziet word ik naar de deur getrokken door uw kleine kuiken van een dochter. En haar zachte, vederlichte vingers zijn heel wat prettiger dan die bankschroef van u, dus *hasta la vista...*

Maar zo gemakkelijk geeft meneer Halleluja het niet op. Hij komt achter ons aan en mompelt dingen als: 'Geen hardloopwedstrijd, jongen... Je hebt tijd genoeg... Je moet niet zo jong al een fout maken die je de rest van je leven zal betreuren...'

Mevrouw Halleluja duikt plotseling aan onze andere kant op. 'Gemberkoekjes, warm en knapperig!' jodelt ze, en ze duwt me een klein maar heerlijk hapje in mijn mond.

Terwijl de suiker nog op mijn tong smelt en de verholen waarschuwingen van meneer Halleluja in mijn oren weergalmen, vertrekken Gloria en ik uit de Bonanza Ranch en gaan door de herfstavond op weg naar onze antischool.

13. Mijn grote avond

'Bedankt dat je mijn ouders hebt verdragen,' zegt Gloria als we hand in hand door Elm Street lopen.

'Ze zijn heel aardig,' zeg ik.

'Wees blij dat je niet met ze onder één dak hoeft te leven,' antwoordt ze. 'Ze zijn compleet gestoord.'

Gloria, ik vrees dat je weinig ervaring hebt met écht gestoorde ouders. Als je een keer naar mijn huis wilt komen dat geen huis is, om een paar uurtjes door te brengen met de man die niet mijn vader is, zou je je mening over je eigen vader en moeder misschien willen herevalueren (wat dat ook mag betekenen). 'En jullie hebben een mooi huis,' zeg ik erbij.

'O, gaat wel,' zegt ze. 'Het huis van Mindy Fairchild is veel groter.'

Op dat moment horen we een woest gegrom naast ons, als van een houwitsergranaat. De hele straat trilt ervan. Glorie Halleluja duikt instinctief weg en grijpt mijn hand nog steviger vast. 'Allemachtig, wat was dát?'

Ik aarzel om Gloria te vertellen dat het me sterk deed denken aan de gefrustreerde roep van een Siberische walrusstier die in de paartijd door alle wijfjes is afgewezen en de laatste paar dagen in eenzame woede zijn slagtanden tegen het ijs heeft geslepen. Ik zeg het haar maar niet. En ik vertel haar ook niet dat het misschien Billy Slurf is, mijn vriend die geen vriend is, en die ons nu in het donker volgt. Ik wil haar niet bang maken met de gedachte dat we worden geschaduwd door een gearresteerde loempiadief. 'Misschien een hongerige eekhoorn,' opper ik.

'Eekhoorns brullen niet,' zegt ze, en als amateur-bioloog kan ik daar moeilijk wat tegenin brengen. Ze tuurt zenuwachtig in het donker. 'Toe nou! Wat denk je écht dat het was?'

Als de Lashasa Palulu de vrouwen van de stam op de hoogte moeten brengen van onplezierig nieuws – bijvoorbeeld een dreigende aanval door reusachtige, onoverwinnelijke kannibalen – doen ze dat voorzichtig, stukje bij beetje. 'We krijgen binnenkort bezoek, schat,' zegt een Lashasakrijger dan tegen zijn vrouw. 'Heel hongerig bezoek. Het kan een feestmaal worden dat sommigen van ons nooit meer zullen meemaken.'

Dat lijkt me de beste benadering in dit geval. Dus zeg ik tegen Gloria: 'Weet je wat het is met vrienden? Je weet nooit precies wanneer ze opduiken.'

'Waar slaat dát nou op?' mompelt ze, terwijl ze nog steeds door het donker tuurt of ze ergens een groot roofdier kan ontdekken.

'Ik bedoel dat we vanavond wel een paar van mijn vrienden zullen zien bij de wedstrijd,' ga ik verder. 'En wat vriendinnen van jou, neem ik aan.'

'Mindy Fairchild zou misschien ook komen,' zegt Gloria. 'Maar als ze denkt dat we bij haar gaan zitten, heeft ze het toch mis.'

'Wie weet komen we onderweg al vrienden tegen,' zeg ik luchtig, en geef haar een geruststellend kneepje in haar hand. 'Vrienden met problemen, waardoor ze zich wat vreemd gedragen.' Gloria staart me nu aan alsof ze zich afvraagt of ik net zo gestoord ben als haar ouders. 'Gloria, heb jij ooit meegemaakt dat een van je vriendinnen van school – of zelfs iemand die je geen echte vriendin zou noemen – jaloers op je was?' vraag ik.

Ze kijkt opgelucht. Dat is een onderwerp waar ze wel over wil praten. 'O ja. Een ramp is dat,' zegt ze, alsof het haar elk uur van de dag overkomt. 'Kim Smallwood is zo jaloers op mijn haar dat ze het precies probeert na te doen, tot en met de highlights en de bounce. Maar ik kan ook niet helpen dat ik echt blond ben en dik haar heb, terwijl het hare zo vlassig is. En Julie Moskowitz zag mijn Anna Sui-minirok en heeft precies dezelfde gekocht, maar met haar benen kan ze beter iets dragen dat haar knieën bedekt in plaats van ermee te koop te lopen. En Yuki Kaguchi heeft mijn kleur lippenstift gestolen. Ze zegt wel dat zij die eerder had, maar iedereen weet hoe ze kan liegen.'

Ik probeer die opsomming van jaloerse streken te volgen waarvan mijn geliefde haar vriendinnen beschuldigt, maar ik geef toe dat ik het spoor gauw bijster ben.

Gloria is niet meer te stuiten. 'En het ergste van alles,' zegt ze, 'is nog wel dat Mindy Fairchild beweert dat ík jaloers zou zijn omdat haar vader meer verdient dan de mijne en ze in een groter huis met een grotere tuin wonen en haar vader in een nieuwe Lexus Coupé rijdt, met een Steadson-Olson stereo. Hoe kan ze zoiets zeggen? Het zal me een zorg zijn.'

'Ja,' beaam ik. 'Geld is toch niet zo belangrijk?'

'Nee, precies. Haar vader verdient heus niet zóveel meer dan de mijne,' zegt Gloria. 'Ze is gewoon jaloers omdat

Luke meer van mij houdt dan van haar. Als we de stal binnenkomen, komt hij eerst naar mij toe om zijn neus in mijn hand te drukken, zelfs als Mindy vals speelt en een appel in haar zak heeft. Dat doet ze altijd, maar het helpt niet, want dieren voelen aan hoe mensen zijn.'

Glorie Halleluja briest van verontwaardiging. Ik zeg niets, maar voel haar zachte hand in de mijne en bedenk hoe gelukkig ik ben dat ik hier naast haar mag lopen. 'En eerlijk gezegd,' gaat ze verder, 'vind ik haar huis helemaal niet zo bijzonder. Het is wel groot en duur, maar het heeft een smerige groene kleur en er zitten ratten in de kelder, echte ratten, zo groot als kleine honden! Ik zweer je, ik ben blij dat ík er niet hoef te wonen. En die nieuwe Lexus van hun interesseert me niet, hoewel ze me best wat vaker zou kunnen uitnodigen voor een ritje, als ze niet zo'n zuur kreng was, altijd kwaad omdat Luke zijn oren niet wil bewegen voor haar. Bovendien heeft ze een slechte adem, maar waag het niet haar te vertellen dat ík dat heb gezegd.'

We zijn nu vlak bij onze school die geen school is. Auto's draaien de twee parkeerterreinen op en grote groepen leerlingen stromen naar de hoofdingang. Ik bereid me voor op mijn triomfantelijke binnenkomst met mijn afspraakje. Dit is een belangrijk moment in mijn tot nu toe zo ellendige leven dat geen leven was. Glorie Halleluja is natuurlijk de koningin van het bal – nou ja, het basketbal – in haar strakke zwarte jeans en haar blauwzijden topje. Ik wil geen kritiek hebben op al die andere charmante meisjes van mijn school die ongetwijfeld hard hun best hebben gedaan om zich zo aantrekkelijk mogelijk te maken op deze herfstavond, maar ze lijken toch een kudde karrenpaarden vergeleken bij het veulentje dat ik aan mijn arm heb.

De onnozele en bevooroordeelde kliek die de dienst uitmaakt op mijn antischool zal nu snel beseffen dat ze een heel bijzondere persoon over het hoofd hebben gezien. In de rust zullen ze wel in de rij staan om zich te verontschuldigen voor hun grofheid en kortzichtigheid in het verleden. Terwijl we naar de hoofdingang lopen probeer ik te beslissen of ik hen zal vergeven.

Glorie Halleluja laat mijn hand los. 'Geen geflikflooi, vind ik,' zegt ze.

'Geflikflooi?' herhaal ik, opeens met een handvol lucht.

'Alsof we bij elkaar horen, bedoel ik. De mensen moeten niet denken dat we... nou ja, samen uitgaan en een stelletje zijn of zo, alleen omdat we toevallig met z'n tweeën naar het basketbal gaan. Nee toch?'

'Nee,' zeg ik.

'Mensen zijn zo dom. Ze geloven van alles wat helemaal niet waar is en roddelen er dan over alsof het wél waar is. En op een rare manier lijkt het dan nog waar ook, terwijl dat helemaal niet zo is. Begrijp je wat ik bedoel?'

Ik kijk naar mijn vriendinnetje dat dus mijn vriendinnetje niet is, hoewel ik geen woord begrijp van alle onzin die ze uitkraamt – behalve dat ze een of andere intellectuele smoes heeft verzonnen (wat dat ook mag betekenen), om mijn triomfantelijke binnenkomst te verzieken. 'Absoluut,' zeg ik. 'Zo denk ik er ook over, maar ik heb het nog nooit in die woorden gezegd.'

Het volgende moment worden we meegesleurd door de menigte van leerlingen en familieleden, de gangen door en de trappen af naar de oude sportzaal van onze antischool. Een paar keer krijg ik zo'n harde por in mijn rug dat ik bijna struikel. Steeds als dat gebeurt meen ik een zacht, spottend lachje te horen – het soort lachje dat je zou kunnen verwachten van een jaloerse gek.

Maar als ik me bliksemsnel omdraai om een bekend gezicht met een grote neus te ontdekken, zie ik niemand die me opzettelijk een por kan hebben gegeven. Of Billy Slurf heeft geleerd om veel sneller weg te komen sinds hij door de kok van Wong Chong in zijn kraag is gegrepen, of ik lijd aan waanvoorstellingen. En dat is natuurlijk geen wonder als je een afspraakje hebt dat geen afspraakje is, op een school die geen school is, om een basketbalwedstrijd te zien die geen basketbalwedstrijd zal worden.

En het zal geen wedstrijd worden omdat ons team, de Friendly Beavers, het vanavond moet opnemen tegen het beste team uit de omgeving, de Saber-Toothed Tigers van Fremont Valley High.

We komen bij de oude sportzaal van onze antischool. Ergens halverwege hangt een grote Amerikaanse vlag aan de stalen balken. De houten tribunes stromen vol met Beaver-fans en Saber-Toothed Tiger-supporters. 'En denk eraan dat we onder geen voorwaarde bij Mindy Fairchild gaan zitten,' zegt Gloria, terwijl ze haar blik over de menigte laat glijden.

We komen een paar mensen tegen die ik ken. Violet Hevig loopt ons voorbij, de andere kant op. Haar ogen gaan van mij naar Gloria en weer naar mij. Onze blikken kruisen elkaar, heel even. Waarom kijk je zo naar me, Violet Hevig? Ze geeft geen antwoord, maar blijkbaar wordt haar aandacht afgeleid, want opeens doet ze een stap opzij en botst zo hard tegen Gloria op dat ze mijn knappe vriendinnetje bijna van de sokken loopt, als bij een body-check in een ijshockeywedstrijd. 'Neem me vooral niet kwalijk,' zegt Violet Hevig.

'Rund,' mompelt Gloria als we verder lopen.

We zien mevrouw Kaaskop, in een oud schooljack dat nog uit haar eigen tijd als leerling op onze antischool moet dateren. Ze zit in haar eentje. Als ze voor de klas staat zijn we allemaal als de dood voor mevrouw Kaaskop, maar nu zit ze moederziel alleen op de tribune, een beetje zielig. Als

we langs haar heen lopen stuur ik haar een telepathisch gedicht dat ik ter plekke heb gemaakt:

Mevrouw Kaaskop, nu hebt u zeker spijt?
Ik loop hier met een mooie meid.
Ik weet geen zier van algebra
En meetkunde vind ik maar bla-bla.

U bent dan wel een rekenwonder,
Maar vanavond zit u toch mooi zonder.
Als je geluk zoekt in het leven
Kan wiskunde je dat niet geven.

Mevrouw Kaaskop reageert niet op mijn gedicht, omdat ze
al haar aandacht nodig heeft om niet zielig en eenzaam te
lijken. Ze heeft een tijdschrift op haar schoot en een foto-
toestel om haar nek en ze kijkt steeds naar de deur, alsof er
ieder moment een knappe man – Jacques – kan binnenkomen met een blad met sandwiches, in het gezelschap van
Clark Gable, haar afspraakje voor vanavond.

Mevrouw Kaaskop, ik wil niet gemeen zijn, maar er zijn
geen knappe mannen in de buurt die Jacques heten en er
worden hier geen sandwiches verkocht maar alleen hot-dogs
en broodjes tonijn bij de kraam van de Vrouwen van Oud-
Strijders. En de kans dat Clark Gable vanavond nog komt
opdagen als uw afspraakje ligt onder nul, zelfs als hij nog
zou leven, terwijl ik zeker weet dat hij dood is.

Ondertussen loopt Glorie Halleluja in hoog tempo voor
me uit, terwijl haar ogen snel over de honderden mensen op
de tribune glijden. 'Ze moet precies in het midden van het
Beaver-vak zitten. Mindy is zo voorspelbaar. O, mijn God,
daar heb je Yuki Kaguchi! En ze heeft mijn persoonlijke tint
eyeliner gebruikt – wat een lef, de lelijke dief! En ik zie Julie

Moskowitz. In elk geval heeft ze haar spillepoten nu bedekt. Heel verstandig.'

Er klinkt enige paniek in Gloria's melodieuze stem als ze geagiteerd om zich heen kijkt. 'Maar ik kan Mindy Fairchild nergens ontdekken. Ze zit zeker nog thuis haar Engelse huiswerk te maken met Toby Walsh. Mij best. Toby is net zo'n ramp als zij, en zelfs als ze hier waren, zouden we zeker niet bij ze in de buurt gaan zitten.'

Dat is goed nieuws voor mij, want Toby Walsh is de knappe ster van het footballteam en ik heb geen enkele behoefte om bij hem in de buurt te gaan zitten, waar de tien miljoen kilowatt van zijn sociale sterrenstatus de paar volt die ik soms uitstraal volledig zal verduisteren.

De twee teams komen het veld op en beginnen aan de warming-up. Het publiek juicht als de Friendly Beavers met weinig enthousiasme een lay-up uitvoeren, terwijl de Saber-Toothed Tigers zo fanatiek beginnen te dunken dat de ring dreigt te breken. Ik geloof dat het tijd wordt om te gaan zitten, maar Gloria loopt nog steeds door.

We zien meneer Steenwilly, die tien rijen hoger zit, met zijn arm om een niet onaantrekkelijke vrouw met lang rood haar en opvallende groene ogen. Dat moet mevrouw Steenwilly zijn. Hij ziet Gloria en mij voorbij lopen, zwaait met een brede lach en wijst ons aan zijn vrouw aan.

Ik weet precies wat u denkt, meneer Steenwilly. U denkt dat wij verwante geesten zijn. U denkt dat u mij begrijpt. Zoals u een leuke dame ervan hebt overtuigd dat Arthur Flemingham Steenwilly een goede kostwinner is, zo denkt u dat ik Glorie Halleluja ook heb ingepalmd. Daarom ziet u mij als een kleine Steenwilly, en daar hebt u plezier in.

Maar in werkelijkheid, meneer Steenwilly, hebt u geen flauw idee wie of wat ik ben. U kent me helemaal niet. En het enige dat ik u over mezelf wil vertellen, meneer Steen-

117

willy, is dat wij absoluut niets met elkaar gemeen hebben. U bent een man met talent, in de wieg gelegd voor grote dingen, maar tijdelijk op onze antischool aangesteld om licht te brengen in de duisternis – wat bij voorbaat tot mislukken is gedoemd.

Maar ik ben niets anders dan een schipbreukeling, die zich vastklampt aan een vlot dat langzaam uit elkaar valt terwijl hongerige haaien rondjes om me heen zwemmen en zeesterren alvast met al hun vijf armen de bel voor het diner luiden. Dus bekommer u maar om mevrouw Steenwilly, kijk haar diep in haar opvallende groene ogen en stop met dat gezwaai en met die grote onnozele grijns die parallel loopt aan dat dunne snorretje op uw bovenlip.

Gloria heeft eindelijk haar prooi ontdekt. *'Daar zitten ze, vlak naast het vak van de Tigers!'* zegt ze. 'Ze vinden zichzelf zo bijzonder dat ze niet bij de rest van de school willen zitten. Wat voorspelbaar! Kom mee.'

'Ik dacht dat we niet bij ze in de buurt gingen zitten,' zeg ik. Het kost me moeite om haar bij te houden. Ik begin te vermoeden dat Gloria toch een geit is en geen meisje, omdat ze zo behendig langs de rijen van de tribune omhoog klimt als een steenbok of zoiets.

We bereiken de rij van Mindy Fairchild en Toby Walsh. Mindy is een heel knap meisje met donker haar. Ik ken haar nauwelijks, omdat we een ander vakkenpakket hebben en ze op de sociale ladder van onze antischool helemaal bovenaan staat terwijl ik onder de steen woon waarop de onderste sport steunt. Ze is in het gezelschap van Toby Walsh, niet alleen de beste sportman van de school, maar met zijn brede schouders van een prijsstier, zijn tropische regenwoud van bruine krullen en zijn joviale, jongensachtige grijns ook nog een toekomstig filmidool en winnaar van talloze Oscars als hij toevallig niet de beste footballer van het land zou worden.

Gloria blijft staan als we hun rij hebben bereikt en zet nogal dramatisch haar handen in haar zij. 'Zo, ik begon al te denken dat jullie niet kwamen,' zegt ze tegen Mindy alsof ze haar een vuile streek hebben geleverd.

'Waar heb je het over?' antwoordt Mindy koeltjes. 'Wij zijn hier al twintig minuten. Je bent zelf te laat.'

Dat is zo'n waarheid als een koe dat Gloria maar van tactiek verandert. 'Nou, ik had het druk met Luke,' zegt ze. 'Sómmige mensen hebben verplichtingen. Sómmige mensen geven liefde en aandacht aan dieren die ons nodig hebben en van ons houden en van ons afhankelijk zijn.'

'Dacht je dat ik die liefde en aandacht vanavond niet gegeven had?' vraagt Mindy met een lachje en ze nestelt haar hoofd tegen Toby's gigantische schouder. Als op een geheim bevel slaat hij zijn arm om haar heen. Het is een knap stel, dat is waar.

Opeens voel ik Gloria's hand in de mijne. En vreemd genoeg lijkt het of ze de hele zijkant van haar lichaam tegen me aan wrijft. Het Hooggerechtshof heeft blijkbaar bepaald dat het geflikflooi toch door mag gaan, zonder dat iemand dat eerst met mij heeft overlegd.

Gloria gaat naast Mindy op de bank zitten en trekt mij met zich mee. Voor iemand die al een paar keer heeft geroepen dat ze absoluut niet naast Mindy wilde zitten is ze stom toevallig wel erg dicht bij diezelfde Mindy terechtgekomen. Ze zit bijna boven op haar – en ook vlak bij Toby, naar wie ze regelmatig glimlacht, ongetwijfeld heel vriendschappelijk en onschuldig.

'Je was het misschien vergeten,' zegt Gloria tegen Mindy, 'maar vrijdag is Verzorgingsdag voor Eigenaren. Maar maak je geen zorgen, Luke en ik hebben het heel gezellig gehad vanmiddag. Hij voelt zich zo eenzaam als ik er niet ben, weet je. Ik heb hem geborsteld tot hij dat blije geluidje in zijn keel maakte. En ik heb hem wat lekkers gegeven, dat hij zo uit mijn hand at.'

Mindy rolt met haar ogen en haalt even haar schouders op, alsof ze wil zeggen: 'O nee, niet weer die onzin over Luke.'

Toby begrijpt er weinig van. Hij kijkt naar mij. 'Ben jij Luke?'

'Nee,' zeg ik. 'Ik ben John. Luke is een paard.' Ik overweeg om erbij te zeggen dat Gloria mij niet borstelt en dat ik geen lekkers eet uit haar hand, maar ik moet toegeven dat ik het niet uitsluit als die kans zich later vanavond nog zou voordoen.

'Luke is óns paard,' zegt Mindy tegen haar breedgeschouderde vriend. 'Gloria en ik zijn allebei eigenaar van de helft.'

'Ja, en we horen de verzorging samen te delen,' zegt Gloria. 'Maar sommige mensen hebben blijkbaar belangrijkere dingen aan hun hoofd. Dat geeft niet. Ik heb hem zijn voer gegeven en hem geborsteld van zijn oren tot aan zijn voeten en hij ziet er weer prima uit.'

Op dat moment hoor ik een bekende stem achter me. 'Paarden hebben geen voeten. Paarden hebben hoeven,' zegt die stem, met een inherent gezag (wat dat ook mag betekenen).

Ik draai me om en zie Andy Pearce en Billy Slurf een rij lager staan.

'Wat weet jij van paardenvoeten?' vraagt Gloria aan Andy. Maar wat ze eigenlijk zegt is: 'Wie denk je wel dat je bent, akelige kleine griezel? En wie is die achterlijke figuur met die grote neus die naast je staat? Is het echt mogelijk dat wij dezelfde planeet bewonen of is dit maar een boze droom en zul je weer onder de grond verdwijnen, waar je thuishoort, als ik straks wakker word?'

'Ik weet dat paarden hoeven hebben en geen voeten,' zegt

Andy Pearce. 'Of klauwen, natuurlijk,' vervolgt hij met grote stelligheid. 'Heb je nooit gehoord van mond- en klauwzeer? Dat heet geen mond- en hoefzeer.'

Gloria besluit daar wijselijk niet op in te gaan, maar ze kijkt Andy aan alsof ze tamelijk zeker weet dat ze hem kan laten verdwijnen met zuivere wilskracht en door haar ogen tot spleetjes te knijpen.

Andy Pearce verdwijnt niet. Hij draait zich om naar mij. 'John, waarom zit je niet bij je vrienden?'

Billy Slurf doet een stap naar voren. 'Omdat wij zijn vrienden niet zijn, Andy. Niet meer.'

'Ik weet niet wie jullie zijn,' zegt Toby, 'maar ga zitten. De wedstrijd gaat beginnen.'

'Mag ik me dan eerst voorstellen?' zegt Billy Slurf. Hij kijkt Gloria aan met dezelfde nauwelijks verholen honger waarmee hij normaal naar dampende loempia's kijkt. 'Mijn naam is Bill Beanman. Officieel heet ik William, maar mijn vrienden noemen me Billy of gewoon Bill. Behalve een van mijn tantes, die me Willy noemt.'

'Als je voor mijn neus blijft staan, sla ik die grote gok van jou eraf,' gromt Toby.

Billy Slurf gaat haastig zitten, maar praat rustig verder. Hij heeft het nu rechtstreeks tegen Gloria. 'Wij zitten naast elkaar bij wiskunde. Misschien had je me al eens gezien.'

Gloria verwaardigt zich niet te antwoorden, maar ze denkt: als je een haakje aan mijn nagel was, en ik had een schaartje bij me, zou ik je kunnen afknippen en was ik van je verlost.

'Misschien heb je wel iets gehoord over mijn toespraak in de leerlingenraad, toen ik een pleidooi heb gehouden voor grapefruitsap in de kantine,' zegt Billy Slurf. 'Die toespraak is nog afgedrukt op de achterpagina van *The Daily Beaver*.'

Ik vrees dat Billy Slurf nog wel even door zal gaan over

zijn successen in de leerlingenraad, maar op dat moment gaat er een geloei door de zaal bij de tip-off. De wedstrijd is begonnen. De center van de Saber-Toothed Tigers, die eruitziet als een giraf op stelten, hoeft nauwelijks van de grond te komen als hij de bal naar zijn point-guard passt, die dwars door de zielige defensie van onze Beavers dribbelt en zo hard dunkt dat de vloer onder ons netje begint te kraken.

'*Go, Tigers!*' brult een dikke jongen die nog geen vijf rijen voor ons zit. Hij houdt een grote koperen bel boven zijn hoofd en rinkelt er woest mee.

'Hé, dikke! Kop dicht en laat ik die bel niet meer zien,' oppert Toby behulpzaam.

'Sodemieter op. Jullie zitten in ons vak,' reageert de gezette Tigers-supporter.

'O ja? Maar jullie zitten in onze zaal,' merkt Toby op.

'O ja? De Beavers zijn waardeloos.'

'O ja? Maar jij bent dik en je vriendin is lelijk.'

'Zeg dat nog eens!'

'Jij bent dik en je vriendin is lelijk. Wat wou je nou?'

'Wat wou jíj?'

Toby staat op en daalt vijf rijen af. De Tigers-supporter probeert ook overeind te komen, maar voordat hij zijn dikke lijf omhoog heeft gehesen grijpt Toby hem al bij zijn shirt. Met een handige zwiep en draai smijt Toby de zwaargebouwde jongen langs de rijen naar beneden als een éénmans-lawine.

Helaas had de tuimelende klokkenluider in één ding gelijk. We zitten hier tussen de Tigers-fans. 'Hé, zag je wat hij met Chris deed?' hoor ik om me heen. 'Grijp die vent! En zijn vriendjes.'

Ik hef mijn handen op. 'Beste mensen,' zeg ik met zoveel gezag dat het opeens stil wordt in de zaal, 'laten we niet vergeten dat we hier bij elkaar zijn voor een wedstrijd, niet voor een knokpartij. Jullie zijn als vrienden naar deze school gekomen en we heten jullie hartelijk welkom. Zijn de Beaver en de Saber-Toothed Tiger, de bever en de sabeltandtijger, geen bewoners van hetzelfde bos? En over bossen gesproken, ik wil jullie erop wijzen dat de Lashasa Palulu, een bijzonder mannelijke stam, ook een spel kent met een bal van dierenhuid. Als dat spel gespeeld wordt tegen een concurrerende stam, wordt het als bijzonder onbeleefd en onwaardig gezien om je zelfbeheersing te verliezen.'

Tenminste, ik dénk erover om dat te zeggen, maar voordat ik de kans krijg, breekt er een complete rel uit en probeer ik weg te kruipen in de atomen van de gelakte houten bankjes. Dat lukt dus niet. Naast me staat Mindy Fairchild te gillen en te trappen naar het vriendinnetje van de omlaag gestuiterde Chris, die haar vriend blijkbaar wil wreken door Mindy's lange zwarte haar uit haar hoofd te rukken. Gloria roept ook iets, zo hard als ze kan, in mijn richting: *'Help me dan, idioot! Doe iets!'*

Een stuk of tien Tigers-supporters rennen de tribune op, maar worden opgewacht door Toby, die in een bijzonder opofferende bui zijn tegenstanders als kegels weer naar beneden smijt. Er klinken politiefluitjes. De dringende waarschuwingen door de luidsprekers worden overstemd door angstige geluiden dichterbij: vuisten die op hoofden neerdalen en knieën die worden verbrijzeld.

Iedereen probeert over iedereen heen te kruipen. Gedreven door een instinct tot zelfbehoud dat ik misschien nog heb geërfd van een voorouderlijke aardworm in een ver evolutionair verleden, laat ik me op mijn knieën zakken, dan op mijn buik, totdat ik licht zie aan het einde van de tunnel. Ik grijp Gloria bij haar hand. 'Kom mee! Kruipen!'

We glijden op onze buik onder de kronkelende berg van

lichamen door, naar het einde van de rij, waar we ons langs een metalen staander naar de vloer van de sportzaal laten zakken. Maar we zijn nog niet veilig, want in een onzinnige poging om de zaak te beheersen heeft de politie de deuren van de zaal van onze antischool afgesloten en dendert nu in colonne de trappen van de tribunes af.

Uit mijn ooghoek zie ik dat Billy Slurf bij zijn nek wordt meegesleurd door een zware politieman – dezelfde die hem in het winkelcentrum heeft gearresteerd, als ik me niet vergis. 'Deze keer gooien we de sleutel weg,' hoor ik hem grommen.

'Ik wil niet gearresteerd worden,' jammert Gloria. 'Doe iets, idioot!' In de spanning van het moment heeft ze blijkbaar een nieuw koosnaampje voor me bedacht: idioot.

Ik trek haar mee, onder de tribune door.

Het is een donkere ruimte tussen zwarte kabels en ijzeren stangen, met hangende touwen, spinnenwebben en verbleekte versieringen van feesten van jaren terug. Boven ons weergalmt de herrie van de vechtpartijen.

Het is niet voor het eerst dat ik een goed heenkomen heb gezocht onder de tribune. Soms, om aan een heel zware en fanatieke gymles te ontsnappen, ben ik hier ook weleens weggekropen. Daarom weet ik dat er achterin een kleine, zelden gebruikte deur zit die uitkomt in een opslagruimte, waaruit je via een bezemkast in de jongenskleedkamer kunt komen.

Binnen twee minuten staan Gloria en ik weer buiten, tussen de mensen die met veel geluk de veldslag in onze antischool hebben overleefd.

Het is een spannend gevoel. Politiewagens en busjes stormen ons voorbij met gillende sirenes. In een van die busjes wordt Billy Slurf ongetwijfeld naar een streng beveiligde gevangenis overgebracht. Zo nu en dan maken de politiewagens ruim baan voor ambulances die op weg zijn naar het strijdperk.

Het groepje waarmee we over de stoep naar huis lopen heeft een gezamenlijke band: het besef dat we aan een bloedbad zijn ontsnapt en het nog kunnen navertellen. Drie straten bij onze antischool vandaan krijgen Gloria en ik onverwachts gezelschap van Mindy Fairchild en Toby Walsh. Hij heeft bloed op zijn gezicht en zo te zien heeft iemand een stuk van zijn oor afgescheurd.

'Hoe zijn jullie in godsnaam uit die zaal weggekomen?' vraagt Gloria.

'De politie wilde ons arresteren, dus is Toby dwars door een muur gelopen,' koert Mindy bewonderend.

'Het was gewoon een deur, waar ik mijn schouder tegenaan heb gezet,' zegt Toby bescheiden. 'En jullie?'

Voordat ik kan antwoorden dat we als aardwormen op onze buik naar buiten zijn gekropen, zegt Gloria tot mijn grote verbazing: 'John heeft een raam stukgetrapt en we zijn door de glasscherven naar buiten geklommen.'

'Cool,' zegt Toby en hij slaat me op mijn schouder. 'Mooi werk, man.'

'Ik had weinig keus,' mompel ik.

Mindy gaat naast Gloria lopen om te roddelen over wie er is gearresteerd en wie een gebroken neus heeft opgelopen.

Ik bevind me in de onwaarschijnlijk positie dat ik voor hen uit loop met Toby Walsh, de grootste held van de hele school. 'Zo,' zegt hij, 'dus jij gaat met Gloria.'

'Ja, zoiets,' antwoord ik voorzichtig.

'Leuke meid.' Hij kijkt even achterom. De meiden zijn buiten gehoorsafstand. 'En eh... wil ze wel?'

Ik weet niet of ik zijn vraag goed begrijp, dus beperk ik me tot een nietszeggend antwoord. 'Nou, dat weet je toch?'

'Nee, dat weet ik niet,' zegt Toby grijnzend. 'Ik ben nog

nooit met haar uit geweest. Eerlijk gezegd wilde ze wel met mij, maar ik heb nee gezegd.'

'Waarom?' vraag ik.

'Nou, ze is wel leuk, en ze schijnt er wel pap van te lusten, heb ik gehoord, maar ze is ook een kreng,' zegt Toby. 'En die vader van haar is een ramp.'

'Ik heb hem vanavond ontmoet,' zeg ik. 'Hij leek me wel geschikt.'

'Heb je gehoord wat hij met Jerry Dickman heeft gedaan?'

'Nee,' zeg ik. 'Wie is Jerry Dickman?'

'Haar vorige vriendje. Gloria's vader had ze betrapt in de kelder en hij heeft Jerry's kop zowat van zijn romp getrokken.'

Opeens lopen de twee meisjes weer naast ons. 'Oké, Toby,' zegt Mindy en ze slaat een arm om zijn middel. 'Tijd om je naar huis te brengen en je wonden te verzorgen.'

'Ach, die schram aan mijn oor, daar heb ik geen last van,' zegt Toby. 'Ik heb wel wedstrijden gespeeld met zwaardere blessures.'

'Toby, voor de duizendste keer: het leven is geen football,' zegt Mindy, terwijl ze hem nog strakker tegen zich aan trekt. 'Of heb je soms bezwaar tegen wat aandacht en affectie van mij?'

Toby verandert bliksemsnel van gedachten. 'Tot ziens, mensen,' zegt hij tegen ons. 'Wij slaan hier af.'

'Dag,' roept Gloria hen na. 'Ik neem John wel mee naar huis om hem te verzorgen.'

Opeens lopen we helemaal alleen op straat, vlak bij Gloria's huis. 'Ik mankeer niks, hoor,' zeg ik tegen haar.

'Ik geloof dat ik wat blauwe plekken zag,' zegt ze. 'Ik wil je nog even inspecteren. Bovendien zullen mijn ouders nu wel slapen. Kom binnen, dan kunnen we gezellig nog wat praten.'

126

De verleiding is groot, maar aan de andere kant heb ik weinig zin om in elkaar te worden geslagen, net als Jerry Dickman. 'Ik weet niet of dat zo'n goed idee is...' zeg ik.

Maar Gloria negeert mijn zwakke protesten, pakt mijn rechterhand en trekt me mee naar de Bonanza Ranch, als een stier naar de slachtbank. Onderweg fluistert ze nog met hete adem in mijn oor: 'We gaan naar de kelder. Daar komen mijn ouders 's avonds nooit. Maak je geen zorgen. Wat is nou het ergste wat er kan gebeuren?'

14. Het ergste wat je kan overkomen

Ik heb een goede raad voor je. Als iemand je ooit vraagt wat het ergste is wat je kan overkomen, ga er dan vandoor. Maak dat je wegkomt. Zeg dat je een hartaanval hebt. Probeer te vluchten als het nog kan. Zeker als je altijd pech hebt en toch al in problemen bent gekomen in hoofdstuk 13.

Het is stil in de Bonanza Ranch als we binnenkomen. Geen dissonante muziek. Geen geknisper van gemberkoekjes. De Bulldozer is boven, neem ik aan.

'Deze kant op,' zegt Gloria en ze neemt me mee naar de achterkant van het huis. Aan de voorkant lijkt de Bonanza Ranch een huis van maar één verdieping, maar aan de achterkant en opzij loopt de grond steil af, zodat er ruimte is voor een kelderverdieping.

We gaan een deur binnen en lopen een beklede trap af naar een groot, donker, mooi betimmerd souterrain. Het ruikt er naar hout. Houtblokken liggen naast een gemetselde open haard. 'Mijn vader hakt ze zelf,' zegt Gloria. 'Wat een onzin, hè? Zonde van de tijd. Hij heeft zo'n grote, gevaarlijke bijl die hij altijd vlijmscherp slijpt. Eén klap voor elk houtblok. Hak, hak, hak, hak.'

'Ik geloof echt dat ik beter kan gaan...' zeg ik.

'Niet zo haastig, John,' zegt Gloria, en ze doet een stap naar me toe. 'We hebben alle tijd.'

Ik hoor iets achter me en draai me snel om.

Ze lacht. 'Dat is D.D. maar. Mijn kat.'

'Wat betekent D.D.?' vraag ik.

'Dode Dickman,' zegt ze. 'Een familiegrapje, eigenlijk. Waarom trek je je schoenen niet uit, John?'

'Mijn schoenen? Hoezo?'

'Dan kunnen we gezellig op de bank kruipen en zet ik wat muziek op.'

Vreemd hoor. Als je me twee weken of zelfs een dag geleden had gevraagd of ik mijn schoenen wilde uittrekken om met Glorie Halleluja gezellig op de bank te kruipen, zouden mijn hersens een complete slag in de rondte hebben gemaakt in mijn hersenpan. Maar op dit moment, nu die fantasie dreigt uit te komen, kan ik maar één ding denken: Weg hier! Mijn brein stuurt een dringend sos in morsetekens naar allerlei buitenposten van mijn lichaam. 'Wegwezen, idioot! Anders ga je de geschiedenis in als de tweede Jerry Dickman en loopt hier ooit een kat rond met jóúw initialen.'

Helaas heeft mijn brein niet langer het bevel. Andere delen van mijn lichaam die ik uit goed fatsoen maar niet bij name noem, hebben een paleisrevolutie uitgevoerd, zo gezegd, en geven totaal andere bevelen: 'Blijf! Zit! Schoenen uit!'

Dus laat ik me op die reusachtige bank vallen en begin mijn schoenen uit te trekken.

Opeens wordt de lamp aan het plafond gedempt en vult de ruimte zich met langzame, ritmische muziek. Het lijkt me niet Debussy. Dit is niet *De namiddag van een Faun*. Dit

129

klinkt meer als *De avond bij de zwoele lagune*. Glorie Halleluja, ik wil geen kritiek hebben op je muziekkeuze of de geluidssterkte, maar je hebt de schuif wel zo ver opengetrokken dat de hele kelder begint te dreunen.

Zelf heb ik niets tegen harde muziek, zeker niet als het meisje dat die muziek heeft opgezet nu heupwiegend naar me toe komt met een glimlach op haar gezicht en een ondeugende glinstering in haar twee zachte blauwe ogen, als saffieren in de nacht. Maar zoals de wetenschap nadrukkelijk heeft aangetoond bestaat er een duidelijk verband tussen harde muziek en nijdig wakker worden. En hoe mooi en ruim de Bonanza Ranch ook is, toch liggen de slaapkamers hier recht boven, als ik me niet vergis. Ik ben natuurlijk geen architect, en geen geluidstechnicus, en ik weet niet alles van de slaapgewoonten van bulldozers, maar ik maak me zorgen. Dus sta ik weer op en houd Gloria tegen, een paar stappen bij de bank vandaan. 'Moeten we de muziek niet wat zachter zetten? Zo storen we je ouders nog.'

'O, welnee,' stelt Glorie Halleluja me gerust. 'Mijn moeder heeft slaappillen genomen en mijn vader slaapt met oordopjes in. Goh, wat is het hier warm. Trek je je jack niet uit?'

Glorie Halleluja, ik wil mijn jack niet uittrekken. Dat lijkt me niet gepast. Ik ken je nog maar net.

'Zo, dat is beter. Maar je hebt ook nog een sweater aan. Doe toch uit, Johnny.'

Daar trek ik echt de grens, Glorie Halleluja. Deze kersttrui heb ik gekregen van mijn lieve oude moeder en het zou heel ondankbaar – zelfs onfatsoenlijk – zijn om hem uit te trekken, vooral omdat ik er geen shirt onder draag...

'Vooruit, rare. Armen omhoog.'

Glorie Halleluja, luister je wel naar me? Waarom heb ik het gevoel dat ik hier word gepeld als een maïskolf? En je moet het niet persoonlijk opvatten, maar waarom sta je erop dat ik uit de kleren ga terwijl je zelf nog geen draadje of stiksel van je eigen kleding hebt verwijderd? Als we gezellig samen op de bank kruipen moeten we toch hetzelfde gekleed zijn, zou ik denken... of ontkleed?

'En laat me nu die voetbalspieren maar eens zien,' zegt Glorie Halleluja, terwijl ze me mijn kersttrui uittrekt en haar handen zachtjes over mijn schouders en mijn rug laat glijden.

Natuurlijk heb ik geen voetbalspieren, waar dan ook. Zelfs geen tafelvoetbalspieren. Maar Glorie Halleluja laat zich niet weerhouden.

'Mmmm, dat is beter. Zullen we dan nu op de bank gaan liggen? Samen?'

Ik geloof dat ik iets hoor, boven. Het klinkt als een deur die dichtslaat. Of misschien een voetstap. 'Ik denk dat er iemand wakker is geworden,' hijg ik.

'Nee, het huis kraakt een beetje in de wind. Maak je nou niet druk. Wil je niet lekker tegen me aan kruipen?'

Mijn gezonde verstand begint aan een logische redenering, gebaseerd op elementaire meteorologische observaties (wat dat ook mag betekenen). Het is vanavond praktisch windstil. De Bonanza Ranch kan niet staan te kraken in de wind. Het geluid dat ik heb gehoord moet dus een andere oorzaak hebben. Er loopt iemand rond.

Maar helaas heeft mijn gezonde verstand al lang de leiding niet meer. Het is van zijn gezag ontheven en heeft bevel gekregen om muisstil in een hoekje te blijven zitten. De andere delen van mijn lichaam die de macht hebben gegrepen zijn niet onder de indruk van meteorologische observaties of een logische redenering. Ze zijn totaal niet geïnteresseerd in verdachte geluiden in de nacht. Ze hebben alleen aandacht voor het liefallige visioen dat naar me glimlacht en me naar de bank trekt met een warme kleine hand, als een sleepboot die een oceaanstomer naar een ijsberg sleurt.

'Wegwezen! En snel!' piept mijn gezonde verstand. Maar ik ga op de bank liggen, ergens bovenop. D.D. de kat miauwt ontstemd en springt op de grond. Meteen hoor ik een ander gemiauw en Gloria kruipt naast me op de bank. 'En nu,' spint ze, 'wil ik een lekkere kus, alsof je je tuba laat kreunen.'

Gloria, laat me je uit de droom helpen. Mijn tuba is in werkelijkheid een reuzekikker die zich voordoet als een tuba, en ik heb er het grootste respect voor. Wij kussen niet. Wij geven elkaar niet eens een hand. Bovendien heb ik mijn tuba nooit horen kreunen. Zo klinkt een tuba niet. En op het laatste nippertje moet ik je ook bekennen dat ik nog nooit een meisje heb gekust en er dus niet zo goed in ben. Dat kan verklaren waarom ik je zojuist in je neus gebeten heb.

'Au! Je bijt.'

'Heus? Dat was niet bijten... dat was een liefdesbeetje, Gloria. Maar misschien kan ik nu beter vertrekken...'

'Hier, draai je hoofd even om. Zo ja. Wauw, ik had al gehoord dat je goed kon kussen.'

Glorie Halleluja, ik zou niet weten van wie je dat hebt gehoord, omdat geen enkele zintuiglijke levensvorm op deze aarde (wat dat ook mag betekenen), van de adelaar hoog in de lucht tot het plankton in de duistere diepte van de oceaan, nog ooit mijn lippen tot op kusafstand heeft toegelaten. Je verzint dus leugentjes over mijn reputatie als goede kusser, maar dat geeft niet. Dat ik jou hier lig te kussen op deze bank is immers het hoogtepunt van mijn hele leven. De muziek is goed – maar hard – en het licht is oké, maar een beetje vaag. En jij voelt heel zacht en warm en lekker tegen me aan. Dus zou er geen vuiltje aan de lucht zijn als ik niet opeens een luid gebons zou horen.

Ach, het zal mijn hart wel zijn. Het bloed dat door mijn aderen pompt.

'GLORIA? GLORIA!'

En dat is natuurlijk mijn ziel die jouw lieve naam herhaalt zoals de herfstbries zich de zomerse roos herinnert. Maar waarom klinkt het dan als de stem van de Bulldozer?

'GLORIA, BEN JE DAAR BENEDEN? DAN HOOP IK VOOR JOU DAT JE ALLEEN BENT!'

Gloria verstijft. 'O mijn God, daar heb je mijn vader. Maar het geeft niet. Ik heb de deur op slot gedaan.'

'GLORIA, DWING ME NIET DE DEUR IN TE TRAPPEN.'

Ik probeer op te staan om te vluchten, maar Gloria drukt me tegen de bank. 'Je kunt nergens heen, John. De garagedeur gaat alleen met de afstandsbediening open en die heb ik niet bij me. Maar maak je niet druk. Mijn vader roept maar wat.' En opeens schreeuwt ze: *Alsof jij die deur zou kunnen intrappen! Alsof je dat zou durven!*

Gloria, in deze alarmerende crisis lijkt het me niet verstandig om je vader nog verder te provoceren. Een paar vriendelijke, verzoenende woorden tegen de oudere generatie zijn misschien meer op hun plaats...

'Ga toch fietsen, ouwe gek! roept ze. *Je denkt toch niet dat ik bang voor je ben?*

'GLORIA,' dreunt de stem van de Bulldozer van boven. 'MAAK ONMIDDELLIJK DIE DEUR OPEN. EN IK HOOP VOOR JE EIGEN BESTWIL DAT JE NIEMAND BIJ JE HEBT, ANDERS WORDT HET EEN BLOEDBAD!'

'Ouwe zak! Smeerlap! Grote gemene aap die je bent! schreeuwt Gloria terug. *Je bent heus niet de baas over me! Hier kun je me niks doen. Ga maar weer slapen en laat me met rust!*

KA-BAM! Een krakend geluid van boven aan de trap. Ik

geloof dat de Bulldozer heeft teruggeschakeld naar een lagere versnelling en zijn niet geringe gewicht tegen de deur heeft geworpen, die op wonderbaarlijke wijze standhoudt.

'Ha! Ik wist wel dat je hem niet open zou krijgen!' roept Glorie Halleluja. Het klinkt een beetje teleurgesteld.

KA-BAM. KA-BAM. Twee zware klappen achter elkaar en het geluid van splinterend hout dat bezwijkt voor een menselijke stormram.

Opeens spring ik overeind en staar omhoog langs de trap.

'O, mijn God,' zegt Glorie Halleluja tegen me, plotseling opgewonden. 'Ik geloof dat het hem is gelukt. Hij heeft echt de deur ingetrapt!'

Een zware, wraakzuchtige gedaante verschijnt boven aan de trap. Zoals je je herinnert heeft Gloria het licht gedimd voor een romantisch effect, dus is het moeilijk om helemaal naar boven te kijken. Maar zelfs bij dat vage licht herken ik de gespierde gestalte die nu stampend de trap afkomt: Gloria's vader, de Bulldozer. Stap voor stap komt hij dichterbij met de restanten van een deurlijst om zijn zware schouders als een reusachtige houten halsketting. Halverwege de trap krijgt hij me in de gaten. Misschien ziet hij zelfs dat ik geen shirt aan heb. Hij blijft staan en staart me aan.

Luister nou, meneer Halleluja, Uwe doorluchtige Bulldozerheid, er is echt niets gebeurd tussen mij en uw kleine kuiken, voor wie – dat moet u geloven – ik het grootste respect heb. Ik heb goed geluisterd naar uw advies dat een afspraakje met uw dochter geen hardloopwedstrijd is. Ik heb dus geen overhaaste dingen gedaan. Die knuffel van tien seconden was niet meer dan een uiting van kameraadschappelijke genegenheid tussen twee klasgenoten die toevallig bij algebra naast elkaar zitten. Ik zeg er ook bij dat wij jong en impulsief zijn, en uit uw eigen jeugd als Bulldozer weet u nog wel dat soms de wielen een beetje losraken van de assen, als u begrijpt wat ik bedoel. Maar het is al laat en we zijn allemaal moe, dus ik ga maar weer eens op huis aan. Als ik er even langs mag, meneer.

Dat wil ik tegen Gloria's vader zeggen, maar voordat ik een woord kan uitbrengen reageert hij ongeveer als de Koning der Dieren die van een wandeling over de savanne terugkeert en ontdekt dat een domme hyena zijn leger is binnengedrongen en een van zijn geliefde jongen bedreigt. Gloria's vader werpt zijn leeuwenkop in zijn nek en laat een bloedstollende kreet horen die door het hele oerwoud davert en zelfs de diepste wortels van de hoogste bomen doet trillen.

'O, mijn God,' zegt Gloria. 'Hij slaat je dood. En je kunt niet ontsnappen. Het is afgelopen. Je bent er geweest.'

In de annalen van de Lashasa Palulu komt één grandioos moment voor waarop de stam voor de totale vernietiging werd behoed. Op een slechte dag werd de stam omsingeld en bijna in de pan gehakt door hun gevaarlijkste vijanden – de reusachtige, onoverwinnelijke kannibalen. Toen de cirkel van hongerige menseneters zich om hen sloot, sprong de Lashasa-hoofdman op zijn handen, vouwde zijn voeten naar de hemel en bad om duisternis. Opeens, door een onverklaarbaar wonder, werd de zon totaal verduisterd. In het pikkedonker wisten de mannen en vrouwen van de Lashasa langs de reuzenkannibalen of tussen hun benen door te ontsnappen en een goed heenkomen te zoeken in het bos.

Ik zou graag om een zonsverduistering bidden, maar helaas zit ik in een afgesloten kelder met enkel elektriciteit. En de Bulldozer is nu de trap afgedaald en komt mijn kant op, met een uitdrukking op zijn gezicht die weinig twijfel laat aan zijn voornemen om mijn ruggengraat wervel voor wervel aan stukken te breken.

Ik besluit de tactiek van de Lashasa Palulu aan de om-

135

standigheden aan te passen. Ik grijp een van mijn schoenen – die ik op Gloria's aandringen heb uitgetrokken en op de grond gegooid als inleiding tot onze ongelukkige knuffel-partij – en stap op de bank, die ik als trampoline gebruik voor een geweldige sprong naar het plafond, terwijl ik met mijn schoen naar die ene toch al gedempte gloeilamp sla.

Ik hoor het geluid van brekend glas en opeens is de kelder in totale duisternis gedompeld. In het donker kom ik weer neer, boven op de koffietafel waar nooit meer koffie op zal staan omdat ik er dwars doorheen ga en het blad verbrijzel.

'DENK MAAR NIET DAT JE IN HET DONKER KUNT ONT-SNAPPEN, KLEINE RAT!' brult de Bulldozer. 'IK HEB IN VIET-NAM GETRAIND VOOR NACHTGEVECHTEN.'

Dat is niet zo mooi, maar aan de andere kant zitten we niet in Vietnam en ziet ook de Bulldozer geen steek in het pikkedonker. Ik duik weg achter de bank en houd me muis-stil.

'Pappa, ik ben bang in het donker,' gilt Glorie Halleluja. 'Doe iets!'

'Reken maar,' stelt de Bulldozer haar gerust. Zijn stem klinkt angstig dichtbij. 'Ik zal dat vriendje van je tot pulp slaan.' Zijn voetstappen dreunen vlak langs me heen. 'Ik kom eraan, grote minnaar,' zegt hij dreigend. 'Ik hoor je hart bonzen. Ik ruik je angst.'

Mijn hele lichaam verkeert nu in alarmfase drie en mijn gezonde verstand heeft de leiding weer stevig in handen. Laat geen angstgeuren ontsnappen, bevelen mijn hersens aan mijn huid. Oké, gehoorzaamt mijn huid. We zijn een team en we proberen samen te overleven. Alle geurtjes worden tot nader order opgeschort. De poriën van mijn huid sluiten zich. Hart, stoppen met kloppen, commanderen mijn hersens. Bedenk maar een andere manier om het bloed rond te pompen. Mijn hart legt onmiddellijk de pomp stil en schakelt over op een spontaan 'druppelsysteem'.

Opeens hoor ik een zware sprong in het donker, nog geen vijfentwintig centimeter bij me vandaan.

'Aha! Daar heb ik je bij de strot!' roept de Bulldozer triomfantelijk. 'Nou heb je geen praatjes meer, Romeo.'

De training van de Bulldozer in het nachtgevecht moet toch wat roestig zijn geworden sinds Vietnam, want hij heeft míj niet bij de strot of waar dan ook. Ik zit nog steeds weggedoken in het donker, doodstil, zonder zweetlucht of hartslag. Ik denk dat hij D.D., de kat, bij zijn keel gegrepen heeft. En ja hoor, het dier gilt van angst en probeert te ontkomen door hem in zijn hand te bijten.

'AAUW! IK BEN GEBETEN DOOR EEN KAT!' brult de Bulldozer. 'Ik maak een bontstola van dat beest!'

Als je mijn kleine D.D. kwaad doet, bel ik de politie,' roept Gloria met een bewonderenswaardig maar in mijn ogen wat misplaatst meegevoel.

Het donzige projectiel schiet vlak langs me heen, op weg naar een hoek van het souterrain die ik nog niet heb verkend. D.D. heeft blijkbaar besloten om het noodlot niet te tarten door in de buurt te blijven.

Ik heb altijd gedacht dat mensen veel van dieren kunnen leren als het om overleven gaat. Als je bijvoorbeeld op een schip zit en je ziet opeens alle ratten in het water springen, is dat volgens mij een waarschuwing dat het schip misschien in brand staat en het tijd wordt een reddingssloep te zoeken. In deze situatie heb ik natuurlijk niet veel aan een reddingssloep, maar deze kelder is D.D.'s domein, zo gezegd, en na het dreigement dat hij tot winterkleding zal worden omgebouwd zal Gloria's kat waarschijnlijk de dichtstbijzijnde vluchtweg zoeken.

Dus volg ik D.D.'s schuifelende pootjes.

Een nieuw geluid dringt van bovenaf door. Het lieflijke stemgeluid van mevrouw Halleluja, als ik me niet vergis. Ze heeft het niet langer over Debussy en Mallarmé. Ze klinkt een beetje paniekerig. 'Wat gebeurt daar beneden?' roept ze. 'Ik heb de politie al gebeld. Ze sturen twee patrouillewagens.'

'Goed zo, schat,' roept de Bulldozer naar boven. 'En breng me een zaklantaarn.'

'Komt eraan,' zegt ze. 'Er ligt er een in de keuken.'

D.D. en ik hebben ons nu verborgen in een verre hoek van het souterrain. De kat probeert langs een doos te komen die tegen een muur is geschoven. Ik schuif de doos voor hem weg. Zonder een bedankje verdwijnt hij door een kleine opening onder in de muur. Ik buig me ernaartoe en verken de opening met mijn handen. Het is een kattenluikje – zo heet dat toch? Een klein zwaaiend deurtje waardoor kleine huisdieren naar binnen en naar buiten kunnen. Helaas ben ik geen klein huisdier.

'Hier is de zaklantaarn!' roept mevrouw Halleluja van boven aan de trap.

'Geweldig, schat,' zegt de Bulldozer, en ik hoor zijn voetstappen omhoog verdwijnen, naar haar toe.

Opeens dringt er een lichtstraal door het donker. De Bulldozer zoekt het eerst in de omgeving van de bank. Daarna breidt hij zijn zoektocht uit naar de hoeken van de kelder.

Hij zal me nu ieder moment ontdekken.

Ik laat me op mijn knieën zakken, en dan op mijn buik, en probeer door het kattenluikje naar buiten te kruipen. Helaas is mijn hoofd al breder dan de opening, om nog maar te zwijgen van mijn schouders en mijn heupen.

'WAAR HOUD JE JE VERBORGEN?' roept de Bulldozer. 'Dickman kwam er nog genadig af, vergeleken bij wat ik met jou ga doen, suffe voetballer. Ik zal je verpulveren. Ze kunnen je opdeppen met een spons en je afvoeren in een emmer! En daarna zal ik die smerige kat zijn nek omdraaien.'

Ik hoor Gloria's angstige stem. 'Mam! Pappa maakt mijn kleine D.D. bang.'

De lichtbundel van de zaklantaarn glijdt nu naar me toe over de donkere muur. 'Schedel, maak jezelf kleiner,' bevelen mijn hersens. 'Schouders, krimpen! Heupen, indikken! Goed zo, nou allemaal tegelijk. Ik tel tot drie. Eén, twee, drie...'

Het is verbazend waartoe de mens in zijn wanhoop in staat is. Mijn lichaam doet een manmoedige poging tot transmogrificatie (wat dat ook mag betekenen). Op de een of andere manier verklein ik mezelf een paar seconden tot de afmetingen van een huisdier en wring me door het kattenluikje. Ik stoot mijn hoofd, ik haal mijn knie open. Ik geloof dat er een flinke lap huid van mijn linkerelleboog op de rand van het luikje achterblijft. Maar het belangrijkste is dat ik er toch doorheen weet te komen.

Jammer genoeg ben ik niet buiten. Ik weet niet waar ik nu ben. Ik kruip in het aardedonker door een soort smalle tunnel. Ik ruik een zure kattenlucht. Er liggen plukken haar – hoop ik. Het is niet echt een prettig tochtje door het duister, maar het lijkt me nog minder prettig om terug te gaan naar de Bulldozer. Dus hou ik vol. Ooit moet ik toch de uitgang bereiken van deze kattenkruipruimte.

Algauw kom ik inderdaad bij het einde van de tunnel, maar dat is schrikken. De tunnel komt uit in het niets. Ik stort voorover, val anderhalve meter omlaag en kom met een klap op een stapel takken terecht die mijn val breken. Ik lig buiten de kelder van de Bonanza Ranch, helemaal onder aan de tuin.

Snel neem ik de schade op. Ik heb wat kleine snijwonden

en kneuzingen, maar ik denk niet dat er iets gebroken is. Vlak bij me hoor ik een deur opengaan, gevolgd door het nijdige gegrom van de Bulldozer.

'Vluchten!' bevelen mijn hersens. Ik sta op en wankel zo snel als ik kan bij het huis vandaan. Het is een geweldig gevoel om nog in leven te zijn.

Als ik een meter of dertig heb gelopen hoor ik politiesirenes. Daarna stemmen. Krachtige schijnwerpers laten hun lichtbundels door de tuin van de Bonanza Ranch zwiepen, maar ik ben al vier achtertuinen verder – veilig uit de buurt.

Pas als ik me veilig voel, merk ik hoe koud het is. Ik bevries zowat. Dat is geen wonder, omdat mijn schoenen, mijn kersttrui en mijn lichtbruine jack met al mijn geld in de zijzak met de rits nog in de kelder van Glorie Halleluja liggen.

Ik kan niet terug om ze te halen.

Halfnaakt en rillend begin ik aan de thuisreis.

15. Transport

Ik weet niet of je ooit naar huis bent gerend in een koude, donkere nacht in de herfst, zonder jack, shirt, schoenen of sokken, met snijwonden en blauwe plekken op je armen en je benen, terwijl twee politiewagens in de duisternis naar je op zoek zijn.

Als dat niet zo is, kun je misschien ook niet begrijpen waarom ik zo snel mogelijk mijn huis dat geen huis is probeer te bereiken. De avond van mijn afspraakje begon heel zwoel, maar de temperatuur is flink gedaald. Het is een nacht geworden van inspanningen en gevaar, en zelfs een huis dat geen huis is lijkt nog een aanlokkelijke plek – een veilige haven in de storm, zo gezegd.

Ik begin dit hoofdstuk op deze manier om je duidelijk te maken dat ik weinig tijd heb voor voorzichtigheid bij mijn terugkeer naar het slagveld. Ik voer geen verkenningen uit. Ik kijk niet eerst door alle ramen op de benedenverdieping. Ik klim niet als een inbreker langs de regenpijp omhoog om een raam op de bovenverdieping te forceren.

De voordeur zit niet op slot, dus stap ik gewoon naar binnen.

Het is pikdonker in huis. Ik tast naar het lichtknopje, maar opeens sluit een hand zich om mijn rechterpols. Ik slaak een kreet van schrik.

Ik ruik een warme, stinkende whisky-adem. 'Waar is het?' sist de stem van de man die niet mijn vader is.

'Waar is wat?' vraag ik om tijd te winnen, hoewel ik weet wat hij bedoelt.

WHOP. De klap tegen mijn achterhoofd is zo hard dat ik sterretjes zie en mijn oren voel gonzen. Hij houdt me met zijn linkerhand vast terwijl hij met zijn rechterhand weer uithaalt. Het lukt me niet om me los te rukken. 'Geen spelletjes, jongen. Waar is mijn geld?' In het maanlicht dat door een raam naar binnen valt zie ik vaag zijn woedende gezicht.

'In de zak van mijn jack.'

'En waar is je jack?' WHOP.

De tweede klap raakt me tegen mijn oor, zo hard dat ik tegen de grond zou zijn gegaan als hij me niet had vastgehouden. De tranen springen in mijn ogen en opeens kijk ik door een caleidoscoop naar de man die niet mijn vader is, alsof zijn beeld steeds wordt afgebroken en weer opnieuw opgebouwd. 'Ik heb het ergens laten liggen,' hijg ik moeizaam. En om een derde klap te voorkomen voeg ik er snel aan toe: 'Ik haal het morgen wel.'

Hij draait mijn arm op mijn rug in een pijnlijke greep die bij beroepsworstelaars geloof ik bekend staat als de kippenpoot. 'Daar heb ik niks aan. Maar je zult het me vannacht nog terugbetalen.'

'Laat me los, of ik ga schreeuwen,' zeg ik, omdat ik denk dat mijn moeder nu toch wel thuis moet zijn.

'Eén geluid en je zal er nog weken spijt van hebben,' antwoordt de man die niet mijn vader is op onaangename toon.

Ik verwacht dat hij me het huis door zal slepen om me nog verder te ondervragen en te straffen, maar tot mijn verbazing schuift hij me voor zich uit naar buiten, de koude nacht weer in.

Misschien lijkt het vreemd dat ik bijna ongedeerd aan die vechtpartij op mijn antischool ben ontsnapt en daarna zo handig aan dat bloedbad in Gloria's kelder ben ontkomen, terwijl het me nu niet lukt om de man die niet mijn vader is af te schudden of te slim af te zijn.

Laat ik je dan een heel simpele maar angstige waarheid vertellen: je gevaarlijkste vijand is iemand die je kent. En hoe beter hij je kent en hoe dichter hij bij je staat des te eenvoudiger het voor hem is om je kwaad te doen. Totale onbekenden die boos worden of hun zelfbeheersing verliezen bij een sportwedstrijd, zijn geen werkelijke bedreiging als je maar voorzichtig bent. Beschermende vaders van knappe dochters van veertien schreeuwen, briesen en vloeken wel hard, maar uiteindelijk verdwijnen ze weer in hun warme huis en laten je met rust.

Maar iemand die je leven deelt, onder hetzelfde dak woont, al je gewoonten kent en weet wat je het belangrijkste vindt in de hele wereld – die is pas écht gevaarlijk.

De man die niet mijn vader is sleurt me mee naar zijn truck en maakt de achterkant open terwijl hij me stevig vastgrijpt. Ik vermoed wat hij van plan is en probeer me te verzetten, maar hij trekt mijn arm nog hoger tegen mijn rug en ik gil van pijn. Ik overweeg om hard om hulp te roepen, maar doe het niet. Om hulp schreeuwen op dit uur van de nacht is een grote gok. De straat is donker en verlaten en als er niemand op mijn hulpgeroep reageert, zal de straf nog sneller en zwaarder zijn. Dat risico neem ik liever niet.

Hij opent de deur en smijt me de donkere laadruimte in. Ik glij over het koude metaal van de vloer. Tegen de tijd dat ik overeind ben gekrabbeld heeft hij de deur al dichtgeslagen en hoor ik het sleuteltje in het slot.

Ik zit gevangen. De duisternis is inktzwart. Ik weet alleen waar de achterkant is omdat ik hem daar nog hoor stommelen. Ik gooi me tegen de deur aan, maar die wijkt geen millimeter.

Dan is alles stil. Ik ga zitten en vraag me af wat hij van plan is. Wil hij me hier laten verhongeren? Vlakbij hoor ik een portier open- en dichtgaan. De man die niet mijn vader is stapt in de cabine van de truck. Even later komt de dieselmotor sputterend tot leven. De wagen zet zich in beweging.

Het is koud en donker. Nog nooit ben ik zo bang geweest in mijn leven dat geen leven is. De truck rijdt snel. Het is een lange rit en in het donker kan ik niet op mijn horloge kijken, dus heb ik geen idee of we één of drie uur onderweg zijn, maar het lijkt me niet onmogelijk dat we naar een andere stad, een andere staat of zelfs een ander heelal zijn gereden.

Eindelijk remt de truck af. Ik hoor het knarsen en knerpen van metaal. Iemand maakt een zwaar hek open. De wagen rijdt heel langzaam een helling af en stopt dan, na een paar seconden.

Tien of vijftien minuten lig ik tussen de vier metalen wanden te luisteren naar wat er om me heen gebeurt. Ik hoor stemmen als mensen langs de zijkant van de truck lopen. Dan wordt het hangslot van de achterkant gehaald en gaat de deur open.

'Uitstappen,' zegt de man die niet mijn vader is.

Ik klim achter uit de truck. Eerst denk ik dat we in een garage staan, omdat ik een paar roestige auto's zie die half zijn gesloopt. Zonder wielen, portieren en stoelen lijken het net patiënten die midden in een operatie door hun artsen in de steek zijn gelaten. Misschien is het een kelder. Ik herinner me dat we een helling af zijn gereden, en het is een donkere, sombere ruimte zonder ramen. Rondom de truck staan stapels grote kartonnen dozen.

Naast de man die niet mijn vader is zie ik drie andere mannen in het halfdonker. Twee van hen blijven op een afstandje en roken een sigaret. Ze dragen donkere broeken en sweatshirts en kijken niet eens nieuwsgierig mijn kant op.

De derde man komt naar de truck toe en neemt me onderzoekend op. Hij is klein, iets groter maar dan ik. Zijn slordige witte haar plakt als verlept onkruid tegen zijn hoofd. Hij heeft een ondermaats gezicht met weinig ruimte, alsof de belangrijkste onderdelen – zijn neus, zijn mond en zijn ogen – om een plaatsje moeten vechten op een veel te kleine poster. Hij kijkt me zuur aan en vraagt dan aan de man die niet mijn vader is: 'Weet je het zeker?'

'Je zei zelf dat we nog een man te kort kwamen,' antwoordt de man die niet mijn vader is.

'Een man, ja.'

'Hij zal werken als een man. Laat dat maar aan mij over.'

'Het bevalt me niks. Hij heeft niet eens schoenen.'

'Die heeft hij ook niet nodig.'

'Kom eens hier,' zegt de kleine man tegen mij.

'Laat hem met rust,' zegt de man die niet mijn vader is.

Het is een beangstigend gevoel dat hij nu mijn enige bescherming is. Ik heb een sterke intuïtie (wat dat ook mag betekenen) dat de mannen in deze garage geen hartelijke, aardige types zijn die respect hebben voor de jeugd als leiders van de toekomst. Misschien is hij nog wel de minst griezelige van het stel, de man die niet mijn vader is.

De kleine man lacht zuinig. 'Ik betaal hem maar de helft.'

'Je betaalt hem wat hij waard is als we klaar zijn.'

Het lijkt of de kleine man wil protesteren, maar hij zegt alleen: 'Als hij iets waard is.' En hij loopt weg.

145

De man die niet mijn vader is kijkt me aan. 'Hard werken en je bek houden.'

Ik knik.

'Wat zeg je?'

Ik heb geen zin om antwoord te geven aan de man die niet mijn vader is, maar aan de andere kant ben ik nog nooit van mijn leven zo bang geweest. We kijken elkaar strak aan. Ik wacht een lange seconde. Hij ziet mijn angst en aarzeling en hij geniet ervan.

Het mannetje op de draaistoel achter de knoppen van mijn brein is bepaald geen held. Dus haalt hij de gele hefboom met 'Lafaard' over.

'Ja,' hoor ik mezelf fluisteren.

'Harder.'

'Ja!'

Hij lacht, de man die niet mijn vader is. 'Aan het werk. Dan blijf je warm.'

Het volgende halfuur help ik hem en de drie andere mannen de kartonnen dozen in de truck te laden. We werken snel en in stilte, afgezien van wat kreunen en steunen. In het begin heb ik geen idee wat er in die dozen zit, behalve dat ze allemaal ongeveer even groot zijn en behoorlijk zwaar. Sommige dozen hebben een losse flap, of gaten in het karton waar ze zijn gescheurd. Als ik een van die dozen help inladen, tuur ik door zo'n scheur en zie genoeg om te raden wat erin zit. We zijn met televisies aan het sjouwen. Het moeten in totaal meer dan honderd splinternieuwe breedbeeldtelevisies zijn.

Het lijkt me niet verstandig om de kleine man of de man die niet mijn vader is te vragen of ze voor die toestellen hebben betaald. Iets zegt me dat ze link zijn, of gejat, of hoe dat ook mag heten in de onderwereld. Hij handelt dus in gestolen goederen, de man die niet mijn vader is. Dat zou zijn vreemde werktijden en die voorraad contant geld in zijn sokkenla verklaren. En waarom hij maar één bijdrage heeft geleverd aan de inrichting van ons huis: de splinternieuwe breedbeeldtelevisie die zo trots op zijn eikenhouten troon in onze eetkamer staat.

Natuurlijk heb ik alle reden om hem te haten, dus misschien ben ik bevooroordeeld. Het zou ook keurige handel kunnen zijn. Aan de andere kant is het wel vreemd voor een gewone winkel om midden in de nacht met televisies te gaan sjouwen in een donkere kelder.

We zijn klaar met het inladen. 'Stap achterin,' commandeert de man die niet mijn vader is.

'Geen goed idee,' zegt de kleine man tegen hem. 'Als die dozen gaan schuiven, wordt hij verpletterd.'

'Vreemd, maar ik geloof niet dat ik jouw advies had gevraagd,' zegt de man die niet mijn vader is met zijn gebruikelijke warmte en beleefdheid. En tegen mij: 'In die auto. Nu.'

'Ja,' zeg ik, maar ik bedoel eigenlijk: 'Ik heb geen zin om weer in die truck te klimmen en door stapels televisies te worden verpletterd, maar hoe ik ook de pest aan je heb, je bent nu de commandant die me door de veldslag van deze nacht moet loodsen en ik ben tijdelijk bereid om naar je te luisteren en je orders uit te voeren met een respect dat je niet verdient.' Ik klim weer in de truck en vind een kleine ruimte tussen twee rijen dozen.

De schuifdeur aan de achterkant gaat dicht en ik zit weer in het donker, maar nu omringd door wanden van tv-toestellen. We rijden ongeveer een uur. Ik wil het niet steeds herhalen, maar ik ben nog nooit van mijn leven zo bang geweest. In deze ellendige nacht vestig ik steeds weer nieuwe records in deze Olympische categorie.

Hoewel ik altijd heb genoten van het wonder van de televisie en heel wat domme series heb gezien, is het niet mijn grootste wens om te sterven onder een stapel tv-toestellen. Toch lijkt dat een reële mogelijkheid, want elke keer dat de truck een bocht neemt of afremt voel ik de wanden om me heen verschuiven. De grote dozen zijn drie of vier hoog opgestapeld en als zo'n wand over me heen zou storten of de ene stapel tegen de andere valt en een kettingreactie veroorzaakt, zou ik tot een pannenkoek worden gepled in minder tijd dan nodig is om naar een ander kanaal te zappen.

Misschien denk je dat mijn angst om door die apparaten te worden gedood zo groot is dat ik de hele rit aan niets anders meer kan denken. Maar het mannetje in de draaistoel achter de knoppen van mijn brein is zo'n behendige lafaard dat hij rustig twee of drie afschuwelijke gedachten tegelijkertijd in de lucht kan houden. En terwijl de truck door de donkere nacht dendert, word ik dus achtervolgd door nog een andere gedachte – misschien wel een besef. Het kwam voor het eerst bij me op toen ik bezig was die dozen in te laden. Ik probeerde het uit mijn hoofd te zetten en te negeren. Maar het is zo'n gedachte die zich gedraagt als een lastige mug. Als hij je eenmaal heeft gevonden blijft hij om je heen zoemen en een plaatsje zoeken om te landen. Ik ben weerloos in het donker.

Dit is wat ik denk. Ook al is hij een smeerlap, de man die niet mijn vader is – hij is niet achterlijk. Hij weet dat ik de pest aan hem heb. En hij is veel te slim om me een wapen in handen te geven dat ik tegen hem zou kunnen gebruiken.

Als hij zich met duistere zaakjes bezighoudt, zal hij die zeker voor mij verbergen. Want als ik erachter kwam, zou ik het aan mijn moeder vertellen. Of zelfs naar de politie gaan. We zijn gezworen vijanden, die man en ik, en hij is veel te sluw om zijn gezworen vijand gevaarlijke feiten in handen te spelen.

Toch heeft hij me meegenomen op deze rit. Dat kan maar twee dingen betekenen. Hij is van plan om me voorgoed het zwijgen op te leggen als deze klus is geklaard, maar dat lijkt me niet waarschijnlijk. Hij is gemeen en zelfs gewelddadig, maar hij lijkt me niet het type van een koelbloedige moordenaar die jongens van veertien om zeep helpt omdat ze wat geld hebben geleend.

Het is ook mogelijk dat hij me zijn ware gezicht heeft laten zien, zo gezegd, omdat hij om een of andere reden – die ik nu nog niet ken – niet bang is dat ik hem zal verraden. Met andere woorden, dat hij een troefkaart in zijn mouw heeft die hij nog zal uitspelen voordat de nacht voorbij is. Blijkbaar weet hij dat ik deze feiten niet tegen hem zal gebruiken. Ik heb geen idee waarom. Maar terwijl ik daar met mijn rug tegen een rij dozen zit die ieder moment kan omvallen, weet ik bijna zeker dat die troefkaart iets te maken heeft met mijn moeder, en haar afwezigheid in ons huis dat geen huis is.

Eindelijk stopt de truck. De achterkant gaat weer open en ik klim eruit. De korte rit heeft ons naar een pakhuis gebracht. Misschien is dit een havenstad, want ik ruik de zee en soms hoor ik het diepe geluid van een misthoorn. Het pakhuis heeft muren van beton en het plafond is minstens tien meter hoog. Duizenden dozen staan opgestapeld langs de wanden, als bergketens van karton. 'Zet alles hier maar neer,' zegt de kleine man, wijzend naar een paar houten pallets bij de truck. 'Opschieten.'

Dezelfde mannen die de wagen hebben ingeladen beginnen nu met uitladen. Ik doe niet mee. Mijn pijnlijke spieren en pezen zijn onderweg zo stijf geworden dat ik nauwelijks meer kan lopen, laat staan me nog kan bukken om een zware doos met een tv-toestel te tillen. Ik aarzel.

'Die kabouter van jou is uitgeteld,' zegt de kleine man la-

149

chend tegen de man die niet mijn vader is.

'Nee,' antwoordt hij. 'Hij doet gewoon zijn werk.' Hij draait zich naar me toe, zijn rechterhand schiet uit en hij grijpt me bij mijn haar. Ik geloof dat hij me daadwerkelijk twee seconden van de grond tilt, aan mijn haren. 'Je bent nog maar op de helft,' zegt hij.

Het voelt alsof mijn hele kruin in brand staat. 'Ja,' hijg ik met moeite. Hij laat me weer zakken, maar ik zie dat hij me in de gaten houdt en klaarstaat om weer toe te slaan als het nodig is. Mijn brein probeert meteen de vermoeide soldaten in alle uithoeken van mijn lichaam op te trommelen voor een laatste veldtocht. De hoornblazer geeft het signaal: 'Armen, klaar voor actie! Benen, begin met lopen! We zijn in vijandelijk gebied. Links, rechts, links, rechts.'

Langzaam en doodmoe kom ik in beweging. Bukken. Tillen. En nog eens. En nog eens. Tien minuten gaan voorbij. Dan twintig. Ten slotte is de laatste doos uit de truck geladen en op een houten pallet gezet.

De kleine man haalt een stapeltje bankbiljetten tevoorschijn. 'Dit is jouw aandeel,' zegt hij tegen de man die niet mijn vader is. 'En nog twintig voor Jantje Zonder Schoenen hier.'

'Vijftig,' zegt de man die niet mijn vader is.

'Dat is een grapje, zeker? Dertig, en dan mag je niet klagen.'

'Vijftig, of je hebt een probleem.'

Opeens wordt het stil. Blijkbaar zijn dit geen mannen die loze dreigementen uiten. Het woord 'probleem' zoemt door de lucht als een nijdige wesp bij een picknick. De twee mannen taxeren elkaar. De man die niet mijn vader is trotseert de blik van de kleine man heel rustig. Ik vraag me af of hij het pistool bij zich heeft dat ik in zijn sokkenla heb gezien.

'Goed, jij je zin. En maak dat je wegkomt,' zegt de kleine man ten slotte, terwijl hij nog wat briefjes van de stapel telt en ze aan hem geeft.

De man die niet mijn vader is steekt het geld in zijn zak en draait zich om naar mij. 'Je weet waar je naartoe moet,' zegt hij.

'Ja.' Ik klim weer achter in de truck. Zonder al die dozen met televisies lijkt het opeens heel ruim. De man die niet mijn vader is sluit de achterkant af en stapt in de cabine. Snel verdwijnen we samen door de donkere, koude nacht.

Het transport is achter de rug, maar ik vermoed dat deze vreemde nacht nog niet voorbij is.

16. Troefkaart

We rijden een hele tijd. Ik probeer mezelf ervan te overtuigen dat we naar huis rijden en dat ik nu snel in mijn lekkere warme bed zal liggen.

Ik weet niet wat ik zal doen als ik opeens weer in mijn eigen straat sta, voor mijn huis dat geen huis is. Misschien zal ik de hele wereld bij elkaar schreeuwen. Of misschien zal ik naar binnen rennen, mijn moeder wakker maken die natuurlijk allang slaapt, en haar de waarheid vertellen over de man die ze in huis heeft genomen om mijn vaders bed mee te delen. Of misschien zal ik zo slim zijn om het juiste moment af te wachten om naar de politie te gaan.

Maar diep in mijn hart geloof ik helemaal niet dat we naar huis rijden. Ik denk dat de man die niet mijn vader is heel andere plannen heeft. Deze hele, vreemde nacht lijkt toe te werken naar een dramatische apotheose (wat dat ook mag betekenen). Ik weet niet precies hoe hij me te grazen wil nemen, maar ik twijfel er niet aan dat dat zijn uiteindelijke bedoeling is en dat hij niet veel goeds in de zin heeft.

In de donkere laadruimte van de truck, zonder zelfs de

breedbeeldtelevisies als gezelschap, hoor ik het bonzen van mijn eigen bange hart. *Ka-bam, ka-bam.* En ik doe iets dat ik maar heel zelden doe: ik bid tot God die mijn God niet is.

God is niet mijn God omdat hij mijn gebeden niet verhoort. Misschien heeft hij geen macht. In dat geval zou hij best een aardige kerel kunnen zijn, maar geen God. Of misschien mag hij me niet. Dan is hij misschien wel een God, maar niet míjn God. Ik heb zo vaak tot hem gebeden en hij heeft nog nooit gedaan wat ik hem vroeg. Meestal precies het tegenovergestelde. Als ik nou eens zou bidden om wat ik níét wil, dan lukt het misschien.

'O God, die mijn God niet is,' bid ik, 'u die zelfs mijn redelijkste gebeden nog nooit heeft verhoord. U vraagt zich misschien af waarom ik tot u bid, omdat we niet echt een goede relatie hebben. Nou, het punt is gewoon dat ik hier moederziel alleen achter in die truck zit, en of u nou een God bent of niet, en of u me nou mag of niet, u bent alles wat ik nog heb op dit moment. Mijn laatste kans.'

Mijn gebed aan God die mijn God niet is, begint niet zo gelukkig, maar eerlijkheid lijkt me toch het belangrijkste in een gebed, en ik doe mijn best. Dus ga ik verder:

'Het is waar dat ik geen voorbeeldig leven heb geleid. Ik geef toe dat ik wel eens schandelijke, zondige of krankzinnige dingen denk. En als u over mijn schouder mee kunt kijken, zo gezegd, kan ik me wel voorstellen waarom u teleurgesteld bent in me. Bovendien weet ik dat ik meer dan eens heb gezegd dat ik niet in u geloof. Maar de waarheid is, o God die mijn God niet is, dat ik al die tijd wél in u heb geloofd. Alleen was ik niet angstig genoeg om het toe te geven. Alle mensen geloven in God als ze maar bang genoeg zijn, en op dit moment geloof ik in u met heel mijn hart.

Maar – en dat is het belangrijkste, dus luister alstublieft

– ik geloof ook dat ik diep van binnen niet zo'n slecht mens ben. Ik ben niet wreed. Ik doe niemand zomaar kwaad. En ik zal proberen een nog beter mens te worden als u maar één simpel gebed van mij verhoort: Haal me hieruit. Laat me naar huis gaan. Laat de man die niet mijn vader is me niet kwaad doen op de gruwelijke manier die hij van plan is. Geef me een teken dat u aan mijn kant staat, dat u mijn gebed heeft gehoord en dat u klaarstaat om in te grijpen.'

In de eenzame stilte achter in de truck wacht ik op een goddelijk teken. Het zou mooi zijn als er een duif op mijn schouder neerstreek. Ik zou zelfs genoegen nemen met een nachtvlinder die op mijn neus landde. Maar als God me een teken heeft gegeven, ontgaat het me toch. We rijden verder door de nacht. En ik zit eenzaam in het donker, luisterend naar het bonzen van mijn eigen hart: *Ka-bam, Ka-bam.*

De truck remt af en stopt. De man die niet mijn vader is heeft zijn plaats van bestemming bereikt. De laatste afrekening kan niet ver meer zijn.

Ik kom overeind in de donkere laadruimte en vraag me af waar we zijn. Geen idee. Misschien zijn we in een uithoek van het heelal beland. Dat zou me niet verbazen, als je nagaat hoe de rest van de nacht verlopen is.

De man die niet mijn vader is opent de schuifdeur van de truck. Hij heeft een zaklantaarn in zijn hand waarmee hij me recht in mijn ogen schijnt. Deze keer hoeft hij niet eens te zeggen: 'Kom naar buiten.' Dat doe ik zelf al.

We zijn niet in een ander universum, maar we staan ook niet voor mijn huis dat geen huis is. We zijn in een soort niemandsland. Koud en donker. Er staat een harde wind en als ik met protesten van mijn pijnlijke benen en mijn pijnlijke rug uit de wagen klim, lijkt het of de wind dwars door me heen blaast.

Zo te zien zijn we gestopt langs een smalle bosweg.

Knoestige takken tekenen zich af tegen de zilveren maan. Ik hoor de wind door de bomen loeien en tussen de takken fluiten. Als je niet gelooft dat de wind als een levend dier kan loeien – een hongerig, gevaarlijk beest – ben je nog nooit 's nachts in een donker bos geweest.

'Je hebt vanavond hard gewerkt,' zegt de man die niet mijn vader is. 'Ik ben trots op je.'

Ik zeg niets. Ik heb geen idee waar dit naartoe gaat, maar ik weet heel zeker dat hij niet trots op me is, op welke manier dan ook. Dit is een valstrik. Hij probeert me erin te luizen.

'En ik ben trots dat je geen domme dingen hebt gedaan, zoals vluchten of om hulp roepen. Dat zou een grote fout zijn geweest en het was heel verstandig van je om dat niet te doen. Je bent geen domme jongen. Ik zou je hard hebben gestraft.'

'Hou nou maar op met je dreigementen,' zeg ik tegen hem. 'Ik heb niet om hulp geroepen en ik ben niet gevlucht omdat je me toch niets durft te doen, dat weet je heel goed.'

Hij houdt zijn zaklantaarn nog steeds op me gericht. Ik knijp mijn ogen tot spleetjes en kijk hem aan, hoewel zijn gezicht in het donker nauwelijks te zien is. Maar zijn stem is duidelijk genoeg en hij klinkt bijna geamuseerd als hij vraagt: 'Waarom denk je dat?'

Ik speel mijn enige troef uit. 'Vanwege mijn moeder.'

Hij lacht. 'John, je moeder is weg.'

Ik heb het nog nooit in mijn leven zo koud gehad. Mijn tanden klapperen zo hevig dat praten me moeite kost. 'Weg? Waarheen dan?'

'Veel te ver om jou te horen roepen. Ongeveer achthonderd kilometer. Haar tante ligt op sterven. Die ouwe tante Rose schijnt helemaal alleen te zijn en je moeder is de enige die haar kan begraven. Ze is vanochtend vertrokken. Ze

155

heeft het zorgverlof opgenomen dat ze nog te goed had op de fabriek en is op de bus naar Maysville gestapt.'

Zelfs in die bittere kou voel ik heel even iets van sympathie voor de vriendelijke oude vrouw die ik maar twee keer in mijn leven heb gezien, een paar jaar geleden, toen ze op bezoek kwam. Zelfs toen was ze al een zwakke oude dame met wit haar, en leek ze moederziel alleen op de wereld.

'Het beviel me eerst niet dat je moeder vertrok,' zegt de man die niet mijn vader is. 'Ze hoort thuis te zijn om voor me te zorgen. Ik heb een paar borrels genomen en een paar dingen kapotgegooid. Maar toen dacht ik na. Misschien laat die ouwe Rose ons wel wat geld na. Ik hoop alleen dat je moeder een goedkope begrafenis voor haar regelt.'

Ik moet nog steeds het nieuws verwerken dat mijn moeder me aan mijn lot heeft overgelaten. 'Ik geloof er niks van,' zeg ik verontwaardigd. 'Ze zou nooit weggaan zonder het tegen me te zeggen.'

'Ze wilde nog op tijd zijn, voordat haar oude tante doodging,' verklaart de man die niet mijn vader is. 'En ik heb haar verzekerd dat ik heel goed voor je zou zorgen tot ze terug was. Dat kan over twee dagen zijn. Of over een week. Wie weet hoeveel leven die ouwe Rose nog in zich heeft.' Hij wacht, en hoewel ik zijn gezicht niet goed kan zien weet ik dat de man die niet mijn vader is me met zijn wrede lachje aankijkt. 'En je hebt gelijk. Je moeder wilde je meenemen, maar ik heb haar ervan overtuigd dat het niet verstandig zou zijn om je al die tijd van school te halen. Bovendien waren we het er allebei over eens dat dit een goede gelegenheid was.'

Dat laatste zegt hij op griezelige toon. Nu gaat het gebeuren. Hij heeft zijn troefkaart al in zijn hand, maar hij draait hem nog niet om. 'Gelegenheid waarvoor?' vraag ik.

'Om te wennen aan onze nieuwe relatie,' zegt de man die niet mijn vader is.

Ik ben bang voor wat er komen gaat. Hij gaat niet meteen verder, maar wacht een paar seconden, alsof hij zulk slecht nieuws voor me heeft dat hij zélf even aarzelt. 'Kijk, John, je echte vader komt weer thuis. Morgenochtend kan hij er al zijn. Ik ga weg. Er is niet langer een plaats voor mij in jullie huis. Je zult eindelijk een gelukkig leven krijgen. Ik heb je vanavond meegenomen met de truck om je te laten zien hoe ik werkelijk ben en hoe ellendig je leven had kunnen worden als het niet zo goed was afgelopen.'

Maar dat is natuurlijk niet wat hij zegt. Dat had ik graag willen horen van de man die niet mijn vader is, maar de werkelijkheid is anders. Hij staat daar, terwijl hij met de zaklantaarn recht in mijn ogen schijnt en ziet hoe ik huiver in de kou. Ten slotte zegt hij: 'Je moeder en ik gaan trouwen, John. Zodra ze uit Maysville terug is. Niets bijzonders hoor, een heel eenvoudige bruiloft. Het geld dat die ouwe Rose ons nalaat zal goed van pas komen.'

Ik hoor een gebulder in mijn oren dat niets te maken heeft met de wind die om ons heen blaast.

'Nou, zeg je niks?' vraagt hij.

'Zoals?'

'Wat dacht je van gelukwensen?'

'Gefeliciteerd,' hoor ik mezelf mompelen.

Voor het eerst richt hij de zaklantaarn omhoog, zodat ik ook zijn gezicht kan zien. Het is een gezicht dat ik haat – van de kin tot de haarlijn, van oor tot oor. 'Is dat alles?' vraagt hij.

Ik haal mijn schouders op. Wat maakt het uit? 'Van harte gefeliciteerd.'

'Nee,' zegt hij. 'Gefeliciteerd, pa.'

'Dat krijg ik mijn strot niet uit,' zeg ik tegen hem. 'Nog in geen duizend jaar. Je kunt doen wat je wilt, maar dat zeg ik niet.'

Hij glimlacht. 'Je hebt het koud, John. Het wordt tijd om naar huis te gaan. We praten er nog wel eens over. We hebben alle tijd om te praten.' En dat is duidelijk een dreigement. Ik zie nu dat alles wat hij doet en zegt een valstrik of een landmijn is, of een dubbele bodem heeft. En hoe aardiger of eerlijker hij lijkt, des te gevaarlijker hij is. Zoals hij me nu aankijkt lijkt hij bijna sympathiek, dus bereid ik me op het ergste voor. 'Maar,' zegt hij zacht, 'zelfs al heb je de pest aan me, je zult toch moeten toegeven dat ik een beter mens ben dan je echte vader was.'

'Dat is gelogen!' protesteer ik, veel te luid. 'Je hebt mijn vader nooit gekend. Je weet helemaal niets van hem.'

'Alleen wat je moeder me heeft verteld,' geeft hij toe, 'maar dat is genoeg. Ik heb nooit beweerd dat ik een heilige was, John, maar ik zou nooit zo'n smerige streek hebben uitgehaald als hij. Om een jonge vrouw en haar zoontje in de steek te laten, zonder enige verklaring en zonder een adres achter te laten. Hij is er zomaar vandoorgegaan, van de aardbodem verdwenen. Dat is erger nog dan wreed. Erger nog dan harteloos. Je mag van me denken wat je wilt, John, maar zelfs ík zou zoiets nooit doen. Dat is erger nog dan verachtelijk.'

Ik open mijn mond, maar ik weet er helemaal niets op te zeggen. In plaats daarvan voel ik tranen in mijn ogen en welt er een snik op in mijn keel. Ik buig beschaamd mijn hoofd, want – God sta me bij – hij heeft helemaal gelijk in wat hij zegt.

17. Van huis weggelopen

Je kent me niet en je zult me niet missen.

Ik pak een tas in. Eentje maar. Wat een sombere maar ook opwindende gedachte dat alle bezittingen waar ik belang aan hecht in één kleine zwarte plunjezak passen.

De beste tijd om van huis weg te lopen is niet midden in de nacht. Dat is juist een van de minst geschikte momenten. Dan is het donker en koud. En iedereen die niet bezig is van huis weg te lopen ligt nog te slapen. Dus val je extra op. De politie ziet je bij het busstation. Er zijn geen auto's om je mee te nemen als je staat te liften, of ze zijn bang om te stoppen.

Het beste moment is vroeg in de ochtend, als de zon net opkomt, en iedereen zich aankleedt en zijn tanden poetst. Dan wordt het druk op straat, op busstations en op vliegvelden.

Ik stap al vroeg naar buiten, in mijn winterjas en met mijn zwarte plunjezak over mijn schouder geslingerd. Ik heb het niet koud meer, want onder mijn jeans en mijn flanellen hemd heb ik warm ondergoed aangetrokken. De auto's zoeven me voorbij, maar ik maak me niet druk. Ooit zal er wel eentje stoppen.

Gisteren heb ik twee brieven geschreven. Eentje aan de politie, waarin ik alles heb verteld wat ik weet over de verdachte praktijken van de man die niet mijn vader is. Ik heb die brief gistermiddag verstuurd, dus hij moet vandaag op het politiebureau aankomen. De andere brief was aan mijn moeder, om haar te zeggen dat zij een keuze heeft gemaakt en dat ik dat nu ook doe. Die brief heb ik in de bovenste la van haar toilettafel gelegd, zodat ze hem zal vinden als ze terugkomt van de begrafenis van tante Rose.

De auto's zoeven me voorbij.

En dan stopt er een. Het is een glimmende rode sportwagen met een heel aantrekkelijke jonge vrouw achter het stuur. 'Sta je te liften?' vraagt ze.

Vreemde vraag. 'Hebt u mijn duim niet gezien?' zeg ik.

'Maar... moet je dan niet naar school?'

'Dat gaat u niks aan. Ik vraag toch ook niet waar u zou moeten zijn?' zeg ik. 'Ik heb een lift nodig. Kan ik met u meerijden?'

'Waar moet je dan heen?' vraagt ze.

'Waar gaat ú heen?' vraag ik op mijn beurt.

'Naar Los Angeles,' antwoordt ze.

'Precies waar ik naartoe moet.'

Ze kijkt me lang en onderzoekend aan. 'Je weet het zeker?'

'Ja,' zeg ik.

'Heb je alles goed overwogen?'

'Er valt niets te overwegen.'

'Nou, beter ik dan iemand anders,' zegt ze met een zucht. 'Stap maar in.'

Samen rijden we Amerika door. We steken prairies over en zien muskusratten. We steken bergen over en zien bighorn-schapen. We steken rivieren over en zien aken en rivierboten. Het is een groot en prachtig land, de Verenigde Staten. De man die niet mijn vader is zal me nooit kunnen vinden. De politie in mijn stad die geen stad is zal hém wel aanhouden, maar mij zullen ze nooit kunnen vinden. Evenmin als mijn moeder.

Ik ben vrij. Weg van alles.

De vrouw blijkt Miranda te heten. In de vroege middag van een zonnige dag stoppen we voor de lunch bij een wegrestaurant op een berg met uitzicht over een prairie. Tegen mijn eigen principes in vraag ik haar naar haar werk. 'Waarom ga je naar Los Angeles?'

'Daar woon ik,' zegt Miranda. 'Ik rijd weer naar huis.'

'En wat doe je daar?'

'Ik ben directrice van een meisjesschool,' zegt ze. 'Geen grote school, maar wel bijzonder. Er zitten tweehonderd meisjes op van twaalf tot achttien. En heb ik al gezegd dat alle docenten ook vrouwen zijn? Mijn school staat vlak aan het strand. De Los Angeles Girls School on the Beach, zo heten we. Als je geen plek hebt om te logeren in Los Angeles kun je wel een tijdje op onze school blijven, John.'

'Wat moet ik daar dan doen?' vraag ik.

'Je zou voor badmeester kunnen spelen bij ons enorme bubbelbad,' zegt ze. 'Dan kun je de meisjes met zonnebrandcrème insmeren, zodat ze niet verbranden...'

Je hebt het zeker al geraden? Ik ben niet van huis weggelopen. Als ik dat zou doen, is de kans niet groot dat ik zou worden meegenomen door een mooie vrouw als Miranda. De kans is veel groter dat ik zou worden opgepikt door een gek, een crimineel of een kinderverkrachter. Maar dat is niet de belangrijkste reden waarom ik niet van huis ben weggelopen.

Ik ben niet weggegaan omdat ik me niet gewonnen wil

geven. Het ziet er slecht uit, maar alles is nog niet verloren. Op dit moment lig ik op mijn bed. Het is maandag, maar ik ben niet naar school. Vanochtend heb ik ontbijt gemaakt voor de man die niet mijn vader is, net als op zaterdag- en zondagochtend. Zoals hij me heeft opgedragen. Ik heb zijn krant gehaald en koffie voor hem gezet. En ik zeg 'u' tegen hem.

Ik wist niet dat je iemand zo kon haten als ik hém haat.

Ik heb niet meer zoveel pijn als op zaterdagochtend, toen ik nauwelijks mijn bed uit kon komen, maar ik ben nog wel stijf en beurs. 'Ik ga vandaag niet naar school,' zei ik tegen de man die niet mijn vader is toen hij vanochtend ontbeten had. 'Ik voel me beroerd.'

'Wat scheelt je dan?' vroeg hij.

'Ik heb nog steeds pijn van vrijdagnacht.'

Hij keek me aan over de rand van zijn krant en kneep zijn ogen dreigend samen. 'Er is vrijdagnacht helemaal niets gebeurd, en jij houdt je bek daarover.'

'Ja. Maar ik voel me niet goed.'

'Blijf dan maar thuis. Het zal me een zorg zijn. Maar morgen ga je wel, hoe je je ook voelt. Goed begrepen?'

'Ja.'

De man die niet mijn vader is vertrok na het ontbijt met zijn truck en ik lig op bed na te denken of ik van huis zal weglopen. Ik doe het toch niet. Ik doe het niet omdat ik me niet wil laten verjagen door de man die niet mijn vader is. Maar er is nog een andere reden waarom ik het nooit zal doen. Ik kan niet van huis weglopen omdat ik geen huis héb om van weg te lopen. Mijn huis is geen thuis, maar vijandelijk gebied. Je kunt niet weglopen van iets dat je niet hebt.

De man die niet mijn vader is heeft zijn eigen theorieën over familie. Hij was zo vriendelijk om het uit te leggen toen we vrijdagnacht terugreden uit het bos. Ik moet toegeven dat ik me niet zoveel van die tocht kan herinneren. Ik zat te rillen van kou en ellende, en het eerste deel van de rit probeerde ik uit alle macht om niet te huilen, zonder veel succes.

'Ach, hou op met dat gesnotter,' zei hij een paar keer met zijn bekende meegevoel. 'Jij denkt dat je het moeilijk hebt omdat je vader is weggelopen en je nu met mij zit opgescheept. Luister goed, jongen, iedereen krijgt klappen. Heb ik je ooit verteld over Mona?'

Ik kan me niet herinneren dat ik hem aanmoedigde, maar de man die niet mijn vader is begon toch aan zijn vreemde versie van een goed gesprek tussen vader en zoon.

'Mona was mijn engeltje. Er was nog nooit iemand geweest zoals Mona. Als ik naar jouw moeder kijk, dat rund, dan zie ik mijn Mona en moet ik bijna kotsen. We waren voor elkaar geschapen, Mona en ik. Je hebt geen idee, John. Je zult het nooit begrijpen. Zo'n liefde is maar voor weinig mensen weggelegd, en jij bent geen jongen die ooit genoeg risico zal nemen om het te ontdekken. De dag dat ik met Mona trouwde was de gelukkigste van mijn leven. Ik dacht dat ik was gestorven en in de hemel gekomen, en dat zij mijn beloning was. We zijn drie jaar samen gebleven. We hadden een prachtig huis en ik verdiende veel geld. We hadden het goed voor elkaar...'

Hij wachtte even, de man die niet mijn vader is.

Ik zag een kleine kans om hem pijn te doen en liet die niet voorbijgaan. 'Ik heb altijd gedacht dat ze was gestorven bij een auto-ongeluk,' zei ik. 'Wat is er dan met Mona gebeurd?'

Hij gaf niet meteen antwoord, maar ik geloof dat hij zijn vingers wel een centimeter in het harde plastic van het stuur boorde. 'Wat er is gebeurd?' herhaalde hij eindelijk. 'Het ging fout. Het ging helemaal fout. Ze was net als jouw vader – koud als ijs. Ze ontmoette een man met een grote garage en veel geld. Dat was haar "auto-ongeluk". Als ik hem ooit in mijn poten krijg, zal hij wensen dat hij nooit geboren was. Ze liet me zitten. Ik begon te drinken, ik raakte het huis kwijt, ik spoelde mezelf door de plee en nu zit ik hier met jullie in het riool.' Hij lachte bitter, de man die niet mijn vader is. Hij weet zijn verhalen altijd te besluiten met dat soort smerige vergelijkingen.

Zwijgend reed hij een paar minuten verder met de zware truck. 'Wat ik maar wil zeggen, John,' zei hij ten slotte, 'is dat ik ook klappen heb gekregen. En je moeder is het beste dat ik nu kan krijgen. Je moeder heeft ook tegenslagen gehad. Eerlijk gezegd was jij daar één van, beste Johnny, maar dat kon jij niet helpen. En ik moet toegeven dat je het zelf ook niet makkelijk hebt gehad. Dus zitten we hier met z'n allen in het riool en moeten we er het beste maar van maken. Misschien vind je het niet leuk om mij als vader te hebben, maar bekijk het eens van de vrolijke kant. Je zit al op de middelbare school. Zo lang zal het niet meer duren voordat je het huis uit gaat en zelf kunt doen en laten wat je wilt.'

Dat is ongeveer wat ik me herinner van het gesprek tussen vader en zoon met de man die niet mijn vader is, toen we met de truck naar huis reden. Jammer genoeg gaf het me weinig hoop en voelde ik me er niet beter door. Maar daar ging het ook niet om, geloof ik. Volgens mij wilde hij me duidelijk maken dat ik nu het derde wiel aan de wagen was, zo gezegd, en dat ik maar zo snel mogelijk moest ophoepelen.

Nu begrijp ik ook waarom ik op de terugweg in de cabine mocht zitten, naast de man die niet mijn vader is. Op de heenweg had hij me achterin opgesloten zodat ik niet kon zien hoe we bij die ondergrondse garage of dat pakhuis kwamen. Hij is niet dom, de man die niet mijn vader is. Als ik nu naar de politie zou gaan, zou ik ze niet veel kunnen vertellen. Ik heb geen idee waar die dozen met tv-toestellen zijn ingeladen of waar ze naartoe zijn gebracht.

Ik heb geen bewijzen. Het is mijn woord tegen het zijne. En nu wordt hij ook nog mijn stiefvader, de man die ik haat. Hij is sluw genoeg en hij heeft me volledig in zijn macht.

De afgelopen twee dagen heb ik ook mijn moeder nog twee keer gesproken, maar heel kort. Blijkbaar logeert ze zo'n beetje in het ziekenhuis, waar haar tante soms even bij bewustzijn is. Allebei de keren belde ze 's avonds op een afgesproken tijd en bleef de man die niet mijn vader is op anderhalve meter afstand staan, zodat hij elk woord van mijn twee korte, haperende gesprekken met haar kon horen.

'Hoe gaat het, John?' vroeg ze de eerste keer dat ze belde. Alsof het haar iets kan schelen!

Ik hoorde mijn eigen antwoord, kil en toonloos. 'Goed, hoor.'

'Het spijt me dat ik geen afscheid kon nemen, maar ik moest meteen weg. Je begrijpt toch wel dat het een noodgeval was?'

'Ja.'

'Tante Rose vecht voor haar leven, maar het ziet er niet goed uit. Ik moest naar haar toe.'

'Natuurlijk.'

'Hoe gaat het op school?'

'Oké.'

'En in het orkest? Oefen je nog wel met je tuba?'

'Ja, hoor.'

'Je zegt niet veel, John. Er is toch niks?'

Ik keek naar de man die niet mijn vader is. Hij stond zo dichtbij dat ik zijn adem kon ruiken. 'Nee, hoor,' zei ik. 'Niks aan de hand.'

165

Ik hoorde haar aarzelen. 'Heb je het grote nieuws al gehoord?'

'Ja.'

'Ik had het je zelf willen vertellen, maar we praten er nog wel over als ik terug ben. Het wordt heel leuk, je zult het zien. We worden weer een echt gezin.'

'Ja, hoor,' zeg ik, zo blij met het vooruitzicht dat ik bijna een hap uit de telefoon neem. 'Gefeliciteerd.'

'Gaat het wel goed tussen jullie?'

'Ja, hoor. Hier komt hij weer. Hij staat naast me. Dag.'

Mijn telefoongesprekken met mijn moeder gaven me ook niet veel hoop of moed in het leven.

Het is nu maandagmiddag twaalf uur. Morgen moet ik weer naar school om mevrouw Kaaskop uit te leggen waarom ik dit weekend mijn huiswerk algebra niet heb gemaakt. Billy Slurf zal ook wel weer terug zijn. Waarschijnlijk is het nog oorlog tussen ons. En meneer Steenwilly verwacht natuurlijk dat ik op mijn tubasolo heb geoefend, terwijl mijn tuba al die tijd een winterslaap heeft gehouden onder in mijn kast – die hij voor een vijver aanziet.

Misschien is het dat ook wel. Een klerenkast is het in elk geval niet, omdat er bijna geen kleren meer in hangen. Al mijn goede kleren zijn bij Glorie Halleluja achtergebleven toen onze korte knuffelpartij op haar bank zo abrupt werd afgebroken. Wie weet zijn ze door de politie meegenomen als bewijs.

Ik heb Glorie Halleluja niet meer gezien of gesproken sinds ik D.D. door het kattenluikje naar buiten ben gevolgd, en ik vind het geen geruststellende gedachte dat Gloria en ik elkaar morgen weer zullen treffen om ons romantische verleden, het heden en de toekomst te bespreken.

Ik heb geen zin om morgen naar onze antischool te gaan. Aan de andere kant wil ik ook niet hier blijven, in dit huis dat geen huis is. Weglopen kan niet, want dat zou een neder-laag zijn, en bovendien kun je niet van huis weglopen als je geen huis hébt. Ik kan dus niet meeliften met Miranda, maar dat geeft niet, omdat ze niet bestaat.

Je kent me niet, dus kun je onmogelijk weten hoe ge-vangen ik me voel. Niet opgesloten in een truck of in een kamer, maar in de ergste gevangenis die er bestaat voor een jongen van veertien – gevangen in mijn eigen leven dat geen leven is.

Dus blijf ik maar op mijn bed liggen, urenlang, starend naar de haarscheurtjes in het witte plafond.

18. Dodelijke dinsdag – het begin

Het is dinsdag, dodelijke dinsdag, en ik sta op de tweede verdieping van mijn antischool te schelden tegen mijn kastje.

Ik heb de juiste combinatie gedraaid: drie klikken links, vier rechts en vijf links. Daarna heb ik zachtjes aan de deurknop getrokken, toen wat harder en ten slotte met al mijn kracht.

Maar het deurtje gaat niet open. Het doet niet eens een poging. Het lijkt nog wel stijver dicht te zitten dan voordat ik de combinatie draaide. Sterker nog, ik heb nog nooit een kastdeurtje meegemaakt, of wat voor deurtje dan ook, dat zich zo vastberaden aan zijn eigen frame en zijn eigen scharnieren heeft vastgeklampt, alsof het zich heeft ingegraven voor een lange Russische winter.

Mijn kastje heeft geen mond en kan dus niet praten, maar het denkt: 'Wegwezen, watje. Je hebt hier niets meer te vertellen. Je zegt u tegen de man die niet je vader is, en je kunt niet van huis weglopen omdat je geen huis hébt om van weg te lopen. Voor zulke types ga ik niet open.'

Het eerste uur kan elk moment beginnen. De tijd dringt en mijn geduld raakt op. 'Zie je dit?' vraag ik aan het kastje. 'Weet je wat stalen neuzen zijn? En een permanente deuk?'

Het kastje is niet onder de indruk. 'Mijn grootvader was een kluis in Fort Knox en als je probeert een deuk in mijn deurtje te schoppen scheur je alleen maar een pees die nooit meer zal genezen.'

Ik haal uit met mijn rechterbeen om het deurtje een flinke trap te verkopen. Ik geloof dat ik er inderdaad een kleine deuk in schop, of in elk geval wat blauwe verf eraf trap, maar het deurtje vecht terug. Het grijpt me bij de hak van mijn rechterschoen en trekt me met een jiu-jitsu greep onderuit. Met een klap val ik op mijn rug. Ik had geen tegenaanval verwacht en ik geloof dat ik een luide schreeuw geef.

Vanuit mijn liggende positie op de vloer van de gang zie ik een paar andere leerlingen naar me kijken en meen ik wat onvriendelijk gegrinnik te horen. Ik kijk terug met mijn dode-vissen-blik: 'Sta niet zo te staren, want dat is zonde van jullie tijd. Ik ben een dode platvis die klaarligt om te worden schoongemaakt. Ik ben hersendood, mijn zenuwstelsel is allang uitgeschakeld, dus ik ben ongevoelig voor pijn of lijden. Bewaar jullie hoongelach maar voor mensen die nog schaamte en pijn kunnen voelen.'

Langzaam kom ik overeind. Mijn rechterbeen, mijn knie en mijn voet kloppen alsof ze zo snel mogelijk door de schoolzuster geamputeerd moeten worden. Pas dan zie ik uit mijn ooghoek dat Glorie Halleluja naar me toe is gekomen en nog geen meter bij me vandaan staat.

Ze draagt een lichtblauwe sweater die zo zacht lijkt dat hij misschien écht van suikerspin is geweven. Haar mooie blonde haar valt soepel over haar schouders, als de takken van een treurwilg over het gras van een rivieroever op een zomerse morgen. Haar blauwe ogen, die me nu strak aankijken, glinsteren helaas niet als warme sterren, maar als het kille metaal van een scherpe dolk.

'Hallo,' zeg ik. 'Ik was aan het oefenen voor voetbal.'

Gloria zegt niets, maar aan haar gezicht te zien twijfelt ze of de beweging die ik zojuist maakte ooit bewust is uitgevoerd door enige speler op enig voetbalveld, sinds de uitvinding van die populaire wereldwijde sport.

Als de stilte te pijnlijk wordt, verbreek ik hem met een volgend salvo uit mijn weinig doeltreffende verbale arsenaal (wat dat ook mag betekenen). 'Ik heb de spullen nodig die ik bij jou thuis heb laten liggen,' zeg ik tegen Gloria.

Nog steeds geeft ze geen antwoord, maar behalve woede staat er nu ook verwarring op haar gezicht te lezen. Ze heeft blijkbaar geen idee welke spullen ik bedoel.

'Mijn sweater, mijn schoenen en vooral mijn jack,' leg ik uit. 'Die heb ik bij de bank laten liggen.'

Haar mooie lippen wijken vaneen en ik zie dat ze bereid is aan het gesprek deel te nemen. 'En dat is alles wat je me te zeggen hebt?' vraagt ze op zo'n ijzige toon dat haar stembanden volgens mij met antivries moeten zijn behandeld om niet te breken.

Ik weet niet wat ik op die vraag moet antwoorden, dus knik ik maar.

'Je hebt wel lef!' zegt Glorie Halleluja tegen me. 'Die kleren zijn weg.'

'Weg? Waarheen?' vraag ik.

'Mijn vader heeft ze meegenomen. Ik denk dat hij ze verbrand heeft.'

In gedachten zie ik mijn groene kersttrui en mijn mooie lichtbruine jack in vlammen opgaan terwijl de Bulldozer er aanstekerbenzine overheen spuit. 'Maar... maar ze waren

170

van míj,' zeg ik zo nederig en redelijk als ik kan.

'Als je er zoveel prijs op stelde had je ze niet moeten laten liggen,' antwoordt ze.

Ik wil geen ruzie met Gloria op deze dodelijke dinsdag, maar toch protesteer ik: 'Ik wilde ze ook niet laten liggen, maar ik had weinig keus. Ik moest nogal haastig weg.'

Haar blauwe ogen staan nu nog killer, glinsterend als ijspegels in de poolzon. 'Je had wél een keus,' zegt ze. 'Je had kunnen blijven om voor jezelf op te komen. Ik ben ook gebleven. Maar jij hebt de benen genomen.'

Mijn kastje mengt zich in het gesprek. Het kan niet praten, omdat het geen mond heeft, maar het wil tegen Gloria zeggen: 'Je hebt helemaal gelijk. Hij is een zielige lafbek en je verspilt je tijd aan zo'n eikel als hij. Laat hem toch barsten, dan gaan wij samen een kop koffie drinken.'

Ik zal mijn kastje straks wel onder handen nemen. Er ligt een stevige zaag in het handenarbeidlokaal. Ik richt mijn aandacht op Gloria. 'Natuurlijk ben je gebleven. Jij woont daar. Maar ik had geen keus. Je vader wilde me vermoorden. En ik heb die kleren nodig. Vooral mijn jack. Er zat nog geld in de zak.'

Gloria doet een stap naar voren. Nog nooit heb ik zoveel woede op zo'n knap gezichtje gezien. Het lijkt wel een hagelbui op een zonnige lentedag. 'Dus je maakt je druk om wat geld dat je kwijt bent?' vraagt ze. Ze staat nu vlak bij me. Normaal zou dat heel prettig zijn, maar vanochtend is Gloria niet in een prettige bui. Ik ben bang dat ze gif zou kunnen spuwen als een cobra.

Ze laat haar stem dalen tot een gefluister, alleen klinkt fluisteren meestal zacht, terwijl de vragen die ze nu op me afvuurt aan pistoolschoten doen denken. 'John, weet je wel hoeveel ellende je me hebt bezorgd?' vraagt ze woedend. 'Wat moest ik zeggen toen je er vandoor ging? Wat kon ik de politie vertellen? Wat moest ik tegen onze buren zeggen die kwamen kijken wat er aan de hand was?'

'Dat spijt me heel erg voor je,' zeg ik, 'maar dat is mijn schuld niet.'

'O nee? De mijne soms wel?' vraagt ze. 'Ik heb je toch niet tegen je wil meegenomen? Je probeert je er gewoon vanaf te maken. Heb je enig idee wat mijn ouders hebben gedaan?' Ze aarzelt even voor het dramatische effect. Ze klemt haar parelwitte tanden op elkaar en gaat dan weer verder. 'Ik heb het hele weekend huisarrest gekregen,' zegt ze ten slotte, alsof ze twintig jaar in eenzame opsluiting op het Duivels-eiland heeft gezeten. 'Ik heb de Victoria Challenge Cup gemist. Mindy Fairchild heeft de hele wedstrijd in haar eentje kunnen rijden omdat ik er niet was. En ze heeft een blauwe rozet gewonnen met Luke. Die foto van haar en Luke hangt nu in de stal.'

Ik denk even na over Gloria's straf en Gloria's pech. Vergeleken bij mijn eigen situatie is ze er nog genadig vanaf gekomen, vind ik. 'Nou, ik heb het ook niet makkelijk,' zeg ik tegen haar. 'Je bent niet de enige met problemen. Oké?'

Glorie Halleluja, ik zie hoe je pupillen flikkeren als zwaailichten, hoe je mooie neusvleugels zich zo ver opensperren dat je neus bijna dreigt te scheuren, en hoe je je tot je volle lengte verheft als een Romeinse keizer die een of andere ongelukkige provincie de oorlog verklaart. En als dit een privégesprek is, waarom ben je dan door de hele gang te horen?

'WAAG HET NIET OOIT NOG ÉÉN WOORD TEGEN ME TE ZEGGEN,' sist Glorie Halleluja. 'WAAG HET NIET ME OOIT NOG ZO N STOM BRIEFJE TE GEVEN, EN BESPAAR ME ALSJEBLIEFT JE WALGELIJKE LEUGENS.'

We trekken flink de aandacht. Maar de leerlingen die nog bij hun kastjes staan zullen toch wel snel naar hun klas verdwijnen om ons wat privacy te gunnen?

'Wat voor leugens?' vraag ik.

'JE ZIT HELEMAAL NIET OP VOETBAL! IK HEB HET GARY CAMPBELL GEVRAAGD, DE AANVOERDER. DIE MOEST ER HARTELIJK OM LACHEN. ALS JE JE VOOR HET VOETBALTEAM ZOU AANMELDEN ZOU JE NOG NIET EENS DE MODDER VAN HUN SCHOENEN MOGEN POETSEN, ZEI HIJ.'

De aanvoerder van het schoolvoetbalteam overdrijft een beetje, vind ik. Als ik me aanmeldde, zou ik best hun schoenen mogen poetsen. Maar het lijkt me niet verstandig om Gloria tegen te spreken, omdat ze nu rood is aangelopen en zo hard staat te schreeuwen dat we waarschijnlijk in onze hele antischool te horen zijn, vanaf het Franse lokaal op de derde verdieping tot aan het ketelhok in de kelder.

'MIJN VADER HAD GELIJK!' schreeuwt ze, terwijl ze beschuldigend haar rechter wijsvinger in mijn richting priemt. 'JE BENT EEN BEDRIEGER EN EEN GLUIPERD! MAAR IK WEET NU PRECIES WAT JE WERKELIJK BENT: EEN KLEINE LAFAARD EN EEN LEUGENAAR!'

Er klinken onderdrukte kreten en wat verspreid applaus van het groepje leerlingen om ons heen, die blijkbaar een middag nablijven willen riskeren om de afloop te zien van mijn kleine schermutseling met het mooiste meisje van onze antischool.

Ik kijk in die prachtige blauwe ogen waarover ik zo lang heb gedroomd. 'Nee, Gloria, je vergist je,' hoor ik mezelf zeggen. Ik weet niet waar ik de moed vandaan haal, maar ik trotseer haar blik en ik geloof dat mijn eigen ogen nu ook een beetje bliksemen. 'Ik weet namelijk helemaal niet wie jij bent.' Mijn stem wordt luider en Gloria deinst een halve stap terug als ik haar de waarheid vertel, zo luid dat iedereen in de gang het kan horen. 'EN JIJ WEET NIET WIE ÍK BEN. WE HEBBEN ÉÉN KEER EEN LULLIG AFSPRAAKJE GEHAD. MAAR

DAAROM KEN JE ME NOG NIET.'

'Mooi. Laten we dat vooral zo houden,' zegt ze, voordat
ze zich op haar hakken omdraait en snel de gang uit loopt.

19. Dodelijke dinsdag –
hoe het verder ging

We hebben nog vijf minuten tot het einde van de anti-wiskundeles en ik probeer drie gevaren tegelijk te overleven. Van twee kanten worden er dodelijke stralen op me gericht, door Billy Slurf links en door Glorie Halleluja rechts van me. Als ik opeens zou wegduiken, zouden ze elkaar onder vuur nemen.

Ondertussen is mevrouw Kaaskop voor de klas in top-vorm. Ze is net klaar met complexe vergelijkingen en begint meteen met het volgende hoofdstuk van haar onbegrijpelijke algebraprogramma. Het hele uur heeft ze lesgegeven over een nieuw wiskundig mysterie, 'stelsels van lineaire vergelijkingen met twee variabelen'. En ze heeft alle records gebroken door maar liefst drie borden vol te schrijven met regels, voorbeelden en formules voor de oplossing van die ingewikkelde puzzels.

Nu staat ze met een flink stuk krijt te zwaaien als een woudloper die zich met een Bowie-mes tegen een beer ver-

175

dedigt, en zegt: 'Goed. Ik hoop dat jullie nu allemaal inzien dat je voor de oplossing van een stelsel van vergelijkingen alle geordende paren moet vinden – als die er zijn – die aan elk van de vergelijkingen binnen het stelsel voldoen.'

Nee, mevrouw Kaaskop, dat zie ik totaal niet in. Ik zie alleen dat u het hele weekend hebt gewacht tot Jacques, die knappe man met zijn vlinderdasje, u zou komen afhalen om te gaan dansen. Maar hij is niet gekomen, dus hebt u al uw teleurstelling, eenzaamheid en verdriet in een vuilnisverbrander gegooid en omgesmolten tot een gruwelijke algebrales van vijftig minuten. En nu spuwt u ons die les in het gezicht, in de vorm van onbegrijpelijke grafieken en vergelijkingen, zo giftig dat ze nog gaten zouden kunnen branden in gevulkaniseerd staal. U kijkt snel naar de klok, en volgens mij bereidt u een dodelijke vraag voor waarmee u nog vóór de bel minstens één leerling in deze antiwiskundeles kunt verpletteren.

Mevrouw Kaaskop, vandaag heb ik wel wat anders aan mijn hoofd. Ik word in deze klas aangevallen door krachten die nog dodelijker zijn dan algebra. Ieder moment kan mijn boek vlam vatten door de laserstralen uit Glorie Halleluja's blauwe ogen of de ionenstralen uit het neuskanon van Billy Slurf.

Vlak voor de les heb ik – voor het eerst sinds zijn arrestatie bij de basketbalwedstrijd – weer enige woorden gewisseld met mijn vriend die geen vriend is. Helaas waren dat geen woorden van warmte en vriendschap. Als bij de Lashasa Palulu twee jongens ruzie hebben en de één het wil bijleggen, wordt het als een bewijs van goede manieren gezien als hij vriendelijk op zijn vijand toestapt en iets zegt over het weer of een ander onnozel onderwerp waar niemand aanstoot aan kan nemen. 'Goeiemorgen, William Beanman,' zei ik dus toen we de klas binnenkwamen en naast elkaar gingen zitten. 'Hoe gaat het met jou op deze grauwe dinsdag?'

Hij reageerde niet op mijn ouverture en beperkte zich tot knarsetanden, zo hevig dat de spieren van zijn onderkaak zichtbaar opzwollen.

'Ik dacht dat we sneeuw zouden krijgen, maar het zal wel regen worden,' ging ik verder. 'Of hagel, of mogelijk natte sneeuw.' Toen ik alle meteorologische mogelijkheden had uitgeput, liet ik me op mijn stoel terugzakken en wachtte op zijn antwoord.

'Ik maak je dood,' snauwde mijn vriend die geen vriend is eindelijk. 'Morsdood, hoor je me? Hartstikke dood.'

Niemand had me nog ooit dood willen maken en ik was er niet blij mee. 'Stoere taal voor een crimineel die al twee keer is opgepakt,' zei ik tegen hem. 'Je moet je gedrag veranderen, je moet leren om te vergeven en te vergeten, anders kom je nog in de dodencel terecht.'

Dat was ons hele gesprek. Maar het hele uur, met regelmatige tussenpozen, herhaalde Billy tegen me: 'Ik maak je dood. Hartstikke dood.' En als mevrouw Kaaskop zich weer eens omdraaide om haar drie borden met wiskundige hiëroliefen vol te kalken, viel Billy Slurf me aan met de hulpmiddelen die zijn ouders hadden aangeschaft voor de wiskundige verheffing van hun zoon. Hij porde me met een liniaal. Hij stak me met een gradenboog. Hij prikte me met de punt van zijn passer, zo hard dat het bloed uit mijn arm druppelde.

Mevrouw Kaaskop, ik geloof dat de onderwijsinspectie u heeft bekleed met de verantwoordelijkheid om uw leerlingen te beschermen tegen aanvallen met puntige wiskundehulpmiddelen. Maar in plaats van onschuldige leerlingen te beschermen kijkt u nu de klas rond met een sadistische blik in uw ogen. 'We hebben nog vijf minuten, zie ik,' zegt u,

177

terwijl u het krijtje neerlegt en in uw handen wrijft. 'Laten we eens proberen om twee variabele lineaire vergelijkingen op te lossen aan de hand van een heel eenvoudige, praktische vraag. Wie biedt zich aan?'

Mevrouw Kaaskop wacht hoopvol of ze vingers ziet. Haar houding maakt duidelijk dat iedereen die zijn of haar vinger opsteekt een dappere, opofferende daad stelt die de redding kan betekenen van het hele peloton. Als dit een oorlogsfilm was, zou zo'n jonge Amerikaanse soldaat naar voren stappen om zich te melden voor deze zelfmoordmissie. 'Sergeant,' zou hij zeggen, 'ik bied me aan. Ik ben bereid om door het mijnenveld te kruipen en het vijandelijke machinegeweernest uit te schakelen.' Maar dit is geen oorlogsfilm. Dit is antiwiskunde en iedereen heeft zich in zijn schuttersputje teruggetrokken tot de vijandelijke beschieting weer voorbij is.

Als duidelijk wordt dat niemand zo dom is om zich vrijwillig voor de leeuwen te werpen, gaat mevrouw Kaaskop op zoek naar een geschikt slachtoffer. 'Dan zal ik zelf maar iemand aanwijzen,' zegt ze met duidelijk genoegen. 'Eens kijken. Wie hebben we de laatste tijd niet vaak gehoord?'

Haar blik glijdt snel de klas door, over de rijen bankjes. Iedereen zet zich schrap. Haar ogen blijven een paar seconden op Norman Kuch rusten, maar hij weet zich te redden met zo'n zware en rochelende hoestbui dat zijn hele bankje een halve meter naar rechts schuift, zoals een octopus in de diepzee aan zijn vijanden ontsnapt door een explosie van water uit zijn lichaamsholte.

Mevrouw Kaaskop lijkt even van haar stuk gebracht. Zonet zat Norman nog in rij A, maar nu opeens in rij C. Ze probeert hem vast te pinnen op deze nieuwe plaats, maar hij kijkt haar zelfverzekerd aan, alsof hij wil zeggen: 'Mevrouw Kaaskop, ik ben veel te snel voor u op deze dinsdagochtend.

U krijgt me nooit te pakken. Desnoods hoest ik me de komende vier minuten en achtenveertig seconden de hele klas door.'

Mevrouw Kaaskop gaat op zoek naar een minder beweeglijke prooi. Haar dodelijke blik vindt het tafeltje van Karen Zeppelin. Op het prikbord achter Karen hangt een grote paarse poster voor de Open Schoolavond, en Karen heeft haar camouflage aangepast. Vanochtend draagt ze een paarse jurk die zo perfect bij de poster past dat je haar totaal niet ziet als je haar kant op kijkt.

Mevrouw Kaaskop aarzelt. Van de plattegrond weet ze dat Karen aan het einde van rij A moet zitten, dus kijkt ze nog eens goed, knijpt haar ogen tot spleetjes en doet een paar stappen opzij om een betere gezichtshoek te vinden. Maar Karen Zeppelin is als een zandkrab tegen een zandheuvel – hoe scherp een aanvaller ook kijkt, hij ziet niets dat eetbaar is.

De dodelijke blik van mevrouw Kaaskop zwiept nu mijn kant op. Zoals ik al eerder heb aangetoond ben ik een meester in het ontwijken van ongewenste algebravragen en heb ik verschillende geavanceerde technieken om op terug te vallen. En we hebben nog maar vier minuten en zeven seconden tot het einde van het uur. Het kost mevrouw Kaaskop zeker tien seconden om haar vraag te stellen. En ik ben heel goed in staat om vier minuten tijd te rekken, zonder echt antwoord te geven, tot de bel gaat. Dus kijk ik mevrouw Kaaskop recht aan. 'Geef mij maar geen beurt,' is mijn boodschap aan haar, 'want ik glip u toch door de vingers.'

Ze neemt de uitdaging aan. 'John,' zegt ze, 'ik heb jou al een tijdje niet gehoord. Hier is een heel eenvoudig probleem met twee variabelen. Een garagemagazijn heeft in totaal vijftig kisten met olie- en luchtfilters besteld voor een totaalprijs van drieduizendtweehonderdelf dollar en tachtig cent. Een kist met oliefilters kost zeventig dollar en zeventig cent, een kist met luchtfilters kost dertig dollar en dertig cent. Hoeveel kisten met oliefilters en hoeveel met luchtfilters heeft het garagemagazijn besteld?'

Het wordt stil in de klas. De dodelijke vraag is uit zijn kooi losgelaten als een giftig dier. Hij kruipt op me toe als een reusachtige schorpioen, die me met zijn spinnenogen opneemt, terwijl hij dreigend met zijn voelsprieten trilt.

Ik blijf opmerkelijk kalm. Mevrouw Kaaskop, het stellen van die vraag heeft u al zeventien kostbare seconden gekost. Er zijn nog maar drie minuten en vijftig seconden over – geen enkel probleem voor een ervaren tijdrekker zoals ik.

Om te beginnen trek ik maar eens aan mijn oor, een oude truc. Nee, mevrouw Kaaskop, dat gebaar betekent niet dat ik echt over uw vraag nadenk. Ik heb geen flauw idee hoeveel olie- en luchtfilters die garage heeft besteld of hoe je zo'n vraag met variabelen zou moeten oplossen. Niemand in deze hele klas zou het antwoord kunnen vinden op dat probleem. Zelfs de veertienjarige Albert Einstein in topvorm zou nog geen schijn van kans hebben gehad.

Bovendien beweert u wel dat het een praktische vraag is, mevrouw Kaaskop, maar volgens mij is er niet één garage in het hele universum die olie- en luchtfilters aanschaft met behulp van wiskundesommetjes. Ze kopen gewoon genoeg van die filters om de voorraadkast te vullen, En als ze op zijn, roept iemand: 'Hé, Joe, bestel nog een voorraadje luchtfilters. En een paar kisten oliefilters, als je toch bezig bent.'

Dat ik nu aan mijn oorlelletje trek, mevrouw Kaaskop, betekent dus niet dat ik zit na te denken. Het is een handige afleidingsmanoeuvre die een heel intelligente indruk maakt, maar meer ook niet. En ik heb er nu al twintig seconden mee gewonnen, dus dat gaat goed. Weet je wat, ik doe er nog wat bij: de bekende frons in het voorhoofd. Zo'n frons, mevrouw Kaaskop, betekent dus ook niet dat er enige hersenactiviteit plaatsvindt in mijn schedel. Je moet nooit op de buitenkant afgaan, mevrouw Kaaskop. Een frons aan de voorkant is nog geen bewijs van hersenfuncties – of de afwezigheid daarvan – aan de achterkant.

'John, schiet het al op?'

Ja, mevrouw Kaaskop, het schiet zeker op. Ik heb al vijftig seconden tijdgerekt om uw dodelijke vraag te ontwijken. Er zijn nog maar drie minuten over. Dat is minder dan een topatleet nodig heeft om de mijl af te leggen. Het zelfs minder, mevrouw Kaaskop, dan de tijd die nodig is om een zacht eitje te koken. U krijgt vandaag geen antwoord meer, mevrouw Kaaskop, maar dat kunt u nooit bewijzen. U vecht met waterdamp. U bokst met sneeuwvlokken.

'Die vraag weet je niet, zandstraal,' treitert Billy Slurf me zachtjes. 'Ik maak je dood. Hartstikke dood.'

Ik vind het jammer dat mijn algebra-buurman zo negatief is, maar zijn commentaar deert me verder niet. Ook van de andere kant krijg ik weinig aanmoediging. Glorie Halleluja, rechts van me, heeft zich naar voren gebogen en staart me aan met haar dodelijke straal op vol vermogen, zodat ik bang ben dat de poten van mijn tafeltje zullen smelten. Ze kijkt me recht aan met een ziedende blik in haar helderblauwe ogen.

Voor de les had ik al besloten geen vriendschappelijk gesprek met Glorie Halleluja te beginnen. Je weet nog wel dat ze vanochtend op de gang riep dat ze nooit meer een woord van me wilde horen, en het derde uur lijkt me te vroeg om haar voornemen al te testen. We zijn elkaar een paar keer op de gang tegengekomen zonder dat ze liet blijken dat ze de strijdbijl wilde begraven, zo gezegd.

181

Toen ik Gloria voor het eerst weer zag, tussen het eerste en het tweede uur, liep ze te praten met haar twee vriendinnen Yuki Kaguchi en Julie Moskowitz, belangrijke leden van de geheime zusterschap van knappe-meiden-van-veertien. Op het moment dat ik haar voorbijliep wees Gloria nogal onbeschoft naar me en begon druk te fluisteren.

Ik weet het natuurlijk niet zeker, maar ik vermoed dat Gloria negatieve geruchten over me verspreidde, als nuttige informatie aan haar vriendinnen. Misschien zei ze wel dat ik een leugenaar en een lafbek was, dat ik haar in haar neus had gebeten in plaats van haar te kussen, en dat ik voor haar boze vader was gevlucht. Het is zeker niet uitgesloten dat er een wereldwijd bulletin is uitgegaan naar alle leden van de geheime zusterschap van knappe-meiden-van-veertien dat ze nooit meer met me moeten uitgaan, onder welke voorwaarde dan ook. En nu ze mijn kansen op romantiek voor de rest van mijn leven om zeep heeft geholpen richt Gloria de laserstralen van haar ogen opnieuw mijn kant op om me de genadeslag toe te brengen. De haartjes op mijn onderarm schroeien weg onder de hitte van haar woeste blauwe ogen.

'John,' vraagt mevrouw Kaaskop, 'draaien de raderen nog? Heb je de eerste stap al bedacht?'

Ja, mevrouw Kaaskop. De eerste stap is door de deur naar buiten. Over twee minuten en zevenentwintig seconden, als de bel gaat, ben ik de eerste van deze antiwiskundeklas die op de gang staat. Met de snelheid van het licht, zodat u me niet eens zult zien vertrekken.

Ik kan niet eeuwig aan mijn oor blijven trekken of mijn voorhoofd blijven fronsen, dus beginnen we nu aan de countdown van de laatste twee minuten. Ik besluit mijn techniek nog wat te verfijnen met passende geluidseffecten. Ik kijk mevrouw Kaaskop strak aan en schraap mijn keel alsof er een diepzinnige wiskundige uitspraak op het puntje van mijn tong ligt. 'Eh-ghh-heh,' grom ik, terwijl ik even knik. 'Eh-nuhh-hah. Ehwha-nn-hmmm.'

U loopt met open ogen in de val, mevrouw Kaaskop. Keel schrapen werkt altijd. U buigt zich naar voren alsof u denkt dat ik op het punt sta een belangrijke mathematische revelatie te doen (wat dat ook mag betekenen). U weet niet dat het dezelfde geluiden zijn die ik ook maakte toen er in het voorjaar een vlieg mijn mond binnenvloog en in mijn slokdarm bleef steken.

'John, maak je een berekening in je hoofd? Weet je om welke vergelijking het gaat? Doe het maar stap voor stap, John. Heb je je variabelen al bepaald?'

Nog minder dan een minuut! Mevrouw Kaaskop bestookt me met vragen, maar ik beantwoord ieder salvo. Ik trek zo hard aan mijn oorlelletje dat ik het bijna heb uitgerekt tot onder mijn kin. Mijn voorhoofd vertoont zo'n diepe frons dat mijn wenkbrauwen gevaar lopen om los te laten van mijn gezicht. Ik wip op en neer op mijn stoel alsof ik mijn enthousiasme over de oplossing van dit wiskundige raadsel nauwelijks kan bedwingen. En om de vijf of tien seconden schraap ik opnieuw mijn keel om mevrouw Kaaskop ervan te overtuigen dat het niet lang meer kan duren voordat ik een wiskundig inzicht de klas in slinger dat de moderne getallentheorie op haar grondvesten zal doen sidderen.

'John, we hebben niet veel tijd meer.'

'Dat klopt, mevrouw Kaaskop.'

'Wat zei je daar?'

'Leuk geprobeerd, mevrouw Kaaskop, maar ik laat me niet verleiden tot een verkeerd antwoord door de suggestie dat ik een oplossing zou hebben voor een probleem dat ik helemaal niet van plan ben op te lossen. Mevrouw Kaaskop, misschien leidt u zo'n zielig leven dat u ons moet lastigvallen met deze wiskundige vragen uit het diepste van de hel, om ons te vernederen, ons kapot te maken en ons zelfrespect te vernietigen, maar ik vertik het om u een plezier te doen door toe te geven aan die sadistische wiskundige marteling van onschuldige slachtoffers...'

Op dat moment dringt het tot me door dat de hele klas zit te gieren van het lachen. En ik zie dat het gezicht van mevrouw Kaaskop – anders zo bleek als een Edammer – zo grauw is geworden als een natte vaatdoek. Ze produceert iets dat het midden houdt tussen een zucht en een schreeuw, en klampt zich aan de rand van haar tafel vast.

Vol afgrijzen begrijp ik dat het mannetje in de draaistoel achter de knoppen van mijn brein een gruwelijke fout heeft gemaakt. Verblind door de laser van het meisje van mijn dromen; onzeker door de ionenstralen van mijn vriend die geen vriend is; uit het lood geslagen door woede tegenover mijn moeder en haat tegenover de man die niet mijn vader is en dat nooit zal zijn; in verwarring gebracht door een algebravraag met scherpe klauwen en een giftige angel; en op drift geraakt zonder kompas op een zee van problemen in mijn leven dat geen leven is... heb ik mijn gedachten hardop uitgesproken! Ik heb mevrouw Kaaskop hardop mevrouw Kaaskop genoemd, recht in haar gezicht!

De hele klas zit te lachen. Maar de aardigste kinderen zijn alweer stil, omdat die arme oude mevrouw Gabriel staat te hijgen... Haar handen trillen...

En dan gaat de bel. Algebra is voorbij. Ik sta op en duik zo snel mogelijk naar de gang, maar ik ben niet de eerste die de deur uit is. Mevrouw Kaaskop is me vóór. Het laatste dat ik van haar zie is dat ze de gang door rent naar de toiletten voor de leraressen. Ze maakt een geluid alsof ze verdrinkt en ze heeft haar handen voor haar gezicht geslagen.

20. Dodelijke dinsdag –
een snerpend slotakkoord

'Lieve, beste leden van onze muziekfamilie,' zegt meneer Steenwilly tegen ons. Zijn stem trilt van de zenuwen en hij wringt nerveus zijn handen. 'Ik weet dat jullie allemaal goed geoefend hebben op *Het liefdeslied van de brulkikker*. Dag en nacht. Ik hoef jullie er niet aan te herinneren dat we nog maar twee weken hebben tot ons Winterconcert en de wereldpremière van het mooiste stuk dat ik ooit geschreven heb. Maar vandaag krijgen we al de kans voor een kleine wereldpremière, als generale repetitie. Dit is een heel bijzondere dag!'

Meneer Steenwilly wacht even. Kijk alstublieft niet mijn kant op, meneer Steenwilly. Dit is inderdaad een heel bijzondere dag, maar om de verkeerde redenen. Dit is dodelijke dinsdag en alles wat ik aanraak verandert in stof. Kijk alstublieft uit het raam van het muzieklokaal, of naar de neuzen van uw instappers, maar staar niet zo opgewonden mijn kant op met uw zwarte ogen.

'Vandaag hebben we een gast,' kondigt meneer Steenwilly aan. 'Een heel bijzondere gast. Een beroemde gast! Niemand minder dan professor Slavodan Kachooski, mijn oude leraar en mentor aan de Eastman School of Music en volgens velen een van de grootste musicologen ter wereld! Hij kwam vandaag bij verrassing op bezoek en hij vond het leuk om jullie nog te horen spelen!' Meneer Steenwilly kijkt naar het muziekkantoortje. 'Dit is een grote eer,' zegt hij. Het ontzag borrelt op in zijn woorden, als zeepbelletjes in een wasmachine. 'Een geweldig grote eer. Hartelijk welkom, professor.'

Een kleine, kale oude man in een donker pak komt uit het muziekkantoortje en snuit langdurig zijn neus, volgens mij in B-mineur. Ten slotte steekt hij zijn zakdoek in zijn achterzak, schuift zijn zwartomrande brilletje naar de brug van zijn neus en zegt: 'Kom, kom, Arthur, niet overdrijven. Ik vind het zelf een grote eer om de beste leerlingen van mijn beste leerling te mogen horen.'

Professor Kachooski, als u inderdaad een van de grootste musicologen bent die de wereld ooit gekend heeft, kunt u beter deze antischool in vliegende vaart verlaten, nu u nog lucht in uw longen hebt. Meneer Steenwilly, als ik zo vrij mag zijn u ook van advies te dienen, dan zou ik uw oude professor maar naar het kantoortje slepen als ik u was, om hem een lekkere kop Earl Grey in te schenken, met magere melk, en nog wat herinneringen op te halen aan uw olympische glorietijd aan het conservatorium (wat dat ook mag betekenen).

Maar als u zo onverstandig bent om dit geïmproviseerde concert toch door te zetten, meneer Steenwilly, waarschuw Kachooski dan dat de tubaspeler die hij te horen krijgt in een persoonlijke crisis verkeert, nog heviger dan de meltdown van de reactor van Tsjernobyl. En dat ik op deze dodelijke dinsdag nog niet 'Boer, er ligt een kip in het water' zou kunnen spelen, laat staan 'Het liefdeslied van de brulkikker'.

Meneer Steenwilly zet een klapstoeltje voor professor Kachooski neer, zodat de oude man de komende vertoning goed zal kunnen zien en horen. 'Nog wat dichterbij, Arthur,' zegt Kachooski tegen hem. 'Ik zou geen enkele noot van dat briljante stuk willen missen.'

Kachooski, je vraagt erom en je zult het krijgen ook. Ik wil niet pessimistisch zijn over de kwaliteit van dit concert, maar ik zou die witte zakdoek maar weer tevoorschijn halen en in je oren proppen.

Meneer Steenwilly klimt op zijn podium en kijkt naar ons. Zijn dunne snorretje trilt op zijn bovenlip alsof het zo ontroerd is door dit grootse moment dat het zich het liefst van zijn gezicht zou losmaken om zich te verbergen onder de kraag van zijn gesteven witte overhemd. 'Ik wil nog zeggen,' begint hij tegen ons met een nerveus lachje, 'dat professor Kachooski op de Eastman School of Music een bijnaam had. We noemden hem de "Man met het gouden oor". En dat gouden oor zal nu een paar gouden noten te horen krijgen van jullie allemaal.'

Kachooski leunt naar achteren op zijn klapstoel en kijkt ons glimlachend aan. Hij weet nog niet dat de 'Man met het gouden oor' de 'Jongen met de kikkertuba' zal tegenkomen en dat die confrontatie net zoiets is als 'Shirley Temple ontmoet de bruid van Dracula'.

'En nu,' zegt meneer Steenwilly met een laatste nerveuze blik naar Kachooski, '*Het liefdeslied van de brulkikker.*'

Omlaag gaat de arm met het stokje. Violet Hevig speelt de ouverture. De vleesetende varaan die zich als haar saxofoon voordoet is blijkbaar onder de indruk van Kachooski's aanwezigheid, want hij begint niet meteen te krijsen.

Integendeel, hij blijft rustig in haar armen liggen en geeft een uitstekende imitatie van een saxofoon die kundig wordt bespeeld door een serieuze muziekleerling die lang en hard heeft geoefend en zich zo goed mogelijk concentreert. Violet Hevig heeft de ouverture onder de knie.

Meneer Steenwilly glimlacht tegen haar vanaf zijn podium en de punten van zijn snorretje lijken trots en blij te tapdansen onder zijn wangen. Professor Kachooski lacht vrolijk vanaf zijn klapstoeltje, met zijn hoofd een beetje schuin, zodat zijn gouden oor alle noten van Steenwilly's opus, groot en klein, in zich op kan nemen.

Als de saxofoon klaar is, laat Andy Pearce een stevige roffel op het slagwerk horen. Normaal klinkt dat als een frontale aanrijding tussen een paar zware trucks op volle snelheid. Maar vandaag staat er blijkbaar een verkeersagent op het kruispunt, want Andy Pearce speelt moeiteloos en vlekkeloos.

Meneer Steenwilly's zwarte ogen lijken triomfantelijk uit zijn hoofd te ploppen, als kurken uit een champagnefles. Kachooski knikt en tuit nadenkend zijn lippen, alsof hij wil zeggen: 'Goed gedaan, Steenwilly. Je bent aan een kruistocht begonnen en je hebt licht gebracht in de duisternis van deze antischool. Petje af.'

Zelf heb ik geen tijd om van de muziek te genieten. Mijn tubasolo kruipt naar me toe tussen de notenbalken als een zoutwaterkrokodil met een wijd opengesperde bek vol scherpe tanden.

Ik overweeg een hartaanval voor te wenden. Ik probeer ongemerkt het muzieklokaal uit te zweven, maar ik kom nog geen halve centimeter boven de versleten parketvloer uit. Ik bereken de kans dat mijn antischool binnen de volgende twaalf seconden door de bliksem zal worden getroffen of dat een buitenaardse invasie die lichtjaren geleden in een donkere hoek van het heelal is begonnen nog net de planeet Aarde zal bereiken voordat mijn tubasolo begint. Ik schat die kansen niet hoog in.

Ondertussen geeft de kikker die zich voordoet als mijn tuba geen enkel teken van leven. Een fossiele kikvors, miljoenen jaren bewaard gebleven in leisteen of kalksteen in een rivierbedding uit het Paleozoïcum, zou volgens mij nog levendiger zijn dan deze koude tuba in mijn handen. Ik herinner me dat de kikker die zich voordoet als mijn tuba het hele weekend in winterslaap in mijn kast heeft gelegen die geen kast is. In een laatste, wanhopige poging om een ramp af te wenden probeer ik hem tot leven te wekken met een verhaaltje.

'Er was eens een knappe brulkikker die op de bodem van een vijver leefde,' zeg ik tegen hem. 'Op een dag kwam er een mooie prinses naar de vijver en toen hij haar kuste veranderde ze in een prachtige kikkerbabe. Hij dacht dat hij het geluk gevonden had, dat ze zijn grote liefde was, maar de prinses of kikkerbabe bleek een giftig karaktertje te hebben. Dat betekende niet dat de brulkikker nooit meer gelukkig zou kunnen zijn. Er waren immers miljoenen andere kikkerbabes, in duizenden en duizenden andere vijvers. Sterker nog,' zeg ik tegen mijn tuba, 'die ene teleurstelling was misschien wel een positieve stap, een belangrijke levensles, zodat de brulkikker de volgende keer veel verstandiger zou zijn.'

De kikker die zich voordoet als mijn tuba is niet onder de indruk van mijn verhaal. Hij laat zich niet uit zijn apathie bevrijden (wat dat ook mag betekenen), maar vertelt me wel een eigen verhaal. 'Er was eens een jongen die een leven had dat geen leven was,' zegt hij tegen me. 'Hij woonde in een huis dat geen huis was met een vader die niet zijn vader was. Zijn vrienden waren geen echte vrienden. Eigenlijk was hij niets bijzonders. Als je jongens zou kunnen af-

189

meten naar een glijdende schaal, dan was hij een nul, niet positief of negatief, niet geheel en niet gedeeld.

Toen, op een dag, nam hij een prinses mee naar een basketbalwedstrijd. Heel even voelde hij zich geweldig, hoe dom dat ook was. Hij dacht dat hij musicus zou kunnen worden, of geleerde – een romantische figuur. Maar je kunt niet iets scheppen uit het niets. Het stof waaide even op, ving de stralen van de zon en glinsterde, maar sloeg toen weer neer als doodgewoon stof. De prinses zag wat hij werkelijk was en voelde alleen maar minachting voor hem. Zijn vader die niet zijn vader was wist hem elke keer weer af te troeven. Zijn vrienden die niet zijn vrienden waren dreigden hem hartstikke dood te maken. Hij was wreed tegen zijn leraren – gevoelige, kwetsbare mensen, net als hij, die recht hadden op goedheid en respect. Ten slotte wilde zelfs zijn tuba zich niet meer door hem laten bespelen en pleegde daarom koperblaaszelfmoord voor het hele orkest, wat nog nooit eerder was gebeurd in de hele muziekgeschiedenis, zoals professor Kachooski daar zal kunnen bevestigen.'

Ik word niet echt vrolijk van het verhaal van mijn tuba, met dat dreigement aan het eind. 'Hoor eens even,' zeg ik tegen mijn tuba en schud hem zachtjes door elkaar, 'dat geklets over zelfmoord bevalt me niet. Jij en ik zijn oude strijdmakkers. We hebben wel voor hetere vuren gestaan. We hebben zij aan zij gestreden in "De darteling van de kariboe". Even doorbijten, vriend. Deze tubasolo is maar twintig maten lang. Dat redden we samen wel. Daar komt hij!'

Het is tijd voor mijn tubasolo. Tegenover het orkest laat meneer Steenwilly zijn hoofd een paar keer volledig ronddraaien op zijn nek voordat het met een klik tot stilstand komt, in mijn richting. Zijn ogen schieten naar achteren in zijn hoofd, door het bos van zwarte krullen op zijn schedel, door het Panama- en Suez-kanaal achter zijn oren, en ontmoeten elkaar weer op zijn achterhoofd, om te zien of die oude professor Kachooski wel goed oplet.

De eminente musicoloog buigt zich naar voren op zijn klapstoeltje, met zijn rechterhand achter zijn gouden rechteroor, alsof hij die wereldvermaarde ontvanger nog wat verder open wil zetten voor mijn tubasolo.

Meneer Steenwilly's ogen duiken weer in zijn oogkassen als twee opgewonden wezels in hun holen, en richten zich op mij. Omhoog gaat Steenwilly's rechterarm. Omlaag gaat zijn stokje. Het teken om te beginnen. 'Toe maar,' luidt zijn boodschap, 'dit is jóúw moment, o mijn uitverkorene. Speel op je tuba de noten die mij mijn plaats zullen geven in het pantheon van moderne componisten en me zullen verzekeren van het eeuwige respect van mijn brave oude mentor en professor.'

De kikker die zich voordoet als mijn tuba heeft andere ideeën. Hij ademt een diepe, schijnbaar eindeloze teug vijverlucht in. Zijn amfibische longen zwellen op, steeds verder en verder, tot het punt waarop ze zouden knappen als er nog één deeltje zuurstof bij kwam.

'Alsjeblieft,' zeg ik dringend. 'Doe dit jezelf en mij niet aan.'

'Vaarwel, wrede wereld,' hoor ik mijn tuba zachtjes gorgelen... voordat de kikker nog één laatste, fatale hap vijverlucht neemt. *Baaaaaaaaaaa-Blaaaaaaaammm!* De stilte wordt verscheurd door een explosie van geluid, zo hard, zo woedend en wanhopig dat het hele muzieklokaal in de kelder begint te trillen en in elkaar dreigt te klappen. De muren en het plafond zijn maar nauwelijks bestand tegen deze oerkracht. Het is een geluid dat sinds de ochtendschemer van de mensheid nog nooit eerder in een muzieklokaal ten gehore is gebracht. Het valt strikt genomen ook niet binnen de beperkingen van het geluid dat een tuba kan produceren. Het is de laatste ex-

plosie van een reuzekikker die zichzelf opzettelijk heeft op-
geblazen.

De snor van meneer Steenwilly wordt in één keer van zijn
gezicht gerukt, fladdert hulpeloos het lokaal door en blijft
liggen op een balk van het plafond. Zijn stokje breekt doormidden en zijn instappers maken zich van zijn voeten los en
zoeken haastig dekking in de luwte van de instrumenten-
kast.

Een meter achter hem, dicht genoeg bij de grond om de
rechtstreekse gevolgen van de explosie te voelen, wordt professor Kachooski uit zijn klapstoeltje geworpen. Met een
klap komt hij tegen de muur aan de voorkant van het lokaal
terecht en glijdt daar langzaam naar de vloer. Het klapstoeltje landt boven op hem, nog steeds recht overeind, als
een grafsteen die de laatste rustplaats markeert van een van
de grote musicologen uit de moderne tijd.

Ik blijf doodstil zitten en houd mijn adem in.

Een paar dappere leden van het orkest spelen nog een
paar maten door, zonder mij. Noten gonzen om me heen
als paardenvliegen boven een slagveld dat bezaaid ligt met
bloederige lichaamsdelen.

'Doorgaan!' roept meneer Steenwilly dapper, zwaaiend
met zijn gebroken stokje om weer orde te scheppen onder
de troepen. 'De voorstelling moet doorgaan. Dat is de enige, alles overheersende wet van de showbusiness. Hier sta ik,
beroofd van mijn eer en van mijn snor, maar toch bereid om
jullie te dirigeren. Doorspelen, John!'

Dat kan ik niet, meneer Steenwilly. Het is voorbij.

Eén voor één vallen de andere instrumenten stil. Een
trombone is de laatste trieste stem die het laat afweten.

'John?' vraagt meneer Steenwilly, terwijl hij van zijn podium stapt. 'Gaat het wel?'

Het is nu stil in het muzieklokaal. Ik geloof dat ik Violet

Hevig bezorgd naar me zie kijken in de rij voor me.

Tranen stromen over mijn gezicht. Ik voel me helemaal duizelig. 'De kikker is dood,' hoor ik mezelf zeggen met een vreemde stem. Ik kan meneer Steenwilly niet aankijken, maar hem ook niet ontwijken.

De leden van mijn muziekfamilie weten niet wat ze van mijn ineenstorting moeten denken. Ik hoor hen duidelijk fluisteren, al lijken ze heel ver weg.

'Waarom zit hij te huilen?'

'Hij zei iets over een dode kikker.'

'Nee, de mist wordt dikker. Dat zei hij.'

'De mist in zijn hoofd, zeker?'

Er wordt gelachen. Ik hoor het wel, maar het kan me niet schelen. Ik geloof dat ik zit te trillen. Ik laat mijn tuba vallen, die met een klap tegen de grond slaat.

Meneer Steenwilly pakt zijn afgebroken stokje en slaat er hard mee op de metalen standaard met zijn bladmuziek. '*Stilte!*' beveelt hij en het gelach verstomt. 'De repetitie is voorbij. Jullie kunnen gaan. Nu! Allemaal.' En dan wat zachter: 'John, kom maar mee naar mijn kantoortje. We moeten praten.'

Maar voordat iemand kan reageren stapt er opeens een nieuwkomer met een hoge positie en een streng voorkomen het muzieklokaal binnen. Resoluut loopt hij van de deur naar het orkest toe en grijpt mij bij de kraag van mijn shirt. Het is meneer Kessler, de onderdirecteur, verantwoordelijk voor de orde op onze antischool. Meneer Kessler heeft naar mijn weten nooit voldoende belangstelling gehad voor muziek om ons te vereren met een bezoek. Maar nu is hij er toch, een gedrongen man met een vooruitstekende kaak en dik wit haar, dat hij zo kort houdt dat het een laagje ijzel op zijn hoofd lijkt dat zelfs niet smelt door de warmte van zijn schedel.

Hij trekt me bij mijn kraag omhoog. 'Ik hoop dat je trots bent op jezelf,' gromt hij. 'Ik hoop dat je heel erg trots bent.' En hij sleurt me mee naar de deur.

'Nee, wacht!' roept meneer Steenwilly, in een dappere poging om de woede van deze hogere officier te sussen. 'U begrijpt het niet. We hebben een probleem hier...'

'Uit de weg, Steenwilly,' snauwt meneer Kessler.

'Maar deze jongen verdient geen straf,' protesteert meneer Steenwilly. 'Hij heeft juist onze hulp nodig...'

'Wegwezen. Ik regel dit wel,' blaft meneer Kessler tegen hem. 'Ik hoef u er toch niet aan te herinneren dat ik de onderdirecteur van deze school ben, en u een gewone leraar, zonder vaste aanstelling, die zich soms bemoeit met situaties waar hij zich beter buiten kan houden. Ga dus niet te ver. *Uit de weg!*'

Meneer Steenwilly deinst terug. Niet omdat hij een lafaard is, maar omdat Kessler hoger in rang is en meer macht heeft.

De onderdirecteur heeft me beet in zo'n wurggreep-aan-de-kraag-van-een-shirt die ze onderdirecteuren leren bij de training door de Speciale Eenheden. Hij sleept me naar de deur. Maar opeens doemt er een kleine gedaante voor hem op die hem de weg verspert. Iemand in ons muzieklokaal is niet bang voor meneer Kessler! Iemand durft zich te verzetten!

'Stop!' roept een gezaghebbende stem tegen onze onderdirecteur. 'Dit is een talentvolle jonge musicus die hulp nodig heeft. Barbaar!'

Meneer Kessler tuurt naar de gestalte die hem bevelen durft te geven en het zelfs waagt hem te beledigen op zijn eigen terrein. Hij ziet een kleine, oude, kale man in een zwart pak voor zich staan. 'En wie bent u, verdomme?'

'Ik ben Kachooski!'

'*Gesundheit!*' zegt meneer Kessler. 'En laat me er nu door.'

'Nee, dat was geen nies,' zegt Kachooski, die zich met grote waardigheid verheft. 'En deze begaafde jonge tubaspeler heeft ons begrip nodig. Geloof me maar, ik ben musicoloog. Ik ben niemand anders dan Gustav Slavodan Kachooski!'

'*Gesundheit!*' zegt meneer Kessler nog eens. 'Dat is een lastige verkoudheid.' Hij schuift de musicoloog opzij en sleurt me mee de gang op.

Ik kijk nog één keer over mijn schouder naar het muzieklokaal voordat de deur dichtvalt. Meneer Steenwilly staat er hulpeloos en verslagen bij, met gebogen hoofd. Ik zie dat hij zijn hand openvouwt en zijn afgebroken dirigeerstokje op de vloer van het oefenlokaal laat vallen.

21. Het opperbevel

Terwijl meneer Kessler me meeneemt door de lange gang, half slepend, half dragend, houdt hij een korte preek, als een docent die talloze jaargangen leerlingen heeft zien komen en gaan op onze antischool. 'Ik walg van jullie hele generatie,' begint hij. 'Ik wou dat ik je in de lucht kon tillen en je bij je magere schouders door elkaar kon schudden als een kussen, tot de vulling eruit zou puilen door de naden. Maar dat mag ik niet doen, omdat ze me in deze donkere tijden van kindermishandeling zouden beschuldigen. Maar ik had het graag gedaan. Iemand moet jou eens goed de waarheid zeggen, jongeman, en als onderdirecteur zal ik dat niet nalaten.

In de jaren vijftig, toen ik zelf op school zat, hadden we nog respect. Toen geloofden we in God en wisten we dat hij ons in het oog hield. We hadden nog een echte vijand, communistisch Rusland, dat zijn raketten recht op de welkomstmatten voor onze keurig onderhouden huizen had gericht. En zelfs als we dansten op de muziek van Elvis en soms te laat thuiskwamen na een feestje, wisten we dat onze ouders het beste met ons voor hadden, en dus luisterden we naar hen.'

We naderen het kantoor van de directeur op de begane grond. De bel is al gegaan. Leraren en leerlingen stromen de gang door, maar ze maken ruim baan voor meneer Kessler en staren mij met grote ogen aan terwijl ik aan mijn kraag word meegesleept, zoals je naar een dier kijkt dat naar de slachtbank wordt geleid.

'Daarna kwamen de sixties met al hun energie en waanzin,' gaat meneer Kessler verder. 'Ik had niet veel op met die hippies en yippies, maar ik had wel respect voor hen. Ze gelóófden tenminste ergens in. Ik had al veel minder respect voor die disco-types uit de jaren zeventig met hun wijd uitlopende broekspijpen en hun vesten, om nog maar te zwijgen over die oppervlakkige, materialistische yuppies van de jaren tachtig. Maar ik kon er nog mee leven.

Voor jullie generatie heb ik alleen maar minachting. Misschien komt dat omdat ik een oude man ben, die bijna met pensioen gaat, maar ik heb in mijn leven een duidelijk neerwaartse spiraal gezien, de afbrokkeling van alle normen en waarden die ik hooghoud. Jij en jouw soort vormen het laagste punt van die spiraal. Dieper zou ik de jeugd van Amerika niet graag zien zinken. Jullie staan nergens voor. Jullie hebben voor niemand respect. De muziek waar jullie op dansen heeft geen enkele schoonheid meer en de teksten zijn dom en humorloos. Jullie idolen zijn zielig. Jullie houden niet van jullie ouders, van jullie land of van God. Jullie zijn de beroerdste kinderen die onze grote natie ooit heeft voortgebracht en ik veracht jullie allemaal. Jou vooral.'

Natuurlijk houdt meneer Kessler die preek niet hardop. Maar ik weet zeker dat hij dat denkt terwijl zijn hakken over de glimmende vloer van onze antischool klikken. Het enige dat hij tegen me zegt als we bijna bij de kamer van de directeur zijn, is: 'Ik hoop dat je trots bent op jezelf.'

Hij rukt de deur open van de administratie van onze antischool en duwt me naar binnen. De secretaresse van de
school, mevrouw Friendly, zit haar nagels te vijlen met een
soort priem. Ze legt de lange vijl neer als ze me ziet. 'Dus
dat is hem?' vraagt ze.

'Dat is hem,' bevestigt meneer Kessler. 'En geen woord
van spijt, geen enkele verontschuldiging. Hij is er nog trots
op ook.'

'Ik vind het walgelijk,' zegt ze. 'Gewoon walgelijk. Mijn
maag draait ervan om. De directeur wacht al op hem.' Ze
kijkt me nog één keer aan. 'Ik ben blij dat ik niet in zijn
schoenen sta.' En ze gaat weer verder met het vijlen van haar
nagels.

Meneer Kessler sleept me mee naar de met houtsnijwerk
versierde deur van de kamer van de directeur. Hij klopt twee
keer.

'Ja?' klinkt een stem van binnen.

Meneer Kessler opent de deur. 'Doctor Whitefield. Ik
heb de jongen hier.'

'Stuur hem maar naar binnen en doe de deur dicht.'

Meneer Kessler duwt me het kantoor van de directeur in
en sluit de deur achter me. Ik sta in een grote kamer, ba-
dend in de late middagzon, met boekenkasten langs de muren waarin zware werken over de filosofie en methodologie
van het onderwijs heen en weer marcheren als een grote familie van gewichtige, logge pinguïns. Het kantoor wordt ge-
domineerd door een eikenhouten bureau dat zo groot en
glimmend is dat je er volgens mij een ijshockeywedstrijd op
zou kunnen spelen.

Achter het bureau zit een man die ik tot nu toe alleen
maar van een afstand heb gezien, als hij zich verwaardigt om
door de gangen te lopen of de hele school toe te spreken.

Maar vandaag spreek ik hem onder vier ogen. Doctor White-field lijkt op het eerste gezicht een onopvallende man, af-gezien van zijn borstelige wenkbrauwen die boven zijn ogen groeien alsof ze door een tuinman worden onderhouden en drie keer per dag water krijgen, vier seizoenen per jaar, tot ze zo'n ongehoorde lengte en dikte hebben gekregen dat hij ermee naar een tentoonstelling kan.

Die grote, borstelige wenkbrauwen geven zijn gezicht een vreemde uitdrukking, tegelijk optimistisch en peinzend, alsof hij ook nadenkt over de richting van de Amerikaanse jeugd maar – anders dan meneer Kessler, zijn nijdige assis-tent – wanhopig een creatieve manier probeert te vinden om ons te redden van de ondergang.

'Ga zitten,' zegt hij. Ik ga zitten op een houten stoel te-genover hem. 'We hebben elkaar nog nooit gesproken, ge-loof ik. Hoe heet je?'

Mijn stembanden zitten in de knoop. 'John,' zeg ik schor en met moeite.

'Zo, John,' zegt hij. 'Dus jij was het.' En hij slaakt een diepe, gekwelde zucht. 'Ik wil je wel zeggen dat dit een on-derdeel van mijn werk is dat me het minste bevalt. Weet je, jonge vriend John, het zal je misschien verbazen, maar ik ben het onderwijs in gegaan omdat ik van kinderen houd. Als je hen goed behandelt, zullen zij jou goed behandelen, zeg ik altijd. Dat is mijn onderwijsfilosofie in een notendop, wat die dikke boeken er ook over zeggen. En dan gebeurt er zoiets als dit. O, ik weet wel wat ik zou moeten doen. Hoe ik dit moet oplossen. Maar toch vind ik dat pijnlijk en ik hoop dat je dat begrijpt. Ik heb hier grote moeite mee.'

Ik kan weinig medelijden met doctor Whitefield op-brengen omdat ik zelf net een complete crisis heb meege-maakt. Mijn wangen zijn nog nat van de tranen en ik ge-loof dat ik nog zit te beven. Ik kan niets zeggen, omdat mijn stembanden in de knoop zitten. Daarom knik ik maar.

'O, ik krijg een knikje van je?' valt doctor Whitefield uit, met heel even iets van paniek in zijn stem. 'Je bent wel brutaal, jongen! Dacht je dat je me kon intimideren met een knikje van je hoofd? Zie je die knop hier op mijn bureau? Daar hoef ik maar op te drukken en meneer Kessler en mevrouw Friendly staan binnen een paar seconden in deze kamer om je in bedwang te houden. En als hun dat niet lukt, halen ze meneer Waterman erbij, de worstelcoach. Als ik jou was, jongeman, zou ik dus wat minder arrogant en brutaal zijn en rustig naar me luisteren. Misschien leer je dan nog wat.'

Ik zit doodstil en wacht tot doctor Whitefield verder gaat. Hij is tenslotte de enige op onze hele antischool met een doctorstitel en dus moet hij wel belangrijke dingen te melden hebben. We zwijgen een hele tijd. Terwijl hij me onderzoekend opneemt, fronst zijn voorhoofd zich naar het midden toe, zodat zijn wenkbrauwen dreigen in elkaar verstrengeld te raken. Dan zou die tuinman weer moeten komen, maar nu met een grote heggenschaar om ze los te knippen.

Langzaam verdwijnt zijn frons en ten slotte opent hij zijn geleerde mond. 'Ik heb hier grote moeite mee,' zegt hij nog eens. 'Ik hoop dat je dat begrijpt. Ik voel me persoonlijk gekwetst en aangevallen.'

Hij wacht op een reactie. Ik durf mijn hoofd niet meer te bewegen, dus blijf ik stil zitten en kijk hem aan.

'O, nu wil je me negeren?' vraagt hij nijdig, terwijl hij met zijn vlakke hand op zijn bureau slaat. 'Goed dan. Ik heb wel vaker arrogante leerlingen meegemaakt die geen mond opendeden. Dit is een slechte zaak, vriend John. Daar moet een eind aan komen. Maar ik zal je iets vertellen. Ik ben opgegroeid met Kitty Bradford – dat was de meisjesnaam van jouw wiskundelerares, mevrouw Gabriel. We noemden haar allemaal Kitty in die tijd, ik weet niet precies waarom.'

Heel even zie ik een lichte blos op de wangen van doctor Whitefield. Als hij weer verdergaat, lijkt zijn stem wat milder. 'Ze was een mooie, lieve meid,' zegt hij, denkend aan toen. 'We hebben steeds bij elkaar op school gezeten, vanaf de kleuterschool tot en met de middelbare school. Ik zat natuurlijk een paar klassen hoger, maar ik wist wel wie ze was. De meeste jongens in deze stad kenden Kitty Bradford wel.'

Hij zwijgt en likt zijn lippen. Doctor Whitefield, viel u op mevrouw Kaaskop? Was zij uw Glorie Halleluja? Ik wil u verzekeren dat ik haar niet wilde kwetsen. U en ik staan aan dezelfde kant, doctor Whitefield. Hoewel ik totaal ben ingestort en nauwelijks meer logisch kan denken, moet u me geloven als ik zeg dat ik mijn rechterarm zou willen geven om ongedaan te maken wat ik heb gezegd. Ook al hebt u een doctorstitel, toch begrijpt u misschien niet dat je geheimste gedachten soms per ongeluk worden uitgesproken zonder dat ze eerst zijn bijgeschaafd. Kwetsende woorden zoeken zich soms een uitweg door een onschuldige mond, zoals vloedgolven dwars door dijken kunnen slaan, zonder zich iets aan te trekken van goedbedoelde pogingen om ze tegen te houden.

'Ik heb nog nooit zo'n slimme, lieve en knappe meid ontmoet als Kitty Bradford,' zegt doctor Whitefield tegen me. Hij trommelt even met zijn vingers op zijn bureau, alsof hij terugtelt door de jaren. 'Mooi en intelligent. Ze had een groot talent voor wiskunde, ze kreeg een gedeeltelijke beurs voor een beroemde universiteit en waarschijnlijk had ze een belangrijke wetenschapper kunnen worden op haar terrein. Toen ze studeerde schreven we elkaar nog weleens brieven en hielden we contact.' Hij houdt op met trommelen en opeens is het doodstil in zijn kantoor.

'Het verbaasde me nogal dat ze na haar afstuderen niet verderging maar terugkwam naar dit stadje om wiskunde te geven en te trouwen met een van haar schoolvriendjes, een bekende sportman in zijn tijd, maar intellectueel misschien niet tegen haar opgewassen. In die tijd, en vooral ook later, toen ik zelf naar deze school terugkwam in de directie, vond ik dat een ongelukkige keus.' Hij zwijgt en ik zie dat hij slikt en zijn keel schraapt. 'Maar ik neem aan dat ze van hem hield.'

Weer begint hij te trommelen, waarschijnlijk om het verlies van al die jaren te onderstrepen, die zoveel gelukkiger hadden kunnen zijn. 'De tijd verstrijkt,' peinst doctor Whitefield droevig. 'De dag volgt op de nacht. Mannen en vrouwen zien hun hoop in rook opgaan. Het is niet mijn plaats om jou – *jou*, nota bene – te vertellen over alle problemen die mevrouw Gabriel heeft gehad. Maar ik kan je zeggen dat haar huwelijk een paar jaar geleden op de klippen is gelopen en dat het einde heel pijnlijk voor haar was. En het is zeker geen geheim dat ze een vrij ernstige ziekte heeft die ook een huidaandoening veroorzaakt. Ze vecht er dapper tegen, maar het heeft haar gezondheid en haar uiterlijk ernstig aangetast.'

Doctor Whitefield fronst opeens tegen me en priemt met een vinger in mijn richting alsof hij zijn zware wenkbrauwen bevel geeft om me te grijpen. Ze maken zich gehoorzaam los van zijn oogkassen, glijden over het glimmende bureau, slingeren zich om me heen als twee anaconda's uit het Amazonegebied en klemmen me zo stevig vast dat ik nauwelijks meer kan ademen.

'*Mevrouw Kaaskop*, zei je toch?' vraagt doctor Whitefield. 'Wie kan er zo wreed zijn als de jeugd? Nou, jouw uitbarsting van vandaag bij wiskunde schijnt de laatste druppel te zijn geweest. Ik moest naar de damestoiletten bij de lerarenkamer komen omdat mevrouw Gabriel – Kaaskop, zoals jij haar noemt – een zenuwinzinking had. Ik ben bang dat ze een tijdje niet meer les kan geven. Ik heb haar met ziekteverlof gestuurd, zodat ze kan herstellen.'

Hij staat op en begint langs de ramen te ijsberen. 'En ik stuur jou ook weg. Je bent geschorst. Ik zou de onderwijsinspectie graag adviseren om je definitief van school te sturen, maar omdat er geen sprake is van fysiek geweld zullen ze zo'n advies niet opvolgen. Daarom moet ik me beperken tot een schorsing van een week, gevolgd door nablijven en nog een paar andere straffen die ik zal bepalen als ik tijd heb gehad om erover na te denken.'

Hij stopt met ijsberen en draait zich naar me toe. Ik geloof dat deze korte ontmoeting bijna afgelopen is. 'Ik moet zeggen,' besluit hij, 'dat ik het vooral zo vreemd vind omdat je volgens mij uit een goed gezin komt. Ik heb net met je vader gebeld, die een uitstekende indruk op me maakte. Hij is al onderweg om je op te halen. Hij was niet blij met wat ik hem te vertellen had. Hij verzekerde me dat hij je stevig zal aanpakken. En dat is ongeveer alles wat ik tegen je te zeggen heb, John. Doe me een plezier en verdwijn uit mijn ogen.'

22. Zweven

Het is een vreemd gevoel om een week van school geschorst te zijn. Net als een boom die met zijn wortels uit de aarde is getrokken. Ik heb het gevoel dat mijn voeten niet meer stevig op de grond staan. Elke ochtend sta ik op, als vaste routine, om naar school te gaan, voordat ik me herinner dat de school me niet wil hebben. De uren gaan langzaam voorbij, zonder de schoolbel om ze vooruit te schoppen. Ik ga lange einden lopen door mijn stad die geen stad is, en door een stadje in de buurt. Maar er zijn geen andere kinderen van mijn leeftijd op straat. Die zitten allemaal op school, aan hun tafeltjes, stevig verankerd in hun leven. Ik ben de enige die maar wat rondhangt, ondersteboven, als een vleermuis die is achtergelaten in een afgelegen hoek van een donkere grot, blind en zonder enig contact.

Elk ochtend word ik vroeg wakker en maak het ontbijt klaar voor de man die niet mijn vader is. En elke avond schuif ik een kant-en-klaarmaaltijd in de magnetron en doe daarna de afwas. Als hij niet lust wat ik klaarmaak, als ik hem niet goed bedien of niet goed de afwas doe, laat hij me dat weten met een harde WHOP.

Je kent me niet, dus je kunt onmogelijk weten hoe ik die man haat en veracht. Ik haat de manier waarop hij binnenkomt en weggaat, hoe hij door het huis stampt dat geen huis is. Ik haat zijn gemene, sluwe of boze woorden, en zelfs zijn stiltes.

De man die niet mijn vader is heeft zijn belofte aan doctor Whitefield waargemaakt. Hij heeft me inderdaad aangepakt met een stevige hand. Maar is dat nou zijn linkerhand, die me vasthoudt, of zijn rechter, waarmee hij me slaat? WHOP. Op dinsdag heeft hij een hele nieuwe afstraffing bedacht, waar ook een stevige hand voor nodig is. Toen hij me thuisbracht na mijn crisis, nam hij me mee naar de kelder en sloeg me met zijn riem. Dat is een brede leren riem, die ongelooflijk veel pijn doet en lange rode striemen maakt op mijn heupen, mijn armen en mijn benen, maar niet tot bloedens toe. Ik geloof dus niet dat hij blijvende littekens achterlaat.

Als je nog nooit zweepslagen hebt gehad, laat me je dan vertellen dat het veel pijnlijker en vernederender is dan een gewone klap met een hand of een trap met een schoen. Het is iets dat je alleen met valse dieren zou moeten doen, en dan alleen nog als laatste redmiddel. Je hoort je beul zwaar hijgen, omdat het inspannend werk is. Je voelt zijn arm naar achteren gaan, en omhoog. Daarna hoor je de riem door de lucht suizen, tot de luide WHAP waarmee hij je rug of je heupen raakt. Je denkt er niet aan om je te verzetten of te vluchten, want dat zou de volgende afranseling nog erger maken. Het enige dat je kunt doen is proberen jezelf te beschermen en wachten tot het voorbij is. Ik bukte om de slagen te ontvangen, bijna gekniel, met mijn handen voor mijn gezicht.

'Als je met opzet dat soort streken uithaalt, om mij zwart

te maken bij je moeder, zul je nog wat beleven.' WHAP. 'Ik
zal ervoor zorgen dat je nooit, nooit, nooit meer van school
wordt gestuurd, smerige drol.' WHAP. 'Volgende week ga
je terug en gedraag je je als een voorbeeldige leerling. En
geen woord tegen je moeder, anders zul je het de rest van je
leven bezuren.' WHAP. 'Is dat goed begrepen?'
'Ja.'
WHAP. WHAP.
Sinds dat moment gaat er geen uur voorbij, of ik nu op
bed lig te lezen, televisie kijk of door de straten van onze
stad loop, dat ik niet aan die riem moet denken waarmee hij
me heeft afgeranseld in onze kelder. Ik dacht dat ik geen tranen meer over had na die crisis op school, maar mijn ogen
persten er toch weer nieuwe uit toen ik mijn armen ophief
om mijn gezicht te beschermen. Ik dacht dat mijn verstik-
te stembanden geen geluid meer konden geven, maar toch
lag ik daar angstig en luid te jammeren. Maar het meest van
alles herinner ik me de stem van de man die niet mijn vader is, hoe ik hem haatte en hoe machteloos ik was om iets
tegen hem te doen.
Ik schaam me dat ik sinds die afranseling minstens twee
keer per dag het gevoel heb dat de kikker die zich als mijn
tuba voordeed misschien gelijk had. Misschien is een einde
aan de pijn toch beter dan de pijn te verdragen.
Aan de rand van mijn stad staat een watertoren van vijf
verdiepingen hoog. Op woensdagmiddag ben ik helemaal
naar boven geklommen en daar blijven staan, in mijn eentje. De wind waaide en de zon scheen. Ik strekte mijn armen uit als een zeil, en dacht: 'Waarom niet? Waarom niet
nu?' Het was geen onprettige gedachte om hoog boven de
stad te zweven. Misschien zou ik wel terechtkomen op mijn
huis dat geen huis is, en door het dak zakken naar de slaapkamer van mijn moeder en de man die niet mijn vader is.

Hopelijk zou het hele huis instorten. Of misschien zou ik naar binnen zeilen door een raam van mijn antischool, om als een komeet het kantoor van doctor Whitefield te treffen en een krater te slaan, midden in zijn eikenhouten bureau.

In ons gootsteenkastje in de keuken staan wat schoonmaakmiddelen die volgens de etiketten zwaar giftig zijn. Ik schaam me dat ik erover heb gedacht om een dodelijk mengseltje te maken en dat met één lange, laatste slok naar binnen te werken. Dan zou mijn moeder wel op de eerste bus uit Maysville stappen, terug naar huis. Dan zouden meneer Kessler en doctor Whitefield wel begrijpen dat het me speet wat er met mevrouw Kaaskop is gebeurd. Dat zou ze leren!

Maar ik sprong niet en ik dronk geen gif. Dat is geen eervolle uitweg, dat is een onvoorwaardelijke overgave. Want één ding weet ik wel: Een leger moet zich blijven verzetten, ook als er weinig hoop meer is. Zelfs als het in de sneeuw is vastgelopen. Ook als het gevaarlijk, moeilijk en vreselijk eenzaam is. Je moet blijven vechten, dat is de enige eervolle manier.

Er heeft nog niemand gebeld van school en er is niemand langsgekomen – geen vrienden, of vrienden die geen vrienden zijn, of zelfs vijanden. Niemand heeft aangebeld, zoals ik zeg. Maar ik geloof dat ik meneer Steenwilly in zijn oude blauwe Chevrolet twee keer langzaam door de straat heb zien rijden, langs mijn huis dat geen huis is. Ik weet niet waarom hij steeds voorbij rijdt. Misschien ligt mijn huis op zijn route en kwam hij vroeger ook voorbij, maar toen heb ik hem nooit gezien. Of misschien houdt hij mijn huis persoonlijk in de gaten, om wat voor reden ook.

Mijn moeder belde op woensdagavond en opnieuw op donderdag. Ze weet niets over mijn crisis op school of over mijn schorsing. Ze zit nog steeds in Maysville, achthonderd kilometer bij me vandaan. 'Tante Rose gaat achteruit,' was het slechte nieuws op woensdagavond. En op donderdag: 'De artsen denken dat ze de nacht misschien niet haalt.'

Om vier uur op deze koude, sombere vrijdagmiddag belt ze voor de derde keer, met droevig nieuws. De arme oude tante Rose is gestorven. 'Ze heeft niet veel geleden, aan het eind,' zegt mijn moeder. 'Ik ben blij dat ik bij haar kon zijn om haar hand vast te houden. Ik was de enige die ze had. Die arme Rose. Zo'n lieve vrouw, maar zo'n eenzaam leven. Ik moet hier nog een paar dingen regelen. Morgen is de begrafenis, er zijn nog wat juridische kwesties, en dan kom ik naar huis.'

De man die niet mijn vader is neemt de hoorn van me over en wisselt nog een paar woorden met mijn moeder, op meelevende toon. Kon ze zijn gezicht maar zien als hij ophangt. 'Bingo!' mompelt hij, half tegen mij en half tegen zichzelf. 'Wie had gedacht dat het ouwe mens nog vijfduizend dollar had weggestopt! Ik denk dat ik daar veel leukere dingen mee kan doen dan die ouwe Rose zou hebben gedaan. Ik hoop alleen maar dat je moeder een goedkope begrafenis heeft geregeld.' En met die vriendelijke, respectvolle woorden vertrekt hij in zijn truck.

De man die niet mijn vader is gaat elke dag op pad sinds mijn moeder in Maysville is. Volgens mij maakt hij gebruik van haar afwezigheid om aan steeds meer duistere zaakjes mee te doen. Het ijzer smeden als het heet is, zo noemen ze dat. Ik vind het best. Hoe vaker hij weggaat, des te liever het mij is.

Ik overweeg serieus om naar de politie te gaan met mijn verdenkingen. Maar het is ook mogelijk dat de man die niet mijn vader is al zijn illegale praktijken tijdelijk zal interrumperen (wat dat ook mag betekenen), nu zijn toekomstige vrouw opeens wat geld heeft geërfd. Als de politie hem

zou schaduwen en ze zouden niets verdachts ontdekken –
en die kans is groot, want hij is niet dom – zou ík opeens de
schurk zijn. Dan zou mijn eigen moeder me nog verwijten
dat ik naar de politie ben gegaan met verhalen over de man
van wie ze blijkbaar houdt en met wie ze wil trouwen.

Dat is de afschuwelijke positie waarin hij me heeft gebracht. Ik weet precies wie en wat hij is, maar ik heb geen
spoor van bewijs tegen hem en ik zou niemand van mijn gelijk kunnen overtuigen. Misschien rijdt hij nu gewoon met
zijn truck door het bos, of is hij ergens gaan vissen. Het enige dat ik zeker weet is dat de man die niet mijn vader is vanavond tussen acht en tien uur weer thuis zal komen en zal
eisen dat ik zijn eten klaarmaak alsof hij een landheer is en
ik zijn ondergeschikte.

Het wordt halfvijf. Ik lig op bed en probeer niet na te denken. Schaduwen glijden over de muur. Bomen worden wolken. Die arme oude tante Rose. Maar misschien is ze zo beter af. Misschien is een einde aan de pijn toch beter dan de
pijn verdragen.

Het wordt vijf uur. En dan, tegen kwart over vijf, wordt
er opeens gebeld. Er staat iemand voor de deur. Ik heb geen
zin om open te doen. Het kan geen goed nieuws zijn. 'Ga
weg. Ik ben geschorst.' *Rrrring*. Een volhouder, hoor. Maar
ik ben nog veel koppiger. 'Ga weg. Het is verspilde energie
om je vinger op die bel te houden.' *Rrrring*. Iemand houdt
de bel zeker tien seconden ingedrukt. En dan hoor ik een
meisjesstem die me roept: 'John, ben je thuis?'

Het is een stem die ik ken, maar ik ben wel verbaasd die
stem hier te horen. Dus kom ik van mijn bed en loop de
trap af naar de deur.

Daar staat Violet Hayes. 'Hallo,' zegt ze.

'Hoi,' zeg ik terug.

'Ik heb chocoladekoekjes voor je meegenomen,' zegt ze

en steekt me het pakje toe. Ik zie dat het open is en dat er twee of drie koekjes op mysterieuze wijze zijn verdwenen. Maar het is toch een leuk gebaar.

'Dank je, maar ik heb geen trek,' zeg ik.

'Later misschien wel,' merkt ze op. 'En ik heb ze voor jou gekocht, dus neem ze nou maar.'

Ik pak de koekjes aan. 'Bedankt.' Violet Hevig, wat doe je hier? Je bent nog nooit eerder bij me thuis geweest. Ik wist niet eens dat je wist waar ik woonde. En als ik me niet vergis heb je je zelfs een beetje opgetut. Zijn dat geen oorbellen? En draag je niet wat make-up? Wat gebeurt hier allemaal? Weet je dan niet dat ik geschorst ben?

'Vraag je me niet binnen?'

Violet Hevig, de man die niet mijn vader is kan elk moment weer terugkomen. Daarom nodig ik niet veel mensen uit in mijn huis dat geen huis is. Het is al meer dan een jaar geleden sinds er een vriend hier is geweest. De laatste die hier kwam was Billy Slurf, geloof ik, lang voordat we elkaar de oorlog verklaarden. 'Eh... laten we maar een eindje gaan lopen,' zeg ik.

'Geweldig,' zegt ze. 'Ik wandel graag.'

Violet Hevig en ik lopen een hele tijd zwijgend naast elkaar. Ze is een forse meid en ze neemt grote stappen. Het is een koude, troosteloze vrijdag, de zon gaat al onder en de winter komt eraan. We lopen naast elkaar mijn straat door die geen straat is, en ik vind het eigenlijk wel prettig dat ze niets zegt. We slaan rechtsaf en beginnen te klimmen door Overlook Lane. Er staan hier meer bomen en minder huizen. Mijn stad die geen stad is ligt beneden ons als een lappendeken van huizen die geen huizen zijn en straten die je geen straten kunt noemen.

'Ik was ongerust over je,' zegt Violet Hevig ten slotte.

'Met mij gaat alles goed.'

'Weet je het zeker?'

'Natuurlijk weet ik het zeker.' Dat klinkt een beetje kwaad, dus brengt ze het gesprek wijselijk op een ander onderwerp.

'We missen je echt in het orkest. Meneer Steenwilly vindt het zo jammer dat je er niet bent om je tubasolo te oefenen.'

'Ik speel geen tuba meer,' zeg ik tegen haar. 'Ik ben ermee gestopt.'

'Dat meen je niet! Je speelt juist zo mooi tuba. Echt met gevoel. Jij bent de beste.'

'Mijn tuba is dood,' zeg ik tegen haar.

Violet Hevig kijkt me aan alsof ze net heeft ontdekt dat ik van Pluto kom. Wist je dat niet, Violet Hevig? Meisjes hebben daar toch een zesde zintuig voor? Heb je mijn groene huid dan niet gezien en die voelsprieten op mijn kop? 'John, gaat het echt wel goed met je?' vraagt ze.

'Dat is de tweede keer dat je me die stomme vraag stelt,' snauw ik nijdig.

'Het spijt me,' zegt ze. 'Ik begrijp alleen niet hoe een tuba dood kan gaan.'

'Ik moet naar huis,' zeg ik tegen haar.

'Nu meteen?'

'Ja, nu. Sorry.'

We lopen de heuvel af. Even later zijn we weer in mijn straat, vlak bij mijn huis dat geen huis is. Violet Hevig blijft staan. Ik doe nog twee of drie stappen, maar ik kan haar niet zo laten staan, omdat ze me een pak chocoladekoekjes heeft gebracht. Dus draai ik me om en kijk haar aan. 'Sorry,' zeg ik nog eens, 'maar ik moet nu naar binnen. Bedankt dat je langsgekomen bent.'

'John?' Waarom kijk je zo naar me, Violet Hevig? Je bruine ogen lijken zelf wel chocoladekoekjes, zo groot zijn ze. 'Weet je welke dag het morgen is?'

'Zaterdag?' raad ik.

'En wat is er op zaterdag?' vraagt ze.

Ik haal mijn schouders op. Geen idee.

Violet Hevig, waarom kijk je opeens zo zenuwachtig? Ik heb je nog nooit zenuwachtig gezien. Dat staat je niet. Een meisje dat zo vaak met een vleesetende varaan worstelt en als overwinnaar uit de strijd komt zou niet zenuwachtig moeten zijn. Maar toch sta je te trillen. 'De vakantiedisco,' zegt ze.

O ja, de vakantiedisco. Ik herinner me dat ik ooit nog een wilde fantasie had om met Glorie Halleluja naar dat grote evenement te gaan. Nou, dat zal er dit jaar niet van komen. Glorie Halleluja heeft een eed gezworen dat ze nooit meer een woord tegen me zal spreken, dus als ik haar zou vragen om mee te gaan naar de vakantiedisco zou ze geen nee kunnen zeggen, maar die kans zal ze niet krijgen omdat ik haar niet zal vragen. 'O ja,' mompel ik. 'Die stomme disco. Dat is waar.'

'Ga jij erheen?'

'Nee,' zeg ik. 'Ik heb de pest aan disco's. En ik begrijp niet waarom ze het de vakantiedisco noemen, want het is nog lang geen vakantie. Nou ja, de meeste dingen zijn anders dan ze lijken. Zie je mijn huis daar? Dat is helemaal geen huis. Maar ik moet toch naar binnen.'

Violet Hevig kijkt me aan alsof ze plotseling heeft ontdekt dat ik niet van Pluto kom, maar uit een heel ander melkwegstelsel. Ze staat echt te bibberen. Violet Hevig, het is wel een koude middag en de winter komt eraan, maar waarom sta je in vredesnaam zo te rillen dat je zelfs je grote bruine ogen niet stil kunt houden?

'Je zou met mij kunnen gaan,' zegt ze.

'Nee,' zeg ik. 'Ik... ik kan niet dansen.'

'Dat geeft niet,' zegt ze. 'Ik ook niet.'

Ik kijk weer in die bruine ogen, zo groot en zacht als chocoladekoekjes. 'Het is toch officieel?' vraag ik. 'Dan heb ik er geen kleren voor.' Ik zeg er niet bij dat ik wel kleren had, maar dat ik die in een kelder heb laten liggen en dat ze nu verbrand zijn door een bulldozer.

'Je hebt ongeveer dezelfde maat als mijn broer. Je kunt wel wat kleren van hem lenen.'

'Ik heb geen cent. En die kaartjes kosten geld.'

'Ik vraag je mee uit,' zegt Violet Hevig. 'Dus ik betaal.'

'Ik mag er niet naartoe. Ik ben geschorst.'

'Maar het is niet op school. Het is dit jaar in het cultureel centrum.'

O, Violet Hevig, die ogen van je boren dwars door me heen. Schakel ze uit. Laat de luiken neer. Weet je niet dat de man die niet mijn vader is strikte orders heeft gegeven dat ik 's avonds thuis moet zijn om zijn eten klaar te maken en de afwas te doen? Weet je niet dat er nu een wet bestaat die mij verbiedt om plezier te maken? Heb je enig idee van de gevolgen als ik ongehoorzaam zou zijn? 'Het spijt me,' zeg ik. 'Ik kan er niet naartoe. Echt niet.'

Ze kijkt me aan. Ik zie tranen in de hoekjes van haar grote bruine ogen. 'Maar, John, je móét.'

'Waarom?'

'Omdat ik niemand anders heb om mee te gaan,' geeft Violet Hevig toe, en ik zie hoeveel moeite het haar kost om dat te zeggen. 'En ik wil zo graag. Ik ben nog nooit naar een disco geweest. Nooit.' Ze knippert met haar ogen en haalt een paar keer snel adem. 'En, John, ik wil echt heel graag met jou.'

23. Blinde steeg

De zaterdag van de vakantiedisco begint grijs en koud, en tegen de middag sneeuwt het al. De vlokken komen aandrijven uit het noorden, eerst nog dun en droog als stofjes, daarna steeds groter en vochtiger.

'Roos uit de lucht,' bromt de man die niet mijn vader is. Hij houdt niet van sneeuw, dat is duidelijk. 'Gladde wegen. Daar zit ik niet op te wachten.' Om vier uur vertrekt hij met zijn truck, en daar ben ik blij om. Ik was al bang dat ik stiekem zou moeten wegsluipen, maar dat heeft hij me bespaard.

Als ik weer alleen ben, vraag ik me af wat ik moet aantrekken voor het feest van vanavond. Violet Hayes heeft me wel vriendelijk aangeboden dat ik wat kleren van haar broer kan lenen, maar ik vind het toch raar om met haar uit te gaan en dan om kleren te vragen. Ik plunder mijn kast die geen kast is, op zoek naar verborgen kleren die in de loop van de jaren in kieren en spleten zijn verdwenen en die ik totaal vergeten ben.

Als het een echte kast was, zou ik vast nog wel wat kleren

kunnen vinden die geschikt zijn voor een vakantiedisco. Mensen zeggen altijd: 'Moet je zien wat ik onder in mijn kast gevonden heb! Een zijden smokingjasje! Ik wist niet eens meer dat ik het had. En het ziet er nog zo goed uit!'

Maar mijn kast is eigenlijk een keuken of een badkamer die zich als kast voordoet, en onderin is niets anders te vinden dat een oude sok met een gat, een schoen die Sprocket, mijn hond, voor een bot heeft aangezien en kapotgeknaagd, en een tennisracket met gebroken snaren. Maar niets waarin ik me vanavond met goed fatsoen zou kunnen vertonen.

De schoenen die ik bij de bank van Glorie Halleluja heb laten liggen waren mijn enige goede paar. Ik probeer een paar dat ik al heb vanaf mijn twaalfde. Ze zijn minstens een maat te klein en de hakken zijn afgesleten tot rare stompjes, zodat ik het vreemde gevoel heb dat ik op de ene schoen omhoog loop en op de andere omlaag. Zelfs Fred Astaire in topvorm had niet kunnen dansen op zulke schoenen.

Mijn grijze corduroybroek is gescheurd bij mijn ontsnapping door het kattenluikje en de kruippartij door de lage tunnel. En hij is er niet beter op geworden na een nacht lang dozen sjouwen. Ik overweeg om hem te naaien of op te lappen, maar ten slotte trek ik hem zo maar aan. Wat geeft het of mijn rechter knieschijf te zien is? Het is best een aantrekkelijke knieschijf. Ik heb geen goed shirt, geen goede sweater en geen jasje, dus graai ik maar wat bij elkaar en bekijk mezelf in de spiegel. Ik lijk nog het meest op een vogelverschrikker die zo lang in een maïsveld heeft gestaan dat zelfs de kraaien medelijden hebben gekregen met zijn garderobe.

Het maakt niet uit. Violet Hevig wilde me, en ze zal me krijgen. Ondanks mijn schorsing en ondanks de dreigementen van de man die niet mijn vader is, ga ik toch naar de disco. Op een vreemde manier heb ik weer moed gevat.

Dat gevoel heb ik al de hele dag, en op mijn eigen manier ben ik nu heel dapper. Natuurlijk weet ik diep in mijn hart ook wel dat het geen moed is, maar onnozelheid. Stompzinnigheid. Maar wat geeft het? Als het steeds slechter gaat met je leven, dat geen leven is, bereik je uiteindelijk een punt waarop je weinig meer te verliezen hebt. Ik besluit Stompzinnigheid als mijn after-shave te kiezen en met die gedachte ga ik op weg.

Wie is die vogelverschrikker in Main Street, met zijn armoedige kleren en zijn gescheurde broek? Wie is die jonge vagebond die door Grandview Lane schuifelt en steeds op zijn horloge kijkt als hij onder een lantaarn door loopt? Ik herken hem niet. Is hij soms een circusclown? Of een bedelaar, die in de goot naar stuivers en dubbeltjes zoekt die mensen zijn verloren? Eén ding is zeker: ík kan het niet zijn. Ik zou nooit in zulke zielige oude kleren een meisje gaan ophalen voor de vakantiedisco.

En daar staat het huis van Violet Hayes, op een vlak gedeelte van Grandview Lane, zo dicht tussen twee andere huizen in dat het lijkt of de drie huizen steun bij elkaar zoeken tegen de koude wind. Ik weet eerlijk niet waarom deze straat Grandview Lane is genoemd. Je hebt hier helemaal geen 'prachtig uitzicht' en het is ook geen 'laan' maar een soort steeg. Een blinde steeg.

De clown struikelt over de bijna niet-bestaande hakken van zijn schoenen die geen schoenen zijn en valt in de goot, waar hij thuishoort. O, dus ik ben het toch zelf! Ik krabbel overeind en sla de sneeuw en de modder van mijn handen en knieën. Die duik in de smerige goot heeft me er niet schoner op gemaakt. Haastig loop ik de rest van de Blinde Steeg door en sla het paadje in naar het huis van Violet Hevig.

Ik wil met mijn vuist tegen haar deur kloppen, maar

voordat mijn knokkels het hout raken doet ze al open. Ik kan mijn arm niet meer tegenhouden en ik vrees dat ik mijn afspraakje voor vanavond een flinke tik in haar gezicht verkoop. Geeft niet. Violet Hevig heeft een stalen kin, zoals boksers dat noemen. Zonder blikken of blozen vangt ze mijn vuistslag op en glimlacht zelfs. 'Zo! Ook goeienavond,' zegt ze. En dan: 'Je ziet er geweldig uit.'

Ik kijk over mijn schouder of er nog iemand anders op de stoep staat. Violet Hevig, ik weet niet wie je in gedachten hebt, maar als hij er geweldig uitziet kan ík het niet zijn. Maar jij hebt aardig je best gedaan. Ik geloof niet dat ik je ooit eerder in een jurk heb gezien, Violet Hevig. Groen is echt je kleur. En je hebt iets moois gemaakt van je haar.

'Kom binnen. John, dit is mijn vader. Pa, dit is John.'

Ik had niet gedacht dat het mogelijk was, maar de vader van Violet Hevig is nog zwaarder dan de Bulldozer. Op de Richter-schaal van vaders staat hij gelijk aan een zware aardbeving. Hij weegt minstens honderdvijfentwintig kilo en daar is geen onsje vet bij, zo te zien. Hij heeft een glimmend, enigszins rood gezicht, alsof hij een borreltje te veel heeft gedronken in het plaatselijke café, en zijn armen zijn zo lang dat ze bijna zijn knieën lijken te raken als hij op me toe stapt om me te begroeten. Hij lijkt nog het meest op een vriendelijke, licht bezopen berggorilla.

Meneer Hayes, uwe Gorillaheid, ik wil meteen verklaren dat ik geen goede ervaringen heb met de vaders van mijn afspraakjes, maar daar hoop ik verandering in te brengen. En ik zeg erbij, uwe Aapachtigheid, dat mijn gevoelens voor uw dochter méér dan kuis zijn. Voor mij is ze als de zus die ik nooit heb gehad en ook niet wílde hebben, maar dat bedoel ik niet negatief. Ik geef toe dat ik geen geweldige start heb gemaakt als een vogelverschrikker die van het maïsveld is weggestuurd wegens verregaande slonzigheid, maar ik ben

217

van plan de ideale chaperonne te zijn. Ik zal Violet Hevig weer op tijd bij u afleveren, moe van het dansen, maar zonder dat er ook maar *iets* is gebeurd. Wat dan ook.

'Dus jij bent de knul waar Violet de mond van vol heeft?' vraagt meneer Hayes, maar met een brede grijns.

'Pap!' zegt Violet Hevig. Zij moet er ook om lachen.

Hij pompt mijn hand op en neer. Ik heb nog nooit een berggorilla de hand gedrukt. Het blijken heel vriendelijke beesten te zijn, met grote harige poten. Ik heb ze natuurlijk nog niet kwaad gezien, maar ik ben niet van plan ooit iets te doen om deze vleesklomp van een vader te irriteren.

'Kom maar mee naar boven, John, dan zullen we zien of we een jasje voor je kunnen vinden,' zegt meneer Hayes. 'Mijn vrouw kon er niet bij zijn, maar ze heeft wel wat kleren van Donny klaargelegd die je wel moeten passen.'

'Donny is mijn broer,' zegt Violet Hevig tegen me als we de trap op lopen. 'Hij woont niet meer thuis, maar hij heeft hier nog wel kleren voor als hij komt logeren.'

Even later staan we in een kleine slaapkamer boven, waar een paar jasjes op een bed liggen. Aha, dit begint erop te lijken, meneer Hayes. Die marineblauwe blazer met de koperen knopen spreekt me wel aan, op één klein puntje na. Uw zoon Donny mag dan dezelfde maat hebben als ik, in lengte en omvang, maar hij heeft blijkbaar de armen van de berggorilla geërfd. 'De mouwen lijken me iets te lang,' zegt Violet Hevig.

'Hij kan ze toch oprollen,' oppert meneer Hayes behulpzaam.

'Pap! Dat staat krankzinnig.'

'Het maakt niet uit hoe je eruitziet of hoe de mensen naar je kijken – het gaat erom hoe je naar jezelf kijkt,' verklaart meneer Hayes, en ik zie dat zijn hemd half uit zijn broek hangt.

Ik zou die parel van wijsheid graag voor het nageslacht hebben vastgelegd, maar jammer genoeg heb ik geen pen en papier meegenomen.

'Pap, moet jij niet naar de wedstrijd kijken?' vraagt Violet.

'O ja. De rust zal wel voorbij zijn.' Weer krijg ik die gorillapoot toegestoken. 'Leuk je te ontmoeten, John. Veel plezier, met z'n tweeën. Dans de sterren van de hemel en trap elkaar niet op de tenen.' En hij dendert de trap weer af.

'Ik kan er wel wat aan doen,' zegt Violet Hevig peinzend. Ze verdwijnt naar haar eigen kamer en komt even later terug met een naaisetje. Wat spelden hier, wat steken daar, en voor ik het weet zit de marineblauwe blazer me als gegoten. Violet Hevig, je beschikt over onvermoede talenten. 'Laten we maar gaan,' zegt ze. 'De disco is al een halfuur aan de gang. Ze hebben de Winterkoningin al gekroond, denk ik, dus het feest kan beginnen.'

24. De vakantiedisco

Wie zijn die twee jongelui die zo haastig door de koude winteravond lopen? De wind loeit, de maan lijkt een das van grijze wolken te dragen en de sneeuw is van een zware, natte vlokkigheid (wat dat ook mag betekenen). Maar de twee jonge mensen die snel op weg zijn naar het cultureel centrum lijken zich niet bewust van het bitterkoude winterweer. Ze houden elkaars hand niet vast en ze kijken elkaar niet met zwoele blikken aan, maar zo te zien zijn ze heel gelukkig. Ik meen zelfs zo nu en dan een hartelijke lach uit hun richting te horen.

Ze komen bij het cultureel centrum. De jonge vrouw opent haar tasje en koopt twee kaartjes, terwijl de jongen zichzelf even bekijkt in een handig geplaatste wandspiegel. Zijn schoenen en zijn broek zijn nogal armoedig, maar zijn flitsende blauwe blazer maakt dat meer dan goed. Zijn spiegelbeeld krijgt opeens gezelschap van een fors meisje in een heldergroene jurk, dat zijn hand pakt. 'Nou, John,' zegt Violet Hayes, 'zijn we een knap stel of niet?'

'Reken maar,' antwoord ik. Ik zeg er niet bij dat ik 'stel'

meestal associeer met een peper- en zoutvaatje.

'Hier is je attentie,' zegt Violet Hevig en ze geeft me een zuurstok. Nee, bij nadere beschouwing blijkt het een speciale pen te zijn, in de vorm van een zuurstok. Op de rood-witte pen staan in zwarte letters de datum en de plaats van deze vakantiedisco. Ik steek het waardevolle souvenir in een van mijn zakken, als bewijs voor mijn kleinkinderen dat ik persoonlijk aanwezig ben geweest op dit wereldschokkende sociale evenement.

Nog steeds hand in hand lopen Violet Hevig en ik een gang door, in de richting van de harde muziek. We zijn bijna bij de dubbele deur van de grote zaal gekomen als die openzwaait om een paar reusachtige wenkbrauwen door te laten die opeens blijven staan en zich nijdig optrekken naar mij. En die wenkbrauwen zijn niet alleen. Ergens daaronder bevinden zich het bovenlijf en de benen van doctor Whitefield, de directeur van onze antischool, die blijkbaar ook toezicht houdt bij de vakantiedisco.

Doctor Whitefield, voordat u me de deur uitgooit wil ik u nog even wijzen op het thema van deze disco: de vakantie. Sterker nog, de kerstvakantie. Volgens mij balanceert er een rode muts op uw hoofd. En de kerstman zou toch niet zo onsportief zijn om mij naar buiten te zetten, in de kou? Nee, u verwelkomt me natuurlijk met de warmte van de kerst, in plaats van een scène te trappen onder het oog van mijn afspraakje en de kleine dame die achter u aan door de dubbele deur is gekomen – vermoedelijk de vrouw met wie u bent getrouwd toen u niet langer op mevrouw Kaaskop wilde wachten.

'Wat heb jíj hier te zoeken, jongeman?' vraagt doctor Whitefield geërgerd.

'Ik ben hier voor de vakantiedisco, meneer,' zeg ik.

'Dat gaat niet. Je bent geschorst. Wegwezen.'

Violet Hevig stapt tussen mij en de directeur in. 'Hij is ge-schorst van school,' merkt ze op, 'en dit is geen school.' Violet Hevig, neem je dat risico voor mij, tegenover de directeur van onze antischool? Dacht je dat ik dit zelf niet af kan?

'En wie ben jij?' vraagt doctor Whitefield.

'Ik ben zijn afspraakje.'

'Nou, ik heb met je te doen,' zegt doctor Whitefield.

Ik overweeg om te zeggen dat ik ook met mevrouw Whitefield te doen heb, maar besluit dat nog even voor me te houden.

Ons vriendelijke gesprek krijgt een nieuwe impuls als er opeens een man met twee dansende camera's om zijn nek naar ons toe rent. 'Doctor Whitefield?' vraagt hij buiten adem. 'Bent u klaar voor de foto?'

De twee reusachtige wenkbrauwen draaien zich naar hem toe. 'Welke foto?'

'Voor de voorpagina van de *Star Ledger* van morgen,' hijgt de man. 'Met u, uw vrouw, en de burgemeester en zijn vrouw, voor de grote kerstboom op het plein.'

'O, die foto,' zegt doctor Whitefield. 'De burgemeester, zei je?' Ik zie dat hij zijn strikje recht trekt. 'Ik zou de bur-gemeester niet graag laten wachten, maar zoals je ziet ben ik nog even bezig met een belangrijke administratieve zaak.'

Op dat moment vraagt de kleine vrouw – mevrouw Whitefield, neem ik aan: 'Zei je de voorpagina, jongeman?'

'Ja, mevrouw. In kleur, voor op de krant. De burgemees-ter en zijn vrouw staan al te wachten voor de boom.'

Ongetwijfeld zou doctor Whitefield het liefst zijn toe-zichthoudende taak vervullen en dan pas op de foto gaan, maar de kleine vrouw – mevrouw Whitefield, neem ik aan – grijpt hem bij zijn arm, slingert hem over haar hoofd en sleurt hem met de snelheid van het licht in de richting van de kerstboom.

Violet Hayes lacht naar me en we stappen door de grote dubbele deur naar binnen.

Ik weet niet of je ooit naar een vakantiedisco in een cultureel centrum bent geweest, dus zal ik je de situatie schetsen. We bevinden ons in een grote zaal met een hoog plafond, betimmerd met donker hout en versierd met slingers en engelenhaar. Tafels met bladen vol koekjes en grote schalen punch staan in de hoeken en langs de muren.

Bing Crosby kweelt 'White Christmas', terwijl een paar dappere stelletjes een walsje maken voor de ramen, waarachter de sneeuw in dikke vlokken neerdwarrelt. Nee, herstel. Het is niet Bing Crosby, het is een rocknummer. En de stelletjes walsen niet, maar swingen. Nee, herstel. Het is geen rocknummer, het is hip-hop en dreunende rap en stampende, knarsende, oorverdovende industrial rock. En de stelletje swingen niet maar springen op en neer in een slam-dance die eerder op vechten dan op dansen lijkt.

Violet Hevig, ik vond het leuk om met je naar de vakantiedisco te gaan, maar ik ben zelf geen danser, zoals ik al zei. Niemand heeft het me ooit geleerd, en dat is maar goed ook, want ik heb er totaal geen aanleg voor. Ik kan zelfs niet stilstaan op de maat van de muziek. Bovendien draag ik schoenen die geen schoenen zijn, maar martelwerktuigen die blaren vormen en me naar de ene of de andere kant laten overhellen als een besluiteloze Toren van Pisa. Dansen op zulke schoenen zou zelfmoord zijn en ik had net besloten om dat niet te doen.

Violet Hevig, neem je me nou mee naar het midden van de dansvloer? Heb je dan helemaal niet gehoord wat ik zei? Violet Hevig, is dit een wals? Heb je je zachte lichaam tegen het mijne gedrukt? Staan we te swingen? Is dit een slamdance? Is de zaal gekanteld of sta ik nu op een muur? Is dit muziek of een granaataanval? Is deze deinende, stampende,

223

golvende, draaiende massa van jeugdige energie echt een schooldisco of de eerste veldslag uit de Derde Wereldoorlog?

We rusten even uit. Ik haal een glas punch voor Violet Hevig en neem er zelf ook een.

'Wauw,' zegt Violet Hevig, 'je kunt goed dansen, man! Waar heb je dat geleerd?'

Violet Hevig, dat heb ik geleerd van natuurdocumentaires op de televisie. Het zijn dezelfde bewegingen die een gnoe maakt als hij wordt verscheurd door een groep hongerige leeuwen. 'O, dat weet ik niet,' zeg ik. 'Ik probeerde gewoon de muziek te volgen.' En dan vraag ik haar: 'Ken jij Mindy Fairchild en Toby Walsh?'

'Ik weet wie het zijn, maar ik geloof niet dat ze ooit met een woord met me hebben gewisseld sinds groep vijf. Hoezo?'

'Daar komen ze net aan,' zeg ik.

En inderdaad komen de sportheld en de grootste schoonheid van de school onze kant op. Mindy draagt een absurd kroontje van glitters en mistletoe. Blijkbaar is ze eerder die avond toen Winterkoningin gekozen. Toby slaat me op mijn schouders, joviaal als altijd. 'Hé, John,' zegt hij, 'ik zag je tekeergaan. Ik wist niet dat je zo'n dansmachine was.'

Toby, ik ben helemaal geen dansmachine. Zelfs geen danswatermolen of een danswaterrad. Maar vanavond draag ik Stompzinnigheid als aftershave, en dat maakt me roekeloos. 'Ach, je weet wel,' zeg ik.

'Wat een mooie groene jurk,' zegt Mindy tegen Violet Hevig. 'Hij staat je fantastisch.'

'Dank je,' is het enige dat Violet Hevig kan uitbrengen. Maar door dat complimentje van het populairste meisje van onze antischool lijkt ze een half hoofd te groeien en straalt haar hele gezicht als de lentezon.

Mindy draait zich om naar mij. 'John, heb jij Gloria ergens gezien?'

'Nee,' zeg ik, terwijl ik Violets hand vasthoud. 'Maar ik heb ook niet echt naar haar gezocht.'

'Nou, ze zou hier zijn. Ze heeft een nieuwe vriend. Ze wilde hem aan me voorstellen. Chuck nog wat.'

'Chuck Chuck?' oppert Toby. 'Chuck Chock?'

'Nee, gek,' giechelt Mindy en ze slaat haar sportieve vriend op de schouder. 'Hij heet Chuck Woodblock, of Woodbridge, of Bridgewood. Hij is een bekende footballer bij State College.'

'En hij zit achter schoolmeisjes aan? Dan moet hij wel wanhopig zijn,' merkt Toby op. 'Kom, Dancing Queen. Ik vind dit een lekker nummer,' zegt hij, terwijl hij Mindy meetrekt naar de dansvloer. Als ze langs ons heen lopen mompelt hij: 'Voorzichtig met die punch, Johnny. Volgens mij heeft iemand er flink wat drank doorheen gegooid.'

Dat verklaart natuurlijk waarom de zaal rondtolt. En waarom het volgende uur op de dansvloer voorbij lijkt te gaan in een soort hallucinatie. Dat verklaart waarom mijn ogen lijken te flitsen als twee discobollen en waarom de ruimte steeds lijkt uit te dijen en weer in te krimpen. Hebben we lol, Violet Hevig? Ik geloof het wel. Is dat Billy Slurf die met Karen Zeppelin danst? Kwam hij nou naar me toe om me een hand te geven – zand erover? En is dat Andy Pearce die ligt te snurken onder de tafel met de punch?

Om precies elf uur sta ik midden op de dansvloer als ik opeens met een klap tegen een muur aan loop. Nee, het is niet een van de muren die het dak overeind houden. Deze muur is verplaatsbaar. Sterker nog, hij heeft me bewust de weg versperd. Het is ook geen muur, maar de zware borstkas van een jongeman die volgens mij de aanwijzingen van zijn vriendinnetje opvolgt. Het meisje in kwestie draagt een dure en nogal nauwsluitende blauwe jurk. Die jurk is handig ontworpen om alle rondingen van Glorie Halleluja's

225

jonge lichaam nog net te bedekken, maar zonder één naadje te veel.

'Kijk nou waar de kat mee thuiskomt,' zegt Glorie Halleluja, met een veelzeggende blik op mijn gescheurde broek en mijn afgetrapte schoenen.

'Neem me niet kwalijk,' zeg ik, 'maar ik was aan het dansen met mijn vriendin.'

'Voordat je verdergaat met dansen ben je mij nog een excuus schuldig,' deelt Glorie Halleluja's forsgebouwde vriend me mee. 'Omdat je zomaar tegen me opknalde, eikel.'

'Nee,' wijs ik hem terecht. 'Jij knalde tegen mij op.'

Hij grijpt me bij de kraag van mijn shirt. 'O, is dat zo? Nou, ik heb gehoord dat je met Gloria uit bent geweest en dat je je niet erg fatsoenlijk hebt gedragen. En als Chuck Broadbridge zoiets hoort, wordt hij erg boos.'

Maar voordat Chuck Broadbridge nog meer kan zeggen, hoor ik een hard geluid, een soort *Kie-wak!* – heel vreemd, zeker voor een vakantiedisco. Het klinkt als een bamboestam die met een oorverdovende knal doormidden breekt in een orkaan. Chuck Broadbridge geeft een schreeuw en begint rond te hinken op één been. Nu ik er goed over nadenk heeft het geluid waarschijnlijk niets te maken met splinterend bamboe, maar met de hoge hak van Violet Hevigs rechterschoen, die in onzachte aanraking kwam met Chuck Broadbridges linker scheenbeen. 'Ze heeft me geschopt!' hijgt hij. 'Dat geloof je toch niet! Ze heeft me geschopt! Dat had het einde kunnen zijn van mijn footballcarrière!'

'En je krijgt nog zo'n schop als je mijn vriend niet met rust laat,' zegt Violent Hevig tegen hem. Ze houdt haar voet al klaar voor de volgende.

Glorie Halleluja doet een stap naar voren. 'Zo, flinke John, grote voetbalheld,' zegt ze. 'Verstop je je nu achter een meisje?'

226

'Ik verstop me achter niemand,' zeg ik, terwijl ik Violet Hevig zorgvuldig tussen mezelf en Chuck Broadbridge in houd.

'Als je nog één woord zegt, krijg jij ook een schop,' zegt Violet Hevig waarschuwend tegen Gloria.

'Dat zou je nooit durven, stomme... waterbuffel! Is dat een groene jurk of een golfbaan?' vraagt Gloria met een gemeen lachje.

'Ik trek me van jou niks aan, mevrouw de dure trut met je struisvogelkop,' antwoordt Violet Hevig. 'Je weet zelf niet eens hoe achterlijk je bent. Je had de leukste jongen van de hele school als vriendje en je liet hem gewoon lopen. Maar je verdiende hem ook niet, nog niet één minuut. En nou wegwezen, of ik schóp je weg.'

Violet Hevig beweegt haar voet dreigend naar achteren. Glorie Halleluja en Chuck Broadbridge deinzen haastig terug. Pas op zes meter afstand blijven ze staan en beginnen naar ons te wijzen en nijdig met elkaar te fluisteren, alsof ze proberen uit te maken wie er schuld is aan hun smadelijke aftocht.

Op dat moment zie ik twee enorme wenkbrauwen in steeds kleinere cirkels om me heen bewegen, als een haai die bloed ruikt. Ik vrees dat doctor Whitefield iets van de schenenschopperij heeft gezien en zijn avond wil bekronen door twee jongelui van de disco te verwijderen.

'Violet,' zeg ik, 'ik heb geweldig genoten, maar misschien wordt het tijd om naar huis te gaan.'

Ze kijkt op haar horloge. 'Wauw!' zegt ze. 'Het is al na elven! Je hebt gelijk, we moeten gaan. Nog meer lol kun je op één avond niet verwachten.'

25. Hebbes

Wie zijn die twee jongelui die samen door de Blinde Steeg lopen, hand in hand, zonder zich iets aan te trekken van de loeiende wind en de vlokkerige sneeuw? Het lijken wel oude vrienden, of misschien nieuwe geliefden – interessant genoeg zijn die twee termen in de taal van de Lashasa Palulu bijna gelijk.

De pasgevallen sneeuw ligt centimeters dik op daken, stoepen en grasvelden, als een glinsterend, maagdelijk wit tapijt dat hun voetstappen dempt, zodat ze als vanzelf gaan fluisteren. Daarom kunnen we niet horen wat ze zeggen. Ik weet zeker dat ze maar wat onzin kletsen, maar zo te zien amuseren ze zich wel.

Ze komen bij een huis dat steun lijkt te zoeken bij de huizen aan weerskanten, als bescherming tegen de wind. 'Kom nog even binnen,' zegt Violet Hayes. 'Mijn vader en moeder zijn al naar bed. Dan kunnen we nog wat warme cider drinken en televisie kijken in de kelder.' Violet Hevig, je ogen glinsteren in het maanlicht.

Aha, de jongeman heeft er wel oren naar. Maar hij heeft

een paar dingen geleerd in zijn korte leven dat geen leven is. 'Ik zou wel willen,' zegt hij, 'maar het is al laat en de avond kan onmogelijk nóg leuker worden dan hij was, zoals je zelf al zei. Dus laten we nu maar afscheid nemen.'

'Oké,' zegt ze. 'Dat is goed.' Ze aarzelt. De maan trekt zich discreet achter een paar wolken terug. 'John, krijg ik nog een kus?'

'Ik weet niet of dat zo'n goed idee is,' probeer ik haar te waarschuwen. 'Ik ben een beruchte neusbijter. Een lipknager en misschien wel een tongkauwer.'

'Het is een goed idee,' zegt ze beslist, terwijl ze haar ogen sluit en haar hoofd naar me toe buigt.

Violet Hevig, is dit een kus? Hij voelt zo zacht en warm. Ik wist niet dat je kussen ook in deze smaak kon krijgen. Daarom houden mensen er dus zo van! Nou begrijp ik het, nou begrijp ik het.

'Welterusten, Violet. Hier is het jasje van je broer weer terug.'

'Welterusten, John.'

Wie is die jongen met zijn afgetrapte schoenen en zijn gerafelde corduroybroek die naar huis zweeft vanaf de vakantiedisco? Hoe is het mogelijk dat hij naar huis kan lopen zonder maar één voetstap achter te laten in de pasgevallen sneeuw? Het moet een hovercraft zijn die zich voordoet als een jongen van veertien, en dat vrolijke fluitje is natuurlijk een open klep waardoor de stoom van de hovercraft ontsnapt. Vreemd genoeg blaast die stoom de melodie van de tubasolo uit 'Het liefdeslied van de brulkikker'.

De jongen komt in zijn straat die geen straat is, struikelt over een stoeprand en valt voorover in de verse sneeuw. Aha, dus ik ben het toch zelf. Ik kom overeind als een sneeuwpop en lach om mijn eigen stunteligheid. Een blije lach. Ik ben meer nog dan blij, ik geloof dat ik zelfs gelukkig ben, en dat is heel gevaarlijk. Als je in een oorlogsgebied woont kun je beter niet gelukkig zijn en een beetje dronken van de aangelengde punch, vooral niet als je een after-shave draagt als Stompzinnigheid.

Ik loop naar mijn huis dat geen huis is. Ik voel me zo blij dat ik niet de moeite neem om de omgeving te verkennen, zoals anders. Ik doe gewoon de voordeur open en stap naar binnen. Dat is het moment waarop een hand uit het donker schiet en zich pijnlijk om mijn rechterarm klemt. 'Hebbes!' sist een stem en ik ruik de whisky-adem van de man die niet mijn vader is.

Nee, zo gaat het niet. Zoals ik besloot om niet met Violet Hevig naar haar kelder te gaan en me de woede van haar apesterke vader op de hals te halen, zo stap ik ook niet mijn eigen huis binnen zonder de nodige voorzorgsmaatregelen. Ik zei het al, ik heb een paar dingen geleerd in mijn leven dat geen leven is. Om te beginnen zie ik nergens de truck van de man die niet mijn vader is. Dat is een heel goed teken. Maar toch loop ik om het huis heen en kijk naar binnen door de ramen. Alle kamers zijn donker en de tv is uit. Ook dat is gunstig.

Als ik half om het huis heen ben gelopen, heb ik nog steeds geen teken van leven ontdekt. Het is stil en donker, mijn huis dat geen huis is. Het lijkt verlaten. Ik kom bij de achtertuin, loop langs de appelboom die eigenlijk een grijzeblaadjesboom is en waad door de enkeldiepe sneeuw naar de achterdeur. Zachtjes klim ik de treden op, open de deur en glip naar binnen. Maar als ik het licht aan wil doen, schiet er een hand uit het donker, die zich pijnlijk om mijn rechterarm klemt. 'Hebbes!' sist een stem en ik ruik de whisky-adem van de man die niet mijn vader is.

Ik probeer me los te rukken, maar dat is zinloos. 'Hallo, John. Weet je toevallig hoe laat het is?' vraagt hij op spottend beleefde toon. Ik heb het gevoel dat hij erg veel heeft gedronken.

'Na elven,' zeg ik. Ik overweeg om hulp te roepen, en kijk om me heen of ik ergens een vluchtroute of zelfs een wapen kan vinden. Maar we zijn helemaal alleen, achter in mijn donkere huis dat geen huis is.

'Enig idee wat ik vanavond gegeten heb?' vraagt hij.

Als ik begin te schreeuwen, zal mijn hulpkreet worden gesmoord door de neervallende sneeuw. En een tweede kans zal ik niet krijgen. 'Nee,' zeg ik, 'ik weet niet wat je vanavond gegeten hebt.'

'Niks,' lacht de man die niet mijn vader is. Hij klemt zijn vuist nog steviger om mijn pols, nog pijnlijker. 'Helemaal niks.'

'Er lag eten in de koelkast. Je had zelf iets kunnen klaarmaken...' Ik zwijg als mijn pols bijna een hele slag wordt rondgedraaid.

'Als je brutaal wordt, maak je het nog erger voor jezelf. Waar heb je de hele avond uitgehangen?'

'Bij de disco,' hijg ik.

'Ja, dat zal wel. Alsof iemand met jóú zou willen dansen. Ik zal je leren om mijn eten te vergeten. Ik zal je léren dansen.' En hij sleept me mee de gang door, naar de deur van de kelder.

Opeens komt er een levendige herinnering bij me boven aan de vorige keer dat we samen in de kelder waren. Ik voel zijn leren riem weer op mijn rug en mijn schouders terwijl ik mijn gezicht probeer te beschermen tegen de slagen. Mijn lichaam deinst terug voor die herinnering en ik ruk me los. Op de een of andere manier weet ik mijn pols aan zijn greep te ontworstelen... en plotseling ben ik vrij.

'Vluchten!' typt het mannetje achter het toetsenbord van mijn brein met grote snelheid. 'Benen, rennen! Armen,

231

pompen! Dit is een zaak van leven of dood. Wegwezen!'

Maar mijn vrijheid is een illusie. Ik heb me niet losgerukt van de man die niet mijn vader is. Hij heeft alleen zijn hand verplaatst om me nog gemener vast te grijpen. Zijn rechterhand schiet naar voren en voordat ik kan vluchten word ik aan mijn haar van de grond getild. Ik gil van pijn en schop met mijn voeten door de lucht.

Ik weet niet of je ooit aan je haar bent opgetild, zodat elk onsje van je eigen gewicht de pijn nog groter maakt. Dat is verschrikkelijk. Ik word gescalpeerd door de zwaartekracht.

De man die niet mijn vader is doet een stap naar de kelderdeur. En nog een. We zijn er nu vlakbij. 'Dansen, zei je toch? Ik zal je leren om mij te vergeten,' herhaalt hij. De stank van whisky dringt zelfs door de pijn heen en maakt me misselijk. Hij is stomdronken.

Opeens hoor ik hem grommen en laat hij me zo abrupt los dat ik met een klap op de grond val. Ik zie dat Sprocket, mijn trouwe hond, hem in zijn been heeft gebeten en nog steeds zijn tanden in het vlees heeft. De man die niet mijn vader is probeert Sprocket weg te schoppen. Als dat niet lukt, steekt hij zijn hand uit, grijpt Sprocket bij een achterpoot en smijt hem tegen een muur. Sprocket zakt in elkaar en begint afschuwelijk te janken. Ik ben bang dat hij me niet meer zal kunnen verdedigen.

Maar hij heeft me wel een paar kostbare seconden tijdwinst bezorgd. Nu lukt het me wel om te vluchten. Als de aandacht van mijn kwelgeest heel even is afgeleid, duik ik langs hem heen en ren naar de voordeur toe. 'Blijf staan!' roept de man die niet mijn vader is. 'Blijf staan of, bij God, het zal je berouwen!'

Ik hoor hem achter me aan komen. Het klinkt alsof hij hinkt. Blijkbaar heeft Sprocket enige schade aangericht.

Opeens voel ik me als het wanhopige slachtoffer uit zo'n

tweederangs griezelfilm waarin een puber in zijn eigen huis wordt achtervolgd door een hinkend, moordlustig monster. Je zou denken dat ik gemakkelijk zou kunnen ontkomen aan een man die net door een hond in zijn been is gebeten. Maar het lijkt wel of ik in slow motion beweeg. De man die niet mijn vader is rent vloekend achter me aan en komt met elke stap dichterbij.

Ik heb de voordeur bereikt. Die zit op slot. Mijn vingers prutsen aan de sloten en grendels. Eindelijk, eindelijk, vliegt de deur open!

De man die niet mijn vader is grijpt me van achteren beet en draait me om mijn as. WHOP. Hij slaat me met zijn vlakke hand boven op mijn hoofd, zodat ik sterretjes zie en mijn oren beginnen te gonzen.

Maar ik heb een verrassing voor hem. Ik heb een wapen. Jammer genoeg geen mes of een pistool. Het is de pen, in de vorm van een zuurstok, die ik als attentie bij de deur van de vakantiedisco heb gekregen. Zonder erover na te denken ram ik de pen omhoog en steek ermee naar zijn gezicht. Ik mik op zijn oog, maar in het donker zit ik ernaast. Ik voel de pen verdwijnen in het zachte vlees van zijn wang.

Zijn handen gaan omhoog naar zijn gezicht. Zelfs in onze donkere gang zie ik dat het bloed eruit spuit. Ze zeggen weleens dat vechtersbazen schrikken en terugdeinzen als ze zelf pijn voelen of hun eigen bloed zien. Nou, geloof het maar niet. De man die niet mijn vader is reageert precies andersom. Hij wordt zo woedend dat hij alle zelfbeheersing verliest. Met een woest gebrul haalt hij naar me uit met zijn gebalde vuist.

BA-BAM. Ik ben nog nooit geraakt door een vuistslag van een volwassen man. Door de klap word ik letterlijk van de grond getild. Het goede nieuws is dat hij me in de richting slaat waar ik toch al naartoe wilde. Ik vlieg de deur uit en land op de veranda aan de voorkant van ons huis. Het slechte nieuws is dat ik een paar tanden kwijt ben en mijn lip is gescheurd. Ik heb geen tijd om de schade uitvoeriger op te nemen omdat de man die niet mijn vader is alweer achter me aan komt.

Ik kan niet ontsnappen. Hij is sneller dan ik. Ik kan me niet tegen hem verweren in een gevecht. Hij is sterker dan ik. En ik kan hem niet te slim af zijn. Hij is sluwer en gemener dan ik. En waarschijnlijk heeft hij tientallen jaren ervaring in allerlei knokpartijen en caféruzies.

Meer mogelijkheden heb ik niet.

De Lashasa Palulu, de stam die geen stam is, kennen een gezegde dat zoiets betekent als 'vechten tot je laatste druppel bloed'. Dat doen ze alleen in totaal hopeloze situaties, als een wrede vijand niet wil onderhandelen en zelfs een goddelijke tussenkomst zoals een zonsverduistering niet meer te verwachten valt.

Sommige mensen vinden misschien dat een gevecht tegen een oppermachtige vijand een domme tactiek is die alleen tot nog meer pijn zal leiden. Sommige mensen vinden misschien dat je beter om genade kunt smeken of je tot een bal kunt oprollen, met je ogen dicht, om je lot te ondergaan. Maar als je werkelijk in een hoek wordt gedreven door een meedogenloze vijand, als niemand je meer kan redden en je onmogelijk kunt ontsnappen, vinden de Lashasa Palulu dat je nog één keer dapper terug moet slaan voordat het afgelopen is.

Laat ik erbij zeggen dat ik nog steeds mijn after-shave Stompzinnigheid draag, wat niet ongunstig is als je nog één laatste dappere daad van plan bent. Bovendien ben ik nog een beetje aangeschoten door de punch van de vakantiedisco. En in de derde plaats heb ik een heel lief meisje vanavond horen zeggen dat ik de leukste jongen van de school was, hoe krankzinnig dat ook is, maar haar woorden en haar toon zijn me bijgebleven.

In plaats van weg te rennen doe ik een stap naar voren om de aanval te trotseren van de man die niet mijn vader is, en hem nog één keer in zijn gezicht te steken. Dat heeft hij niet verwacht. *Ka-pauw!* We knallen onhandig tegen elkaar op. Door zijn grotere gewicht en snelheid duikelen we allebei langs de stenen treden van de voordeur omlaag... *bam, bam, bam...* in de sneeuw.

Tijdens die val raken we los van elkaar. Bijna op hetzelfde moment krabbelen we allebei weer overeind. Hij laat een gebrul horen, diep vanuit zijn keel – een laag en dreigend geluid van een getergd dier. Ik schreeuw nu ook tegen hem, zo hard als ik kan. Het zijn geen woorden, het is pure haat. Als hij op me af stormt, deins ik niet terug maar ren ik juist op hem toe om hem tegen de grond te lopen. Ik zwaai als een krankzinnige met mijn armen en voel dat mijn rechtervuist contact maakt met zijn gezicht. Hoop ik.

Maar de man die niet mijn vader is weet mij ook te raken. Ik sla achterover tegen de grond. De lucht wordt uit mijn longen geperst. Ik probeer me op mijn zij te rollen en weer op te staan... maar je kunt je niet bewegen als je geen adem meer hebt. Opeens ligt hij boven op me, met zijn volle gewicht, en begint me te wurgen met twee handen om mijn hals.

Ik krijg hem niet van me af. Ik schop naar zijn rug en klauw naar zijn gezicht, maar het haalt niets uit. Hij is een volwassen man en ik maar een jongen van veertien. Ik zie zijn arm naar achteren gaan en zijn vuist op me af komen, groot en zwaar als een slopersbal. BA-BAM! De klap breekt mijn neus. Ik hóór het bot zelfs breken.

Hij is bezig me te vermoorden. Gelukkig doet het niet zo'n pijn als je zou denken om te worden vermoord door iemand die je haat, zolang je zelf maar blijft vechten. Ik schop hem nog steeds en ik blijf me verzetten, maar het bloed stroomt over mijn gezicht en ik kan bijna niets meer zien. Maar opeens hoor ik een onverwachte stem: 'Ga van hem af, smeerlap! Eraf, zeg ik!'

Iemand probeert de man die niet mijn vader is van me af te trekken. Het kleine hoekje van mijn hersens dat nog functioneert herkent de stem van meneer Steenwilly. *Ga van hem af!* roept meneer Steenwilly weer. 'Ik heb de politie gebeld. Ze komen eraan! *Ga van hem af!*

Ik geloof dat de man die niet mijn vader is nu ook meneer Steenwilly aanvalt. Ik hoor geschreeuw en het geluid van klappen, maar ik weet niet precies meer wat er allemaal om me heen gebeurt.

Het langgerekte, jankende geluid van een politiesirene komt de straat door, onze kant op. Ik zink steeds dieper weg in die draaikolk van geluid, totdat de donkere, koude nacht over me heen spoelt.

26. Wie ik ben

Nee, ik ben niet dood. Ik lig gewoon op de bodem van een vijver. Het is een heel diepe vijver, en ik geloof dat ik de enige ben hier.

Op de bodem van de vijver van het bewustzijn, op het diepste punt, kun je met moeite nog iets zien, met moeite nog iets horen. Maar het licht is niet fel en het geluid is niet irritant als je zo diep bent weggezonken. Alles is heel vredig.

Laat me hier maar een tijdje liggen. Ik vind het wel prettig op de bodem van de vijver. Ik heb nog nooit eerder de onderkant van een lelieblad gezien. Breng me nog niet naar de oppervlakte, alsjeblieft.

'John? John?'

Heel langzaam drijf ik omhoog, in een wolk van kleine gouden luchtbelletjes. Ik breek door de oppervlakte van de vijver van het bewustzijn en zie heldere lichten en gezichten. O, hallo dokter. O, hallo meneer de politieman.

Dan slaat de pijn toe, als een hamer.

Ik kan niet rechtop zitten of zelfs maar mijn hoofd bewegen, omdat ik op het bed ben vastgebonden, net als

Gulliver, over mijn hele lichaam. Tientallen snoeren, kabels en slangetjes lijken bevestigd aan alle onderdelen van mijn anatomie. En de rest zit in het gips.

Ik geloof dat mijn neus naar de zijkant van mijn hoofd is verschoven. Er zit een verband over een van mijn ogen en ik weet niet of ik nog tanden in mijn mond heb, want mijn tong slaapt of daar zit ook gips omheen.

'John? Kun je me horen? Kunnen we met je praten? Knijp maar in mijn hand als het antwoord ja is.'

Ik raak half bewusteloos en kom weer bij. Ik probeer naar de politie te luisteren en hun vragen te beantwoorden, maar ik weet niet of ze er veel aan hebben. Zo te horen hebben ze al een indrukwekkende hoeveelheid opsporingswerk gedaan zonder mijn hulp. Ze hebben een partij gestolen televisies gevonden achter in de truck van de man die niet mijn vader is. En ze hebben het pistool in zijn sokkenla ontdekt. Hij blijkt een strafblad te hebben. Ze vragen me of het waar is, zoals een van mijn leraren vermoedt, dat hij me al een tijd mishandeld heeft.

Ik knijp in een hand en zak weer weg voor al die vragen.

Tot ziens, politie. Tot ziens, dokters. Ik laat me weer heerlijk naar de bodem van de vijver zakken. Voorlopig kom ik niet meer boven.

'John? John?' Ik stijg weer op, tegen mijn wil. Uren zijn verstreken, misschien wel dagen. Er zitten nu andere mensen in mijn kamer. Ik zie mijn moeder, die zich over me heen buigt. Haar gezicht heeft nog nooit zo bezorgd gestaan als nu.

Achter haar, door een klein raam, meen ik andere bekende gezichten te zien die ook ongerust naar me kijken, vanuit een wachtkamer. Misschien verbeeld ik het me, maar ik geloof dat ik Violet Hevig daar zie, en meneer Steenwilly, en zelfs – als ik me niet vergis – die brave oude mevrouw

Kaaskop met een bosje bloemen.

'John? O, mijn God! Heb je pijn?'

Ik kan niet praten, mam. Ik kan zelfs niet knikken. Ik zal met één oog knipperen. Zo. Dat is je antwoord. Ja, ik heb pijn.

'Kind, ze zeggen... de politie zegt... dat dit al een tijdje aan de gang was. Dat is toch niet waar? Dat kan toch niet waar zijn?'

Ik knipper. Gezien, mam?

'O, mijn God! Waarom heb je me dat niet verteld, John?'

Een vriendelijke dokter duikt achter haar op. 'Mevrouw, ik geloof dat het nu voldoende is.'

Mijn moeder negeert de dokter. Ze pakt me stevig bij mijn schouders als ze haar vraag herhaalt: 'Waarom heb je me dat niet verteld?' Haar stem wordt steeds luider. Het is bijna een jammerklacht. 'Waarom heb je me dat niet verteld?' Ze houdt haar gezicht vlak bij het mijne en ik geloof dat ze me zelfs door elkaar schudt, of misschien lig ik zelf zo te trillen. *'Waarom heb je me dat niet verteld?'* vraagt ze, met woede en verdriet in haar stem.

Er gebeurt iets heel vreemds. Ik geloof dat ik geen tanden meer in mijn mond heb, ik weet niet eens zeker of mijn tong er nog zit, en mijn kaken zijn met draden vastgemaakt, dus ik kan niets zeggen. Mijn armen zijn aan mijn bed gebonden, zodat ik geen vin kan verroeren. Maar opeens, op de een of andere manier, grijp ik haar ook vast, open mijn mond en breng een afschuwelijk hees geluid voort. Mijn antwoord bestaat maar uit één woord: 'Hem!'

'Hem wat? Wat bedoel je?'

Met moeite fluister ik vijf woorden, heel langzaam, om- dat elk woord grote inspanning kost. 'Je – zou – hem – heb- ben – gekozen.'

Ik geloof dat drie dokters nu proberen haar van me af te

trekken, maar zonder succes. 'Nee,' zegt mijn moeder en ze schudt haar hoofd. 'Nooit. *Hoe kun je zoiets zeggen?*'

Ik kan niet meer hardop praten, dus geef ik antwoord zonder te spreken, terwijl ik haar recht in haar vroegoude, verdrietige, liefhebbende, boze ogen kijk. 'Je hebt hem gekozen,' zeg ik tegen haar. 'Je houdt van hem. Je hebt hem in huis gehaald. Je gaat met hem trouwen.'

Mijn moeder schreeuwt niet meer tegen me en schudt me niet meer door elkaar. Ze houdt me nu stevig vast. Hoewel ik het niet hardop heb gezegd heeft ze het toch verstaan en begrepen. 'Weet je het dan niet?' vraagt ze op haar beurt. 'Weet je dan niet wie je bent?' Tranen biggelen over haar wangen en druppelen op mijn gezicht. Ik heb nooit geweten hoe warm de tranen van een ander voelen. 'Je bent een deel van mij,' zegt ze, alsof het de diepste waarheid is die ze kent. 'Jij bent alle familie die ik heb. De enige op wie ik kan rekenen. Je bent vlees van mijn vlees en bloed van mijn bloed, mijn enige baby. Daar kan nooit iets bij in de buurt komen. Nooit.'

Dan heeft ze geen woorden meer en houdt me zwijgend vast. Alle dokters in de wereld zouden haar niet bij me weg kunnen trekken. Ik kijk haar aan. Ja, ik heb pijn, en ja, ik ben duizelig, maar ik wil nog niet terug naar de bodem van de vijver, omdat ik iets voel dat dieper gaat dan pijn of blijdschap.

Weet je, ik hoor de oprechtheid in haar stem, en ik zie de oprechtheid in haar ogen, die nog steeds hun hete tranen over me uitstorten.

Dus ik heb me toch vergist, al die tijd. Vanaf het eerste begin, vanaf de eerste vier woorden in dit verhaal van boosheid en ellende, heb ik me vergist.

Ach, mijn moeder, met al je problemen, met je verloren jeugd, en je vergane schoonheid, en je gefrustreerde hoop op liefde en een gezin met de man die mijn echte vader was, en de duizenden uren die je op de fabriek hebt gewerkt, terwijl ik weet hoe vreselijk je dat vindt, elk uur nog vermoeiender dan het vorige, elke dag, elke week een zware last... Ik kijk in je ogen en ik zie de waarheid daar, en ik geef toe dat ik me al die tijd heb vergist.

Je kent me dus wel, mam.

Je weet dus toch wie ik ben.

Epiloog, wat dat ook mag betekenen

Er is veel publiek bij het Winterconcert. Ik heb een wonderbaarlijk herstel doorgemaakt en ben voldoende genezen om mijn oude plaats in de blazerssectie van het orkest weer in te nemen, met mijn tuba die geen tuba is. Ik kijk naar meneer Steenwilly, die de eerste maten dirigeert van 'Het liefdeslied van de Brulkikker'.

Als mijn solo komt, ben ik bang dat mijn afgebroken tanden en met draadjes bevestigde kaken afbreuk zullen doen aan mijn optreden, maar ik heb de magische helende kracht van de muziek onderschat. 'Gewoon spelen, dan gaat het vanzelf,' zei meneer Steenwilly tegen me voordat we het podium op stapten, en het gaat inderdaad vanzelf als ik eenmaal begonnen ben. Voor een publiek van vijfhonderd mensen speel ik de tubasolo. Als de laatste, lange, hese toon versterft, wacht het publiek niet eens meer op het einde van het stuk. Er klatert een enthousiast applaus op en de mensen roepen: 'John! John! John!'

Jammer genoeg is dat niet de werkelijkheid. Ik ben inderdaad bij het Winterconcert, en het orkest gaat beginnen aan

Het liefdeslied van de brulkikker. Maar ik zit niet op het podium tussen de andere leden van mijn muzikale familie. Het lukt gewoon niet om tuba te spelen als je kaken met draadjes zijn dichtgebonden en een groot deel van je gezicht in het gips zit. Ik kan nog geen vast voedsel eten. Ik kan nog niet fluiten of neuriën. En ik kan zeker niet *Het liefdeslied van de brulkikker* spelen op mijn tuba die opeens wel een tuba is.

Mijn tuba is een tuba geworden omdat hij wordt bespeeld door een van de belangrijkste musicologen uit de moderne tijd. Ik zal je vertellen hoe dat zo is gekomen.

Blijkbaar hadden verschillende plaatselijke kranten iets geschreven over de manier waarop ik was toegetakeld door de man die niet mijn vader is. De oude professor Kachooski las dat ook en de man met het gouden oor bleek ook een gouden hart te hebben. Hij belde meneer Steenwilly om te vragen in welk ziekenhuis ik lag, kwam toen bij me op bezoek en zei dat hij het een eer zou vinden om mij te mogen vervangen bij het Winterconcert.

'Er bestaat een lange en eervolle traditie van musici die elkaar vervangen in noodsituaties, zodat het concert toch door kan gaan,' legde hij uit. 'De tuba was een van mijn eerste instrumenten. En Arthur heeft zo hard gewerkt aan dat stuk. We moeten echt een manier vinden om daar recht aan te doen en zijn brulkikker te laten zingen. Als jij het goed vindt.'

Ik knikte instemmend. De show moest doorgaan. Dat heb ik mezelf vaak genoeg voorgehouden tijdens mijn nogal pijnlijke revalidatie. Ik heb aardig wat operaties ondergaan, ook plastische ingrepen en tandartsbehandelingen, waardoor ik soms urenlang zware pijn had.

'Maar ik heb één voorwaarde,' voegde Kachooski er onverwachts aan toe. 'Omdat jij er zo hard op geoefend hebt en omdat ik begrijp dat die solo speciaal voor jou geschreven is, zou ik hem graag op jouw eigen tuba willen spelen, als een soort eerbetoon aan jou. Als het mag.'

Ik overwoog om Kachooski te vertellen dat mijn tuba dood was – dat de professor er zelf bij was geweest en zelfs van zijn stoel was geblazen bij de dood van mijn tuba. Maar ik besloot niets te zeggen. Tenslotte was hij een wereldberoemd musicoloog met een gouden oor, en ik maar een jongen van veertien met een aan gort geslagen gezicht.

Dus zit ik nu op de vijfde rij van de tribune in de sportzaal van onze antischool, met aan de ene kant mijn moeder en aan de andere kant Violets vader, de berggorilla. Op de rij vlak voor me zit die brave oude mevrouw Kaaskop, die met haar voet de maat tikt als ons orkest het laatste stuk speelt uit een mars van John Philip Sousa. Op deze koude winteravond klinkt ons orkest opvallend goed. Het is vreemd – ik heb nooit veel op mijn tuba geoefend, en ik speelde alleen in het orkest omdat ik daartoe was gedwongen door het opperbevel van onze antischool, maar nu had ik graag daar op het podium gezeten.

Met een paar kwieke gebaren rijgt Arthur Flemingham Steenwilly het einde van de Sousa-mars aan zijn dirigeerstokje en draait zich om naar het publiek in zijn nieuwe zwarte jas met glimmende knopen. De punten van zijn snor, die volgens mij zijn bijgeknipt en in het vet gezet voor deze belangrijke gelegenheid, maken een bungee-jump vanaf zijn gezicht om het blad van de partituur op zijn standaard om te slaan en springen snel weer op hun plaats. Hij glimlacht tegen ons. Het is duidelijk dat hij veel licht in de duisternis van onze antischool heeft gebracht met zijn ondankbare kruistocht.

'Graag willen we nog een laatste stuk voor u spelen,' zegt hij. 'Ik vraag uw clementie, het is niet geschreven door een beroemd componist, maar door een jongeman die nog veel moet leren. Het heet *Het liefdeslied van de brulkikker*.' Hij wil zich weer omdraaien maar het orkest maar aarzelt dan en schraapt zijn keel. 'In dit stuk komt een tubasolo voor, geschreven voor een veelbelovend musicus in ons orkest, die vanavond niet kan optreden. Maar hij zit wel in de zaal en we willen het stuk graag aan hem opdragen. John, wil je even opstaan?'

Dit had ik niet verwacht. Ik wil eigenlijk niet opstaan. Mijn gezicht – toch al geen kunstwerk, zelfs niet op de beste dagen – is nog bont en blauw door de vuistslagen van de man die niet mijn vader is. Ik geloof dat een paar belangrijke kenmerken van dat gezicht blijvend zijn veranderd. Een gipsverband verbergt de ergste schade, maar ik vind het nog aan de kleine kant. Ik had liever gehad dat het mijn hele gezicht zou hebben bedekt, afgezien van een luchtgat en twee spleetjes voor de ogen, misschien. Het beste dat je kunt doen met een gezicht zoals het mijne op deze winteravond is het goed verborgen houden.

Maar iedereen kijkt naar me.

'Dat ben jij, Johnny, kerel,' roept de berggorilla uit.

'Toe maar,' zegt mijn moeder. 'Sta dan op.'

Opeens sta ik overeind. Ik maak een paar onbeholpen buigingen en ga zo snel mogelijk weer zitten. De menigte is zo blij dat de jongen met het platgeslagen gezicht weer is gaan zitten en dat het concert nu door kan gaan dat er een applaus opklinkt.

'Ze klappen voor jou,' zegt mijn moeder.

Nee, mam, ze klappen niet voor mij. Ze klappen voor zichzelf, om hun eigen schuldgevoel te sussen omdat ze niet hebben ingegrepen toen ik in elkaar geslagen werd. Daarom is doctor Whitefield nu ook gaan staan en applaudisseert hij zo hard dat zijn zware wenkbrauwen trillen als tropische

struiken in een tyfoon. Daarom staat zijn onderbevelheb-
ber, meneer Kessler, te klappen met dezelfde handen waarmee hij me door de gangen sleepte. Glorie Halleluja is ook
gaan staan, maar ik geloof niet dat ze applaudisseert – volgens mij wil ze alleen haar nieuwe strakke jurk showen, die
misschien niet eens een jurk is, maar body-paint op haar
naakte huid.

Mijn moeder buigt zich onverwachts naar me toe en geeft
me een kus. Ze maakt niet echt contact, want haar lippen
raken een hoekje van het gips op mijn gezicht. Ik deins terug en zeg 'Mam!' Het is moeders streng verboden om in
het openbaar hun affectie te tonen in de sportzaal van onze
antischool, maar je kunt haar natuurlijk niet kwalijk nemen
dat ze dol is op haar zoon.

Meneer Steenwilly draait zich weer om naar het orkest en
brengt zijn stokje omhoog. Zijn rechterarm gaat omlaag en
de muziek begint. Aan mijn rechterkant voel ik de berggorilla verstijven, maar hij hoeft niet zenuwachtig te zijn.
Violet Hevig speelt een perfecte ouverture op haar sax. En
ze ziet er vanavond bijzonder aantrekkelijk uit met haar lange blauwe jurk en het rode lint in haar haar. De vleesetende varaan die zich voordoet als haar saxofoon is blijkbaar net
zo gecharmeerd van haar als ik.

Andy Pearce volgt met een roffel op zijn slagwerk. Ik hoor
een paar kleine verkeersovertredingen. Banden piepen – een
licht geval van blikschade. Ik zie een ontstelde uitdrukking
op meneer Steenwilly's gezicht, alsof er zojuist een fret uit
de grote trommel is gekropen die hem in zijn enkel heeft
gebeten. Maar Andy heeft het weleens bonter gemaakt.

Ondertussen zwemt de tubasolo naar professor Kachooski
toe als een reusachtige pijlstaartrog met een lading van een
paar duizend volt. Maar zelfs vanaf mijn plaats kan ik zien
dat de eminente musicoloog niet bang is voor solo's, pijl-

staartroggen of zelfs voor tuba's die eigenlijk dode kikkers zijn. Kachooski verstaat zijn vak. Op precies de juiste milliseconde begint hij met de solo.

Vreemd genoeg komt er geen muziek uit zijn tuba die eigenlijk míjn tuba is. Er klinkt geen liefdeslied. In plaats daarvan hoor ik uit het niets opeens de stem van een dode kikker – een spookachtige, amfibische stem die door de grote zaal zweeft en tegen me spreekt. Tegen mij en niemand anders. 'Er was eens een jongen die het geluk had een oorlog te overleven, maar niet zo verstandig om zijn zegeningen te tellen,' begint de stem. 'Zijn gezicht was in elkaar geslagen en hij wilde het verbergen voor het licht. Mensen klapten voor hem en hij dacht aan alles wat ze hem hadden misdaan. Die domme jongen toch, hij had een oorlog overleefd en dacht dat de wereld nu mooi en vreedzaam zou zijn.

Maar,' vervolgde de zwevende kikkerstem, 'een oorlogsgebied blijft altijd troosteloos, ook als de kanonnen eindelijk zwijgen. De echte vader van de jongen zal niet plotseling voor de deur staan. Waarschijnlijk is hij dood of zit hij in de gevangenis. Algebra blijft gewoon algebra, met harige poten en giftige scharen. Zijn vrienden zullen zo nu en dan dreigen dat ze hem helemaal dood zullen maken, ongetwijfeld met een goede reden. Antischool blijft antischool. En de leden van de geheime zusterschap van knappe-meidenvan-veertien zullen nog steeds hun neus voor hem ophalen als ze de kans krijgen.'

Kachooski nadert het einde van de tubasolo. Zijn oude gezicht loopt rood aan door de inspanning van de langdurige exhalatie (wat dat ook mag betekenen). Maar ondanks al die moeite maakt hij nog steeds geen muziek. De zwevende stem van de kikker spreekt nu sneller, op enigszins bemoedigende toon. 'Maar de jongen hoeft niet te wanhopen,' zegt de stem. 'Er zijn ook mooie momenten, lichtpuntjes in het donker. Lelievijvers met zoemende dikke vliegen op een herfstavond. Wiskundeleraressen met een kaaskop maar een goed hart. Dappere honden die hun baasje proberen te verdedigen met gevaar voor eigen leven, en hem nu gezelschap houden bij zijn herstel. Moeders die kinderen in het ziekenhuis proberen op te vrolijken door met hen te dammen en flauwe moppen te vertellen die ze op de fabriek hebben gehoord. Saxofonistes met linten in hun haar en grote bruine ogen, als zachte chocoladekoekjes. En als de jongen die momenten leert herkennen en ervan genieten, hoe schaars en vluchtig ze misschien ook zijn, zal hij ontdekken dat ze al het andere gezeur de moeite waard maken.'

Kachooski speelt een laatste lange, hese toon en laat mijn tuba zakken. Het publiek zit doodstil te luisteren, als stenen beelden, in de ban van een betovering. Er moeten veel stofjes door de sportzaal zweven, want ik merk dat mijn ogen tranen. Meneer Steenwilly onderstreept de laatste noten van zijn meesterwerk met een paar dramatische bewegingen van zijn dirigeerstokje, draait zich dan om naar het publiek en buigt.

Mensen staan op en beginnen te klappen. Ik blijf zitten omdat ik niet weer al mijn blauwe plekken en dat belachelijke gips wil laten zien. Mijn oude, vermoeide moeder, die niet bekendstaat als een groot muziekliefhebster, springt overeind en applaudisseert alsof haar handen in brand staan en ze het vuur probeert uit te slaan. Ook de berggorilla staat op en klapt in zijn zware poten, terwijl hij trotse blikken naar zijn dochter werpt. Violet Hevig kijkt naar hem vanaf het podium. Haar gezicht straalt. Dan glijdt haar blik van de berggorilla naar mij, en heel even zijn we alleen in onze eigen wereld, zij en ik. Het is maar goed dat ik gips op mijn gezicht heb, omdat ik geloof dat ik heel diep zit te blozen.

Bij de Lashasa Palulu, de stam die geen stam is, krijgen

helden die in de strijd gewond zijn geraakt nooit een medaille. Ze dragen hun littekens als bewijs van hun moed, en op dorpsfeesten krijgen ze een belangrijke plaats en mogen ze de feestelijkheden leiden.

Ondanks mijn gehavende gezicht sta ik op van mijn plaats en applaudisseer met de anderen mee. Terwijl ik snel met mijn ogen knipper om het vocht kwijt te raken dat zich daar verzamelt, ongetwijfeld door al het stof in de lucht, moet ik toegeven dat meneer Steenwilly een echte emotie heeft gevangen in de kruisen en mollen van zijn muziek, en dat Kachooski die tubasolo perfect heeft neergezet. En ik begrijp dat het, hoe wanhopig en aarzelend het ook begon en hoe pijnlijk en verward het hier en daar soms klonk, uiteindelijk toch een liefdeslied was.